Table des matières

W0348192

PARTIE I

PRÉPARATION AU BAC

SOMMAIRE

Présentation de l'épreuve orale

I Présentation générale de l'épreuve orale

Programme officiel

« L'épreuve se fonde sur le descriptif des activités remis par l'enseignant, qui rend compte du travail qu'il a mené avec la classe durant l'année de première. Il prend la forme d'un récapitulatif des œuvres et des textes étudiés, en distinguant ceux qui ont fait l'objet d'une étude détaillée, sur lesquels les candidats peuvent être interrogés dans la première partie de l'épreuve.

- pour le baccalauréat général au moins six textes susceptibles de donner lieu à une interrogation (3 extraits au minimum pour chaque œuvre, 3 extraits pour le parcours associé) ;
- pour le baccalauréat technologique au moins quatre textes susceptibles de donner lieu à une interrogation (2 extraits au minimum pour chaque œuvre, 2 extraits pour le parcours associé).

Ce descriptif comporte également une partie individuelle indiquant l'œuvre choisie par le candidat parmi celles proposées par l'enseignant au titre des lectures cursives obligatoires ou parmi celles qui ont été étudiées en classe : cette œuvre fait l'objet de la seconde partie de l'épreuve.

Le descriptif est signé par l'enseignant et porte le cachet de l'établissement. Il est communiqué à l'examinateur en amont des épreuves. Le candidat en présente une copie à l'examinateur au début de l'épreuve. Il dispose des mêmes documents pour l'épreuve et pour sa préparation. »

L'épreuve orale de français au baccalauréat se déroule à la fin de l'année de première. Son coefficient est de 5. Elle dure 60 minutes :

- **5 minutes** : appel du candidat qui entre dans la salle. L'examinateur l'accueille, lui indique le texte retenu, formule la question de grammaire. Tout est indiqué sur une fiche que le candidat signe ;
- **30 minutes** : préparation de l'épreuve ;
- **20 minutes** : épreuve ;
- **5 minutes** : le candidat range ses affaires, sort de la salle ; l'examinateur évalue l'exposé sur la fiche et reporte la note finale sur le bordereau d'évaluation.

Le candidat est amené à rendre compte de la lecture d'un texte étudié en classe et d'une œuvre qu'il a choisie. L'examinateur a consulté en amont « le descriptif des activités » qui a été établi par le professeur et dont le candidat lui présente une copie.

Le descriptif des activités comprend :
- 24 textes en séries générales, soit 6 par objet d'étude (3 extraits au minimum pour chaque œuvre + 3 extraits pour le parcours associé) ;
- 16 textes en séries technologiques, soit 4 par objet d'étude (2 extraits au minimum pour chaque œuvre + 2 extraits pour le parcours associé) ;
- une partie individuelle indiquant l'œuvre choisie par le candidat en série générale ou en série technologique.

L'examinateur choisit un texte dans ce descriptif. Toutes les informations concernant le déroulé de l'oral sont écrites par l'examinateur sur une fiche que le candidat signe avant sa préparation :
- le candidat doit faire une explication linéaire du texte ;
- le candidat doit ensuite répondre à une question de langue ou de grammaire posée par l'examinateur. Elle porte une courte phrase ou une partie de phrase du texte étudié ;
- enfin, le candidat doit choisir une œuvre au programme parmi celles étudiées en classe ou parmi les lectures cursives obligatoires pour la présenter à l'examinateur.

L'épreuve orale elle-même se déroule en deux parties :
- 12 minutes pour l'exposé :
  - 2 minutes pour la présentation du texte dans l'œuvre ou le parcours associé et la lecture à voix haute du texte ;
  - 8 minutes pour mener l'analyse linéaire du texte d'une vingtaine de lignes choisies par l'examinateur ;
  - 2 minutes pour répondre à la question de grammaire.
- 8 minutes d'entretien avec l'examinateur :
  - 3 minutes pour que le candidat présente brièvement l'œuvre qu'il a personnellement choisie parmi les lectures étudiées en classe ou les lectures cursives obligatoires ;
  - 5 minutes pendant lesquelles l'examinateur invite le candidat à justifier ses choix, approfondir ses interprétations, présenter son carnet de lectures (s'il a été réalisé au cours de l'année sous la direction du professeur de français).

Chacune des parties de l'épreuve orale est notée :
- 2 points pour la présentation du texte et lecture à voix haute ;
- 8 points pour l'analyse linéaire ;
- 2 points pour la question de grammaire ;
- 3 points pour la présentation de l'œuvre choisie ;
- 5 points pour l'entretien avec l'examinateur à propos de l'œuvre choisie.

II L'analyse linéaire

Programme officiel

Descriptif de l'épreuve

Durée : 10 minutes

« Cette première partie se déroule de la manière suivante :

Après avoir accueilli le candidat, l'examinateur lui indique le texte et le passage du texte retenu, avec une éventuelle sélection du passage à expliquer si le texte excède le format d'une vingtaine de lignes de prose continue;

Ces éléments sont indiqués par écrit au candidat, au moyen d'une fiche qui lui est remise et qu'il signe avant de commencer sa préparation.

À l'issue de son temps de préparation :

- le candidat propose d'abord une lecture à voix haute juste, pertinente et expressive du texte choisi par l'examinateur, après l'avoir situé brièvement dans l'œuvre ou le parcours associé. Cette partie est notée sur 2 points;
- le candidat propose une explication linéaire d'un passage d'une vingtaine de lignes, sélectionné par l'examinateur dans le texte, quand celui-ci excède cette longueur. Cette partie est notée sur 8 points. »

Critères de réussite

- Bonne compréhension littérale du texte.
- Analyse pertinente au service d'une interprétation qui suit le mouvement du texte.
- Mobilisation des savoirs linguistiques et littéraires nécessaires à l'analyse du texte.
- Références précises au texte étudié, attention précise aux choix formels du texte.
- Pertinence du projet de lecture ou de l'interprétation personnelle.
- Capacité à identifier un enjeu important du passage.
- Capacité à convoquer les notions littéraires et outils d'analyse appropriés.
- Capacité à produire une étude du texte organisée, logique et progressive.
- Capacité à questionner le texte, à interroger ses choix, sa forme et sa dynamique, ses idées et ses images, ses formules et son style, ses lieux communs et ses fantaisies.
- Qualité de l'expression et niveau de langue orale.
- Qualités de communication, de précision et de clarté dans le propos.

III La question de grammaire

Programme officiel

Descriptif de l'épreuve

Durée : 2 minutes

« Cette première partie se déroule de la manière suivante :

Après avoir accueilli le candidat, l'examinateur lui indique :
- le texte et le passage du texte retenu ;
- la question de grammaire posée, qui ne peut concerner qu'un passage de l'extrait faisant l'objet de l'explication de texte.

Ces éléments sont indiqués par écrit au candidat, au moyen d'une fiche qui lui est remise et qu'il signe avant de commencer sa préparation.

À l'issue de son temps de préparation :

Le candidat répond à la question de grammaire posée par l'examinateur au moment du tirage. Cette partie est notée sur 2 points. La question porte uniquement sur le texte : elle vise l'analyse syntaxique d'une courte phrase ou d'une partie de phrase. »

Critères de réussite
- Capacité à tenir compte de la spécificité de la question de grammaire.
- Connaissance approfondie du texte.
- Capacité à produire une réponse précise, organisée et argumentée.
- Capacité à mobiliser un lexique grammatical pertinent.
- Capacité à construire une analyse syntaxique, à réfléchir sur des faits linguistiques.

IV La présentation de l'œuvre choisie

Programme officiel

Descriptif de l'épreuve

Durée : 8 minutes

« Le descriptif des activités comporte une partie individuelle indiquant l'œuvre choisie par le candidat parmi celles proposées par l'enseignant au titre des lectures cursives obligatoires ou parmi celles qui ont été étudiées en classe : cette œuvre fait l'objet de la seconde partie de l'épreuve.

Cette partie de l'épreuve, notée sur 8 points, évalue l'expression orale, en réclamant du candidat une implication personnelle dans sa manière de rendre compte et de faire partager une réflexion sur ses expériences de lecture.

Elle se déroule en deux temps successifs, le premier n'étant qu'un point de départ pour les interactions qui le suivent et qui constituent l'essentiel de l'épreuve :

- le candidat présente brièvement l'œuvre qu'il a retenue et expose les raisons de son choix ;
- le candidat réagit aux relances de l'examinateur qui, prenant appui sur la présentation du candidat et sur les éléments qu'il a exposés, évalue les capacités à dialoguer, à nuancer et à étoffer sa réflexion, à défendre son point de vue sur la base de la connaissance de l'œuvre.

L'examinateur ne revient pas sur la première partie de l'épreuve. Évitant les questions fermées et trop ponctuelles, il conduit l'entretien de manière ouverte, en dialoguant avec le candidat de manière à lui permettre d'expliquer, de justifier et ainsi de défendre son choix. »

Critères de réussite

- Présentation synthétique de l'œuvre retenue.
- Expression pertinente, justifiée et convaincante d'un choix personnel.
- Entrée véritable dans l'échange, tirant profit des éléments de relance pour approfondir sa propre réflexion.
- Mobilisation pertinente des connaissances culturelles et artistiques en lien avec le propos.
- Capacité à tenir compte de la spécificité de l'œuvre intégrale choisie.
- Connaissance approfondie de plusieurs extraits de l'œuvre.
- Capacité à produire une argumentation précise, organisée et illustrée pour justifier ses choix.
- Capacité à défendre une lecture personnelle.
- Capacité à expliquer et à justifier ses choix.
- Aptitude au dialogue.
- Qualité de l'expression et niveau de langue orale.
- Qualités d'analyse et d'argumentation, de communication et de persuasion.
- Capacité à établir des liens entre la lecture littéraire et les autres champs du savoir, l'expérience du monde et la formation de soi.

V La présentation du carnet de lectures

Programme officiel

« L'épreuve orale laisse une large place aux propositions de l'élève et évalue son aptitude à les présenter, à les justifier et à en expliquer la pertinence : elle vise ainsi à valoriser son investissement personnel dans sa formation et à mesurer sa capacité à mettre en relation la littérature avec les autres champs du savoir et les autres arts. »

Pour la deuxième partie de l'épreuve orale, il est possible de présenter à l'examinateur un carnet de lectures qui garde la trace du travail et des activités menés tout au long de l'année.

Le candidat peut ainsi valoriser ses écrits d'appropriation.

Ceux-ci peuvent prendre des formes variées, en fonction des objets d'étude :

- restitution des impressions de lecture (préparatoire ou postérieure aux commentaires) ;
- jugement personnel sur un texte ou une œuvre ;
- écriture d'invention (pastiches, réécritures, changements de cadre spatio-temporel, changements de point de vue, etc.) ;
- écriture d'intervention (changement d'un possible narratif, insertion d'éléments complémentaires dans le texte, etc.) ;
- association au texte, justifiée par l'élève, d'une œuvre iconographique, d'une séquence filmique ou vidéo ;
- construction de l'édition numérique enrichie d'un texte (notes, illustrations, images fixes ou animées, éléments d'interactivité, etc.) ;
- élaboration d'un essai sur l'expérience éthique et/ou esthétique tirée de la lecture ;
- rédaction d'une note d'intention de mise en scène, d'un synopsis, d'un extrait de scénario, etc.

Conseils généraux pour l'épreuve

I La préparation des textes

Pour se préparer à l'épreuve orale, il faut travailler dès le début de l'année de première de manière régulière. Chaque fois qu'un texte est vu et étudié en classe, on en synthétise l'analyse dans une fiche de révision. Pour cela, on suit la méthodologie suivante :

- On note les éléments généraux comme le courant littéraire et l'arrière-plan historique afin de situer l'œuvre.
- On fait une brève biographie de l'auteur et on mentionne les autres œuvres importantes qu'il a écrites.
- On replace l'extrait dans l'œuvre complète.
- On s'interroge sur la place de l'extrait dans l'œuvre complète, la situation d'énonciation, les registres utilisés, la structure du texte, etc.
- On fait une liste des thèmes généraux abordés dans l'extrait et on liste des arguments et des exemples de procédés trouvés dans le texte, ligne après ligne.

À la fin de l'année, on a ainsi constitué un classeur de fiches qui permettra de réviser l'ensemble des textes.

II Les révisions

Tout au long de l'année de première, on relit plusieurs fois les fiches que l'on a rédigées jusqu'à les connaître par cœur.

On s'entraîne régulièrement à faire des analyses linéaires sur des extraits d'œuvres. On relit bien les œuvres imposées au programme et travaillées en classe. Cela permet de s'habituer au style de l'auteur, à son vocabulaire, de mieux cibler les thèmes qu'il aborde et les procédés qu'il utilise.

On s'entraîne aussi à la question de grammaire en faisant des analyses stylistiques de phrases dans des textes littéraires.

Tout au long de l'année, il faut :

- Relire ses cours de français.
- Faire des fiches sur les différents courants littéraires.
- Constituer une chronologie artistique en inscrivant les dates importantes.
- Lire attentivement les œuvres au programme choisies par le professeur, et plus attentivement encore l'œuvre choisie personnellement.
- Tenir un carnet de lectures que l'on peut présenter à l'examinateur durant l'entretien.

III Le jour de l'épreuve

Le jour de l'épreuve, il est important d'arriver avec les outils nécessaires pour l'examen :

- une montre ;
- un stylo ;
- sa carte d'identité ;
- sa convocation à l'épreuve d'oral ;
- le descriptif des activités de l'année ;
- l'œuvre choisie ;
- son carnet de lectures ;
- une tenue vestimentaire adaptée.

Il faut utiliser pleinement les 30 minutes de préparation de l'épreuve pour préparer l'exposé de 12 minutes. Ensuite, lors de l'oral, il est important d'adopter une bonne posture (c'est-à-dire se tenir droit) et d'être ouvert et agréable. Une bonne présentation est déjà un point positif.

Méthodologie

I L'analyse linéaire

L'exercice correspond à une démarche d'interrogation fondamentalement ouverte, soucieuse de la forme et du sens, des effets et de la raison des effets. La diction du texte à voix haute permet d'en avoir une première perception, raison pour laquelle l'épreuve orale commence par une lecture expressive. Le candidat doit ensuite présenter rapidement le texte qu'il explique : les éléments de contexte, qui renvoient à la fois à la place du passage dans l'œuvre et à la place de l'œuvre dans l'histoire littéraire (autant d'éléments qui ont été mis en place par le travail sur l'œuvre mené au cours de l'année). Ensuite le candidat rend compte de sa lecture linéaire (de la façon dont il reçoit les éléments successifs du texte).

En suivant le fil de la lecture linéaire, le candidat se tient au texte et explique comment il fonctionne pour lui, et la raison pour laquelle il fonctionne ainsi pour lui. Il s'agit pour le candidat de montrer, phrase après phrase, expression après expression, voire mot après mot, comment l'auteur construit cette cohérence d'ensemble. Il s'agit donc de rendre compte progressivement à la fois de ce que le texte dit et de la manière dont il le dit.

Aussi, une fois la lecture et la contextualisation rapidement opérées, le candidat identifie ce qui donne son unité au passage choisi :

- Son thème, ce dont il parle (un personnage, un événement, une idée, etc.).
- La forme plus ou moins codée (une anecdote, un portrait, un sonnet, etc.) mise en place pour évoquer cela.
- Le mouvement qui anime cette forme est rapidement décrit.
- Les différentes étapes de la progression du passage.
- Une piste de lecture, une question que l'explication linéaire va progressivement décliner : qu'a-t-il (ou que fait-il) d'original ou de singulier? à quoi sert-il dans l'œuvre? pourquoi intrigue-t-il (ou déçoit-il?), ou satisfait-il (ou frustre-t-il?), ou émeut-il (ou écœure-t-il?) le lecteur?

Les étapes de l'analyse linéaire sont :

1. Avant la lecture à voix haute, on commence l'introduction en donnant des éléments de contexte du texte.

En quelques phrases, brèves et efficaces, on formule les premières informations, destinées à introduire la lecture oralisée de l'extrait :

- On présente l'auteur, la source et la date du texte, puis on le situe sommairement dans son contexte historique et littéraire.
- On donne quelques premiers points de repère qui annoncent le contenu du texte, en se servant par exemple des questions traditionnelles : qui ? quoi ? quand ? où ?
- Il faut de plus signaler dès cette mise en place si l'extrait est situé à un point-clé de l'œuvre, tel que l'incipit ou l'excipit.

2. Après avoir ainsi introduit le texte, on le lit à haute voix.

3. Après avoir lu le texte en entier, on reprend son introduction en présentant une problématique.

L'objectif est de dégager l'unité du passage choisi, son mouvement et son enjeu. La problématique sert de fil conducteur à l'analyse.

4. L'explication linéaire qui suit le découpage du texte d'une vingtaine de lignes.

Le candidat s'efforce de faire une analyse exhaustive de l'extrait en proposant, pour chaque phrase, un ou plusieurs éléments de commentaires :

- L'analyse linéaire doit reposer sur le mouvement du texte, sa structure. Il est donc fondamental de découper le texte en différents mouvements, en général deux ou trois.
- On donne un nom à ces différents mouvements, ce qui constitue une sorte de plan ;
- Pour chaque mouvement, on va expliquer quels sont les procédés utilisés par l'auteur pour transmettre une impression ou un message.

L'explication linéaire est donc un exposé qui permet d'étudier la structure du texte et de le décortiquer. En pratique :

- On cite le texte.
- On identifie les procédés littéraires utilisés dans le passage.
- On propose une interprétation du passage.

Piège

Attention, il ne faut pas commenter mot à mot tout le texte, on sélectionne les phrases, les mots ou les passages les plus intéressants pour répondre à la problématique choisie, et on les interprète au fur et à mesure de l'analyse linéaire.

5. On conclut.

On fait le bilan de l'explication et on procède ensuite à une ouverture ou encore une comparaison justifiée avec un autre texte.

Conseils

- Surveiller sa montre et adapter le rythme de l'explication au temps dont on dispose. Il ne faut aller ni trop vite ni trop lentement, éviter de s'attarder sur une partie du texte par d'excessives minuties d'analyse.
- Il ne faut pas relire chaque phrase et l'expliquer ensuite, mais faire des remarques appuyées sur des citations courtes.
- Il faut travailler à l'enchaînement des remarques pour donner une impression de fluidité du discours explicatif.
- Pour articuler son exposé, on signale explicitement les moments où l'on passe d'un mouvement du texte au suivant, afin d'aider l'examinateur à suivre la progression de l'explication.

II La question de grammaire

Différents types de questions de grammaire peuvent être envisagés, portant sur :

– La syntaxe de la négation et de l'interrogation : transformation de phrases, reformulation, etc.
– La syntaxe des relatives : transformation de phrases (relativisation), commutation avec d'autres types d'expansions, etc.
– Les subordonnées circonstancielles : paraphrase, commutation avec des structures sémantiquement équivalentes (par exemple des groupes nominaux), etc.
– Les outils de cohésion textuelle : repérage de ces outils dans un texte, commutation avec des expressions synonymes, etc.

On va procéder de différentes façons pour analyser les questions de grammaire. Par exemple :

– **Analyser l'expression de l'interrogation dans une phrase.**

  On attend du candidat :

  - qu'il identifie le type de la phrase interrogative : –interrogative directe ou indirecte, marquée (ou pas) par la ponctuation en fin de phrase et la post-position du sujet;
  - qu'il en définisse et justifie le caractère total ou partiel;
  - qu'il identifie la nature et la fonction du mot interrogatif.

– **Analyser la négation dans une phrase ou dans un vers.**

  On attend du candidat :

  - qu'il identifie la construction négative;
  - qu'il reconnaisse le caractère total ou partiel de la négation.

On peut l'encourager à transformer la phrase pour l'aider à trouver ce sur quoi porte la négation.

– **Transformer une phrase de manière à obtenir une proposition principale et une proposition subordonnée circonstancielle de cause ; identifier la proposition subordonnée ; expliquer les transformations opérées.**

On attend du candidat :

- qu'il propose une transformation acceptable ;
- qu'il délimite la subordonnée et en précise le type ;
- qu'il explique les transformations qu'il a faites.

PARTIE II

LES THÈMES LITTÉRAIRES

SOMMAIRE

LE ROMAN ET LE RÉCIT

du Moyen Âge au XXIe siècle

SOMMAIRE

LA PRINCESSE DE CLÈVES

Madame de La Fayette

La Princesse de Clèves Madame de La Fayette

I Réflexions sur « Individu, morale et société »

L'intitulé du parcours met en relation l'individu (la personne dans sa singularité) et la société (le groupe social, la communauté). L'individu s'inscrit dans le groupe social auquel il appartient. Il peut se penser et être pensé comme faisant partie de ce groupe, s'intégrant à ce groupe, ou s'en distinguant.

Le roman est le genre littéraire qui permet de mieux développer le personnage. Le romancier interroge l'individu et illustre de manière privilégiée la relation qu'il entretient avec la société. Ce rapport est pensé de manière différente selon l'époque. Les questions qui se posent sont :

- Comment l'individu s'inscrit-il dans la société ?
- Quelle part y prend-il ?
- Quel regard porte-t-il sur la société ?
- Quel regard la société porte-t-elle sur lui ?

L'intitulé du parcours indique un axe dans l'étude de ces rapports, celui de la morale, terme central de l'intitulé :

- Quelle morale la société impose-t-elle à l'individu ?
- Dans quelle mesure cette morale sociale se présente-t-elle à lui comme une contrainte ?
- Peut-il s'en libérer ?
- En quoi la morale influence-t-elle son rapport aux autres, ses choix, ses décisions, sa destinée ?

Présentation d'une œuvre s'inscrivant dans le parcours

Le roman *Bel-Ami* de Maupassant, publié en 1885, peut s'inscrire dans le parcours « Individu, morale et société » :

- Bel-Ami, le personnage principal, accède à la réussite sociale en usant de son charme, de la crédulité des femmes et de l'immoralité de la société marchande et bourgeoise du XIXe siècle.
- Il est également question de l'absence d'éthique des journalistes qui ne souhaitent que vendre des histoires à tout prix. Maupassant met ainsi en évidence l'absence de morale chez les journalistes.
- Le narrateur présente les pensées du personnage qui réfléchit à créer sa place dans la société. Tous les moyens lui semblent permis, il se montre immoral en séduisant des femmes mariées, en abandonnant des amantes, en n'hésitant pas à écraser les autres autour de lui et en profitant de la plume de son épouse afin de se faire passer pour le rédacteur de ses articles.
- Les intérêts personnels de Bel-Ami l'amènent à raisonner en privilégiant son profit individuel au détriment du bien commun.

II L'œuvre au programme

A L'auteur : Madame de La Fayette (1634-1693)

Marie-Madeleine Pioche de la Vergne naît en 1634, dans une famille de petite noblesse. Elle devient demoiselle d'honneur de la reine Anne d'Autriche à 17 ans, et fréquente ainsi la cour et les salons littéraires. À 21 ans, elle épouse le comte de La Fayette, un homme plus âgé qu'elle, et devient Madame de La Fayette.

Elle se lie d'amitié avec la romancière Madeleine de Scudéry, auteure notamment de *Clélie, histoire romaine* (1654-1660), représentant du mouvement précieux. Madeleine de Scudéry tient un salon littéraire : Madame de La Fayette y rencontre des personnalités littéraires majeures, en particulier le moraliste La Rochefoucauld, qui devient son ami. Devenue la favorite d'Henriette d'Angleterre, belle-sœur du roi Louis XIV, Madame de La Fayette côtoie les grands seigneurs de la cour et crée son propre salon.

Elle publie anonymement la nouvelle *La Princesse de Montpensier* (1662) qui rencontre un grand succès, puis le roman *Zaïde* (1670-1671), et surtout *La Princesse de Clèves* (1678). Elle écrit également d'autres nouvelles, comme « La Comtesse de Tende » et « Histoire d'Henriette d'Angleterre », qui seront publiées à titre posthume. Elle se retire de la cour et des mondanités pour se tourner vers la religion à la fin de sa vie. Elle meurt en 1693.

B L'œuvre : *La Princesse de Clèves*, 1678

Le roman est **publié anonymement en 1678**. Madame de La Fayette n'a jamais revendiqué clairement la maternité de cette œuvre, à la composition de laquelle La Rochefoucauld a certainement participé.

Le roman rencontre un très grand succès lors de sa publication, mais il suscite aussi une **querelle littéraire**, à propos notamment de la vraisemblance. En effet, certains jugent l'aveu de Mme de Clèves à son mari très inconvenant.

L'action du roman se situe en 1558-1559, époque de la Renaissance, à la **cour d'Henri II**. La narratrice en fait longuement l'éloge au début du roman. La cour d'Henri II n'est qu'une transposition de la cour de Louis XIV. Si les personnages principaux du roman portent des noms historiques, l'histoire est fictive. Cet ancrage historique inscrit le personnage dans une **société de cour**, où chacun est sous le regard de l'autre et se donne en spectacle en permanence. La société joue donc un rôle primordial.

Ce roman est considéré comme le **premier roman d'analyse** de la littérature française : la peinture du cœur (et notamment de la passion amoureuse) en est le principal objet, et non l'action proprement dite. **L'individu** est par conséquent au cœur de l'intrigue et le récit explore ses émotions intérieures et sa **conscience morale**.

L'héroïne du roman, la jeune Mademoiselle de Chartres, apparaît pour la première fois à la cour au début du roman. Sa beauté fait grande impression et elle est demandée en mariage par le prince de Clèves. Elle l'épouse sans amour, sur les conseils de sa mère Mme de Chartres. Au cours du bal organisé au Louvre pour les fiançailles de la fille du roi, elle rencontre le duc de Nemours. Ils tombent immédiatement amoureux l'un de l'autre, et M. de Nemours ne manque pas de lui faire connaître ses sentiments. Toutefois, Mme de Clèves, épouse fidèle, vertueuse et ayant reçu une éducation morale très stricte de la part de sa mère, refuse de s'abandonner à la passion et lutte contre ses sentiments, qu'elle tente d'abord de cacher à M. de Nemours et à son mari.

L'héroïne n'aura de cesse de lutter contre sa passion, par vertu et par fidélité à son époux. La **morale collective** se heurte ici aux **sentiments individuels**.

C Analyses linéaires et question de grammaire sur trois textes-clés

1. La rencontre au bal, 1re partie

Toute la cour est réunie pour les fiançailles de la fille du roi. C'est à cette occasion que la princesse de Clèves et le duc de Nemours se rencontrent pour la première fois.

Elle passa tout le jour des fiançailles chez elle à se parer, pour se trouver le soir au bal et au festin royal qui se faisaient au Louvre. Lorsqu'elle arriva, l'on admira sa beauté

et sa parure ; le bal commença, et comme elle dansait avec M. de Guise[1], il se fit un assez grand bruit vers la porte de la salle, comme de quelqu'un qui entrait, et à qui on faisait place. Mme de Clèves acheva de danser et pendant qu'elle cherchait des yeux quelqu'un qu'elle avait dessein de prendre[2], le roi lui cria de prendre celui qui arrivait. Elle se tourna, et vit un homme qu'elle crut d'abord[3] ne pouvoir être que M. de Nemours, qui passait par-dessus quelques sièges pour arriver où l'on dansait. Ce prince était fait d'une sorte, qu'il était difficile de n'être pas surprise de le voir quand on ne l'avait jamais vu, surtout ce soir-là, où le soin qu'il avait pris de se parer augmentait encore l'air brillant qui était dans sa personne ; mais il était difficile aussi de voir Mme de Clèves pour la première fois, sans avoir un grand étonnement.
M. de Nemours fut tellement surpris de sa beauté, que, lorsqu'il fut proche d'elle, et qu'elle lui fit la référence, il ne put s'empêcher de donner des marques de son admiration. Quand ils commencèrent à danser, il s'éleva dans la salle un murmure de louanges. Le roi et les reines[4] se souvinrent qu'ils ne s'étaient jamais vus, et trouvèrent quelque chose de singulier de les voir danser ensemble sans se connaître.

1. Ancien soupirant de Mme de Clèves.
2. Prendre : prendre pour danser.
3. D'abord : immédiatement.
4. Le roi Henri II, son épouse et la reine dauphine, épouse du fils aîné du roi, future reine de France.

Légende de l'analyse linéaire

- Théâtralisation : préparatifs, entrée en scène, protocole et danse
- Contexte mondain et officiel (présence de la famille royale)
- Beauté exceptionnelle des personnages
- Admiration de la cour pour les personnages
- Caractéristiques du coup de foudre : premier regard, reconnaissance immédiate, surprise et admiration
- Périphrases créant un effet d'attente

Mouvements du texte

- **Premier mouvement, une rencontre théâtralisée :** de « Elle passa » à « qui arrivait ».
- **Deuxième mouvement, un coup de foudre :** de « Elle se tourna » à « de son admiration ».
- **Troisième mouvement, le rôle de la cour :** de « Quand ils commencèrent » à la fin.

L'essentiel à retenir du texte

- **Le spectacle de la société :** La rencontre a lieu dans un contexte mondain et officiel, qui réunit toute la cour pour un événement de la plus haute importance. Les préparatifs, la mise en scène, le respect du protocole, la présence du roi contribuent à donner à cette scène un caractère solennel.

- **Individu et société :** Cette scène de rencontre inscrit d'emblée l'histoire d'amour entre les personnages dans un cadre social déterminé (et non dans un cadre privé). Le roi ordonne en quelque sorte leur rencontre en invitant Mme de Clèves à danser avec M. de Nemours et assiste plus loin à leurs premiers pas de danse. Toute la cour s'extasie devant le couple qu'ils forment : en raison de leur très grande beauté, ils incarnent une sorte de couple idéal, héroïque.
- **Un coup de foudre :** La rencontre présente toutes les caractéristiques de la scène traditionnelle de coup de foudre :
  - échange de regards ;
  - immédiateté ;
  - reconnaissance ;
  - impression de surprise et de ravissement.

L'amour au premier regard est évoqué avec une pudeur caractéristique du style précieux et classique, comme en témoignent les litotes.

La question de grammaire

Passage :

« […] le bal commença, et comme elle dansait avec M. de Guise, il se fit un assez grand bruit vers la porte de la salle, comme de quelqu'un qui entrait, et à qui on faisait place. »

Question :

Analysez l'emploi des deux homonymes « comme » dans cette phrase. Quel effet peut produire sur le lecteur l'emploi de cette répétition de sons ?

Analyse de la question de grammaire :

La question porte sur :
- les relations au sein de la phrase complexe ;
- les subordonnées conjonctives utilisées en fonction de compléments circonstanciels.

Réponse :

Les homonymes sont des mots qui ont la même orthographe mais qui ont des sens différents.

- « comme elle dansait avec M. de Guise, »
  « Comme » est ici une conjonction de subordination qui introduit la proposition subordonnée circonstancielle de temps « comme elle dansait avec M. de Guise, ». On peut remplacer « comme » par « pendant que ».
- « comme de quelqu'un qui entrait, et à qui on faisait place. »
  « Comme » est utilisé avec la préposition « de » pour former une locution conjonctive qui introduit le complément circonstanciel de manière. Cette locution conjonctive introduit le complément circonstanciel « quelqu'un qui entrait, et à qui on faisait place » (pronom noyau du complément circonstanciel + 2 propositions relatives). Aujourd'hui, cette forme pourrait être remplacée par « comme si quelqu'un entrait ». Il s'agit donc d'une comparaison. Ici, la préposition « de » permet de transformer la structure de la proposition « quelqu'un qui entrait, et à qui on faisait place » en un groupe pronominal.

Le lecteur comprend que les deux actions sont simultanées : pendant que la princesse danse, le personnage de Nemours fait son apparition. La répétition de « comme » crée un parallélisme dans la syntaxe de cette phrase autour de la proposition principale « il se fit un assez grand bruit vers la porte de la salle » : comme elle danse, Nemours entre. Cela renforce le lien qui va unir les deux personnages. La répétition de « comme » montre que leur rencontre est inéluctable. La répétition de « comme » met en relief des contrastes sonores autour des personnages et s'associe à un jeu d'allitérations qui rythment la danse et l'entrée « en fanfare » de M. Nemours

2. La lettre, 3e partie

La princesse de Clèves intercepte une lettre d'amour destinée à une autre et croit que M. de Nemours en est l'auteur, ce qui cause en elle un sentiment de jalousie jusqu'alors inconnu. Elle découvre par la suite qu'il s'agissait d'un malentendu, mais garde de cet épisode un souvenir douloureux.

Elle avait ignoré jusqu'alors les inquiétudes mortelles de la défiance[1] et de la jalousie ; elle n'avait pensé qu'à se défendre[2] d'aimer M. de Nemours et elle n'avait point encore commencé à craindre qu'il en aimât une autre. Quoique les soupçons que lui avait donnés cette lettre fussent effacés, ils ne laissèrent pas[3] de lui ouvrir les yeux sur le hasard[4] d'être trompée et de lui donner des impressions de défiance et de jalousie qu'elle n'avait jamais eues. Elle fut étonnée de n'avoir point encore pensé combien il était peu vraisemblable qu'un homme comme M. de Nemours, qui avait toujours fait paraître tant de légèreté avec les femmes, fût capable d'un attachement sincère et durable. Elle trouva qu'il était presque impossible qu'elle pût être contente de sa passion. Mais quand je le pourrais[5] être, disait-elle, qu'en veux-je faire? Veux-je la souffrir[6]? Veux-je y répondre? Veux-je m'engager dans une galanterie[7]? Veux-je manquer à[8] M. de Clèves? Veux-je me manquer à moi-même? Et veux-je enfin m'exposer aux cruels repentirs et aux mortelles douleurs que donne l'amour? Je suis vaincue et surmontée par une inclination qui m'entraîne malgré moi. Toutes mes résolutions sont inutiles ; je pensai hier tout ce que je pense aujourd'hui et je fais aujourd'hui tout le contraire de ce que je résolus hier.

1. Défiance : méfiance.
2. Se défendre : s'empêcher.
3. Ils ne laissèrent pas : ils ne manquèrent pas.
4. Le hasard : l'éventualité.
5. Quand je pourrais… : si je pouvais…
6. Souffrir : supporter.
7. Galanterie : relation amoureuse.
8. Manquer à : être infidèle à.

Légende de l'analyse linéaire

- Analyse de soi
- Tournure passive et passivité avec « m » COD du verbe
- Souffrance causée par la passion amoureuse
- Jalousie et crainte de l'infidélité
- Accumulation d'interrogations anaphoriques
- Chiasme montrant l'incapacité à se contrôler

Mouvements du texte

- **Premier mouvement, l'analyse de la jalouse :** de « Elle avait ignoré » à « contente de sa passion ».
- **Second mouvement, pensées intérieures de Mme de Clèves :** de « Mais quand je le pourrais » à la fin.

L'essentiel à retenir du texte

- **Un passage d'introspection :** La princesse de Clèves, personnage principal du roman, se trouve face à elle-même : c'est l'individu ici qui doit se regarder en face. Elle est amenée à analyser ses propres sentiments. Pour la première fois, elle connaît la jalousie amoureuse. Les verbes de pensée sont nombreux et la syntaxe rend compte de cette analyse progressive, qui aboutit à un passage de discours direct rapportant les pensées du personnage (ses questions notamment).
- **L'expérience de la jalousie :** La jalousie est l'objet principal de la réflexion, en raison de ce que la princesse de Clèves vient de vivre. Elle craint l'infidélité de M. de Nemours, son inconstance. Progressivement, elle en vient à réaliser, avec lucidité, qu'il n'est pas homme à n'aimer qu'une seule femme éternellement.
- **La passion amoureuse :** Cet épisode fait prendre conscience à la princesse de Clèves des dangers de l'amour. Elle mesure combien il peut faire souffrir, s'interroge sur ses propres intentions et réalise qu'elle ne peut, malgré toutes ses résolutions,

vaincre la passion. La fin du passage en particulier rend compte de son état de passivité et de son impuissance face à la passion amoureuse. Cela explique et justifie par avance la décision qu'elle prendra à la fin du récit.

La question de grammaire

Passage :

« Quoique les soupçons que lui avait donnés cette lettre fussent effacés, [...] »

Question :

Analysez la composition syntaxique de cette partie de phrase complexe. Commentez l'emploi du mot introducteur. Quelle est la fonction de cette proposition dans la phrase ? Justifiez les accords des participes passés, ainsi que la concordance des temps.

Analyse de la question de grammaire :

La question porte sur :
- les accords dans le groupe nominal et entre le sujet et le verbe ;
- les subordonnées conjonctives utilisées en fonction de compléments circonstanciels ;
- la syntaxe des propositions subordonnées relatives.

Réponse :

Cette partie de phrase complexe est une proposition subordonnée conjonctive circonstancielle de concession, qui comprend une proposition relative.
- « Quoique les soupçons que lui avait donnés cette lettre fussent effacés, [...] »
  La fonction de cette proposition est circonstancielle de concession. La concession exprime une cause qui est rejetée (l'acceptation d'un fait qui devrait empêcher une action mais qui ne l'empêche pas). Le mot introducteur est la conjonction « quoique ». Cette conjonction est suivie du mode subjonctif. Le verbe est « fussent effacés ». Ici, du fait de la concordance des temps, il s'agit d'un imparfait du subjonctif.
- « Quoique les soupçons [...] fussent effacés »
  Le verbe « effacer » est à la voix passive « être effacé ». Avec l'auxiliaire « être », le participe passé « effacés » s'accorde avec le sujet « les soupçons », dont le nom noyau est au masculin pluriel.
- « que lui avait donnés cette lettre »
  C'est une proposition relative rattachée au nom « soupçons » et qui commence par le pronom relatif « que ». « Soupçons », nom masculin pluriel, est l'antécédent de la proposition relative.
  Le verbe « avait donnés » est conjugué au plus-que-parfait de l'indicatif pour marquer l'antériorité, selon la concordance des temps. Le sujet postposé de ce verbe est « cette lettre ». Avec l'auxiliaire « avoir », le participe passé reste invariable sauf si le COD est placé avant l'auxiliaire. C'est le cas : le pronom relatif « que » reprend « les soupçons ». Le participe passé « donnés » s'accorde avec le COD antéposé « les soupçons » au masculin pluriel.

3. Le refus de la princesse, 4e partie

Après la mort de M. de Clèves et une fois la période de deuil passée, M. de Nemours espère que la princesse de Clèves acceptera de l'épouser. Or celle-ci refuse et justifie sa décision dans le passage suivant.

[– […] Par vanité ou par goût, toutes les femmes souhaitent de vous attacher[1]. Il y en a peu à qui vous ne plaisiez; mon expérience me ferait croire qu'il n'y en a point à qui vous ne puissiez plaire. Je vous croirais toujours amoureux et aimé et je ne me tromperais pas souvent. Dans cet état néanmoins, je n'aurais d'autre parti[2] à prendre que celui de la souffrance; je ne sais même si j'oserais me plaindre. On fait des reproches à un amant; mais en fait-on à un mari, quand on n'a qu'à lui reprocher de n'avoir plus d'amour ?] [Quand je pourrais[3] m'accoutumer à cette sorte de malheur, pourrais-je m'accoutumer à celui de croire voir toujours M. de Clèves vous accuser de sa mort, me reprocher de vous avoir aimé, de vous avoir épousé et me faire sentir la différence de[4] son attachement au vôtre ?] [Il est impossible, continua-t-elle, de passer par-dessus des raisons si fortes : il faut que je demeure dans l'état où je suis et dans les résolutions que j'ai prises de n'en sortir jamais.]

– Hé ! croyez-vous le pouvoir, madame ? s'écria M. de Nemours. Pensez-vous que vos résolutions tiennent contre un homme qui vous adore et qui est assez heureux pour vous plaire ? Il est plus difficile que vous ne pensez, madame, de résister à ce qui nous plaît et à ce qui nous aime. Vous l'avez fait par une vertu austère, qui n'a presque point d'exemple; mais cette vertu ne s'oppose plus à vos sentiments et j'espère que vous les suivrez malgré vous.

– Je sais bien qu'il n'y a rien de plus difficile que ce que j'entreprends, répliqua Mme de Clèves; je me défie[5] de mes forces au milieu[6] de mes raisons. Ce que je crois devoir à la mémoire de M. de Clèves serait faible s'il n'était soutenu par l'intérêt de mon repos; et les raisons de mon repos ont besoin d'être soutenues de celles de mon devoir. Mais, quoique je me défie de moi-même, je crois que je ne vaincrai jamais mes scrupules et je n'espère pas aussi de surmonter l'inclination que j'ai pour vous. Elle me rendra malheureuse et je me priverai de votre vue, quelque violence[7] qu'il m'en coûte. Je vous conjure[8], par tout le pouvoir que j'ai sur vous, de ne chercher aucune occasion de me voir.

1. Attacher : séduire.
2. Parti : résolution.
3. Quand je pourrais… : si je pouvais…
4. La différence de : la différence entre.
5. Je me défie : je me méfie.
6. Au milieu de : au plein cœur de.
7. Violence : souffrance.
8. Je vous conjure : je vous supplie.

■ *Légende de l'analyse linéaire*

[] Premier argument
[] Deuxième argument
[] Conclusion
☐ Conditionnel à valeur d'irréel du présent, hypothèse rejetée par Mme de Clèves
▶ Souffrance causée par la passion amoureuse
▶ Champ lexical de l'amour
▶ Difficulté du parti pris de Mme de Clèves
▶ Questions rhétoriques
▶ Expression de la vertu, du devoir et de la résolution

■ *Mouvements du texte*

- **Premier mouvement, argumentation de la princesse de Clèves :** de « Par vanité » à « n'en sortir jamais ».
- **Deuxième mouvement, contre-argumentation de M. de Nemours :** de « Hé ! croyez-vous » à « malgré vous ».
- **Troisième mouvement, confirmation de la princesse de Clèves :** de « Je sais bien » à la fin.

■ *L'essentiel à retenir du texte*

- **Le refus motivé de la princesse de Clèves :** La princesse de Clèves justifie son refus d'épouser le duc de Nemours. Elle avance principalement deux arguments :
  - la crainte de ne plus être aimée (et la souffrance que cela lui causerait);
  - le devoir de respecter son défunt mari (mort d'avoir cru qu'elle lui était infidèle).

  Ces deux arguments sont présentés comme complémentaires, comme se soutenant l'un l'autre. Ils expliquent le refus catégorique de la princesse, sa détermination à ne plus jamais revoir M. de Nemours.

- **Choix individuels et morale :** La princesse de Clèves en appelle au devoir, utilisant le lexique de la morale et de la vertu. C'est la morale qui dicte ses choix. Elle considère qu'une nécessité impérative s'impose à elle, ce qu'elle souligne par le ton déterminé qu'elle emploie. Le duc de Nemours oppose à la vertu le pouvoir de l'amour et contre-argumente en disant qu'il n'est pas possible de résister à l'amour. Toutefois, ses arguments ne parviennent pas à convaincre la princesse.
- **Une femme héroïque :** La résolution de la princesse de Clèves fait d'elle une véritable héroïne, tant le parti qu'elle prend est difficile à tenir, ce qu'elle reconnaît elle-même. Elle admet que cette décision la fait et la fera souffrir, mais elle demeure résolue. Cette vertu a été jugée invraisemblable à l'époque du roman. Le public ne comprenait pas que la princesse se refuse à l'amour alors que rien ne lui interdisait, aux yeux de la société, d'épouser M. de Nemours. Pourtant, ce

refus révèle une crainte très classique de la passion, démesurée, incontrôlable et source de souffrance. En cela, la princesse de Clèves incarne un idéal de mesure et de maîtrise de soi caractéristique de l'éthique classique.

La question de grammaire

Passage :

« […] je crois que je ne vaincrai jamais mes scrupules et je n'espère pas aussi de surmonter l'inclination que j'ai pour vous. »

Question :

Analysez l'expression de la négation dans cette partie de phrase. Quel est le niveau de langue employé ? En quoi le rapport entre les propositions et les choix syntaxiques caractérisent-ils Mme de Clèves ?

Analyse de la question de grammaire :

La question porte sur :
- les relations au sein de la phrase complexe ;
- l'expression de la négation.

Réponse :

Le niveau de langue employé est soutenu, ce qui caractérise le xviie siècle classique, empreint de préciosité. Le vocabulaire utilisé est littéraire (« scrupules », « inclination ») et la formulation « je n'espère pas de » est recherchée. La coordination par la conjonction « et » de deux propositions contradictoires relève également du langage soutenu (antithèse).

La phrase est formée de deux propositions introduites par « que » :
- proposition 1, subordonnée conjonctive : « je crois que je ne vaincrai jamais mes scrupules… » ;
- proposition 2, subordonnée relative : « je n'espère pas aussi de surmonter l'inclination que j'ai pour vous. »

La négation est formée de deux adverbes, « ne jamais » et « n'… pas ». Nous allons étudier la place et le sens de la négation dans ces deux propositions.
- « Ne jamais »
  La négation encadre le verbe conjugué « vaincrai » et porte sur l'ensemble de la proposition subordonnée complétive « que je ne vaincrai jamais mes scrupules ». Cette négation est hyperbolique du fait de l'utilisation de l'adverbe de temps « jamais » qui exprime un absolu. Cela caractérise Mme de Clèves : c'est un personnage intransigeant qui use de formules péremptoires. Elle ne cédera jamais à la passion car elle a des scrupules. C'est pour cela qu'elle ne place pas la négation dans la principale (ce qui donnerait « je ne crois pas ») car elle est certaine de ce qu'elle dit. Elle n'a pas de doutes.

- « N'… pas »
  La négation encadre le verbe conjugué « espère » de la principale et elle porte uniquement sur ce verbe. Cet usage de la négation rend la proposition ambiguë : seul son espoir de changer (de ne plus être amoureuse) est nié. Le complément « de surmonter l'inclination que j'ai pour vous » n'est pas pris en compte dans la formule négative. Avec une litote, elle exprime qu'elle ne peut pas surmonter l'amour qu'elle éprouve pour Nemours. Elle déclare son amour éternel en exprimant son souhait impossible de s'en libérer.

Ces deux propositions sont antithétiques (contradictoires) : Mme de Clèves affirme qu'elle a des scrupules tout en déclarant sa passion. Cette antithèse relève du registre de langue soutenu.

LE ROUGE ET LE NOIR

Stendhal

Le Rouge et le Noir
Stendhal

I Réflexions sur « Le personnage de roman : esthétiques et valeurs »

L'intitulé du parcours s'articule en deux parties : la première, « Le personnage de roman », s'intéresse à un élément fondamental du genre littéraire. En effet, le personnage, être fictif, artefact né de l'imagination de son auteur, en est une composante centrale et essentielle dans la mesure où il est l'agent de l'action, une force agissante dont le lecteur suit les aventures.

L'intitulé du parcours propose deux axes de réflexion pour étudier les caractéristiques du personnage de roman, pour en proposer une définition comme l'indiquent les deux points qui suivent l'expression « personnage de roman ». Les termes « esthétiques et valeurs » sont au pluriel, ce qui impose par ailleurs une réflexion multiple et invite à envisager différentes acceptions de ces termes.

- Le terme « **esthétiques** » désigne l'ensemble des critères qui définissent le beau pour un auteur ou l'ensemble des principes d'un mouvement littéraire. L'intitulé invite donc à s'interroger sur les formes et matériaux employés par un auteur et plus spécifiquement en ce qui concerne le personnage de roman. En effet, l'esthétique peut construire le personnage mais le personnage peut contribuer à nourrir une esthétique ou à la nuancer.
- Le terme « **valeurs** », quand il questionne la notion de personnage de roman, désigne les caractéristiques morales mais aussi intellectuelles, humaines, ou sociales. Il considère toutes les caractéristiques qui rendent un individu digne d'estime. La valeur s'envisage toujours par rapport à une norme ou un modèle idéal.

L'intitulé du parcours invite à se poser diverses **questions** :

- Un personnage de roman est-il révélateur d'une esthétique littéraire ?
- Un personnage de roman n'est-il que l'incarnation d'une esthétique ?
- Comment le romancier façonne-t-il son personnage ?
- Quelles valeurs, quelles idées le personnage défend-il ?
- Quelles valeurs, quelles idées le personnage incarne-t-il ?
- Comment un personnage peut-il incarner des valeurs ?
- Les actions et les paroles d'un personnage permettent-elles d'en mesurer la valeur ?

Présentation d'une œuvre s'inscrivant dans le parcours

Le roman *Madame Bovary* de Gustave Flaubert, publié en 1857, peut s'inscrire dans le parcours « Le personnage de roman : esthétiques et valeurs » :

- Pour Flaubert, auteur réaliste, le personnage féminin d'Emma Bovary, héroïne du roman, incarne l'ennui bourgeois. Elle est en quête d'un amour absolu, ce que le narrateur juge ridicule. Elle rêve de l'amour courtois du Moyen Âge et se plonge dans la littérature romantique du XIXe siècle.
- Les valeurs du personnage, provenant de ses lectures idéalistes, entrent en contradiction avec la bassesse de ses actions. Elle commet l'adultère et se suicide, malgré la présence de sa petite fille et de son époux aimant.
- La peinture des frasques d'Emma et la description de ses émotions font déployer à l'auteur tous les ingrédients de la description réaliste, pour que le lecteur soit pris par l'illusion romanesque (esthétique réaliste).
- Emma Bovary incarne les contradictions du XIXe siècle qui dépeint les femmes tantôt comme des saintes, tantôt comme des courtisanes.

II L'œuvre au programme

A L'auteur : Stendhal (1783-1842)

Après avoir grandi en province dans une famille de notables, Henri Beyle – dit Stendhal – poursuit ses études à Paris en quête de gloire et d'amour. Il entame une carrière de militaire qu'il abandonne pour devenir écrivain et entrer dans l'administration pour devenir fonctionnaire impérial. Il participe à toutes les grandes campagnes de l'armée de Napoléon en Allemagne, en Autriche et en Russie entre 1800 et 1814. Il occupe les fonctions d'intendant; il est notamment chargé de l'importante transmission du courrier. Ces années auprès de l'empereur lui inspireront deux essais : *Vie de Napoléon* et *Mémoires sur Napoléon*. La chute de l'empire ruine ses projets.

Il s'installe donc à Milan, côtoie les auteurs romantiques et vit des relations amoureuses passionnées et orageuses. De retour à Paris en 1821, il fréquente les salons parisiens, publie plusieurs essais, *De l'amour* (1822), *Racine et Shakespeare* (1823), et des romans dont *Le Rouge et le Noir* en 1830 et *La Chartreuse de Parme* en 1839.

Il meurt à Paris en 1842.

B L'œuvre : *Le Rouge et le Noir* (1830)

Le roman suit linéairement le parcours de Julien Sorel, le fils d'un charpentier. Avide d'ascension sociale, le jeune homme entre au service du maire de la ville de Verrières, M. de Rênal, et séduit sa femme. Puis il suit des études afin de devenir prêtre. Il abandonne ce projet quand il est engagé comme secrétaire particulier par un aristocrate parisien, le marquis de La Mole. À cette occasion, il conquiert le cœur de sa fille Mathilde. Tout semble lui réussir. Cependant, son passé ressurgit, et Julien commet l'irréparable.

Stendhal avait d'abord intitulé son roman *Julien* avant de choisir *Le Rouge et le Noir* sans expliquer son choix. Ce titre suscite la curiosité du lecteur par son **caractère énigmatique et polysémique**. Les critiques proposent différentes hypothèses :

- Les couleurs rouge et noir seraient emblématiques d'une opposition politique et idéologique entre le libéralisme et le jésuitisme.
- Musset en fait une lecture plus littéraire : le rouge représenterait l'amour et la passion, le noir, la violence et la mort ;
- Le noir peut également être associé à la couleur de l'habit religieux que Julien endosse pour parvenir à une reconnaissance sociale.

Stendhal ajoute à son titre un sous-titre, « Chronique de 1830 », et une épitaphe, « La vérité, l'âpre vérité » de Danton. Ces éléments orientent l'horizon d'attente du lecteur : les références historiques renseignent sur le cadre de l'intrigue et l'aspect réaliste de l'œuvre. Le ton sentencieux annonce un registre plutôt tragique.

Le **roman est divisé en deux livres** comprenant respectivement trente et quarante-cinq chapitres :

- **La première partie** se situe principalement à Verrières alors que Julien est précepteur des enfants de M. de Rênal et qu'il devient l'amant de sa femme, et à Besançon où il étudie la théologie dans le but de devenir prêtre. Elle s'achève quand il quitte le séminaire pour devenir le secrétaire du marquis de La Mole.
- **La deuxième partie** se situe principalement à Paris alors que Julien est secrétaire du marquis de La Mole et que sa fille Mathilde s'éprend de lui.

Le Rouge et le Noir s'inscrit dans le genre des romans de formation et d'analyse psychologique. La soif d'ascension sociale de Julien est un des ressorts narratifs les plus présents dans l'œuvre. Les relations amoureuses passionnées du héros occupent également une place centrale dans l'intrigue et sont l'occasion pour Stendhal d'en étudier les mécanismes, qu'il a théorisés dans son essai *De l'amour* en 1822. Ce roman permet aussi à son auteur de porter un regard sur la société de son temps et peut être considéré comme un **roman de mœurs réaliste**.

Stendhal met en effet le genre romanesque au service de l'exploration et de l'**analyse de la conscience des individus**. Il pense que l'homme est tributaire de ses passions et de ses sensations. Le roman lui donne l'occasion de montrer des personnages qui se livrent à un examen de conscience minutieux. Le réel est analysé **à travers leurs points de vue**, à travers ce que leurs émotions leur ont permis de percevoir de la situation. C'est pour cela que le **réalisme** de Stendhal est qualifié de **subjectif**.

Les héros de Stendhal sont animés par une énergie, une passion, une noblesse d'âme et un goût de la liberté qui font d'eux **des êtres d'exception** dans la tradition **des héros romantiques**. L'hypocrisie est pourtant souvent le seul moyen qui s'offre à eux pour évoluer dans une société où la plupart des individus sont rongés par la cupidité et la vanité.

Les héros de Stendhal sont souvent considérés comme des **reflets de leur auteur**. Julien Sorel dans *Le Rouge et le Noir*, Fabrice del Dongo dans *La Chartreuse de Parme* et Lucien Leuwen (personnage éponyme) réalisent ses aspirations ou reproduisent ses expériences personnelles. Par ailleurs, Stendhal fait souvent intervenir un narrateur omniscient qui commente le comportement des personnages, on y entend évidemment la voix de l'auteur. Stendhal appelle cette correspondance entre l'œuvre fictive et son créateur **l'égotisme**.

Citation

> Un roman est un miroir qui se promène sur une grande route. -----Tantôt il reflète à vos yeux l'azur des cieux, tantôt la fange des bourbiers de la route.
>
> Stendhal, *Le Rouge et le Noir*, livre second, chapitre XIX

C Analyses linéaires et question de grammaire sur trois textes-clés

1. Livre premier, chapitre VI

Avec la vivacité et la grâce qui lui étaient naturelles quand elle était loin des regards des hommes, Mme de Rênal sortait par la porte-fenêtre du salon qui donnait sur le jardin, quand elle aperçut, près de la porte d'entrée la figure d'un jeune paysan presque encore enfant, extrêmement pâle et qui venait de pleurer. Il était en chemise bien blanche, et avait sous le bras une veste fort propre de ratine[1] violette.

Le teint de ce petit paysan était si blanc, ses yeux si doux, que l'esprit un peu romanesque de Mme de Rênal eut d'abord l'idée que ce pouvait être une jeune fille déguisée, qui venait demander quelque grâce à M. le maire. Elle eut pitié de cette pauvre créature, arrêtée à la porte d'entrée, et qui évidemment n'osait pas lever la main jusqu'à la sonnette. Mme de Rênal s'approcha, distraite un instant de l'amer chagrin que lui donnait l'arrivée du précepteur. Julien, tourné vers la porte, ne la voyait pas s'avancer. Il tressaillit quand une voix douce dit tout près de son oreille :

– Que voulez-vous ici, mon enfant ?

Julien se tourna vivement, et, frappé du regard si rempli de grâce de Mme de Rênal, il oublia une partie de sa timidité. Bientôt, étonné de sa beauté, il oublia tout, même ce qu'il venait faire. Mme de Rênal avait répété sa question.

– Je viens pour être précepteur, madame, lui dit-il, tout honteux de ses larmes qu'il essuyait de son mieux.

Mme de Rênal resta interdite[2], ils étaient fort près l'un de l'autre à se regarder. Julien n'avait jamais vu un être aussi bien vêtu et surtout une femme avec un teint si éblouissant, lui parler d'un air si doux. Mme de Rênal regardait les grosses larmes qui s'étaient arrêtées sur les joues si pâles d'abord et maintenant si roses de ce jeune paysan. Bientôt elle se mit à rire, avec toute la gaieté folle d'une jeune fille, elle se moquait d'elle-même et ne pouvait se figurer tout son bonheur. Quoi, c'était là ce précepteur qu'elle s'était figuré comme un prêtre sale et mal vêtu, qui viendrait gronder et fouetter ses enfants.

– Quoi, Monsieur, lui dit-elle enfin, vous savez le latin?

Ce mot de Monsieur étonna si fort Julien qu'il réfléchit un instant.

– Oui, Madame, dit-il timidement.

Mme de Rênal était si heureuse, qu'elle osa dire à Julien :

– Vous ne gronderez pas trop ces pauvres enfants?

– Moi, les gronder, dit Julien étonné, et pourquoi?

– N'est-ce pas, monsieur, ajouta-t-elle après un petit silence et d'une voix dont chaque instant augmentait l'émotion, vous serez bon pour eux, vous me le promettez?

S'entendre appeler de nouveau monsieur, bien sérieusement, et par une dame si bien vêtue, était au-dessus de toutes les prévisions de Julien : dans tous les châteaux en Espagne[3] de sa jeunesse, il s'était dit qu'aucune dame comme il faut ne daignerait lui parler que quand il aurait un bel uniforme. Mme de Rênal, de son côté, était complètement trompée par la beauté du teint, les grands yeux noirs de Julien et ses jolis cheveux qui frisaient plus qu'à l'ordinaire, parce que pour se rafraîchir il venait de plonger la tête dans le bassin de la fontaine publique. À sa grande joie, elle trouvait l'air timide d'une jeune fille à ce fatal précepteur, dont elle avait tant redouté pour ses enfants la dureté et l'air rébarbatif[4]. Pour l'âme si paisible de Mme de Rênal, le contraste de ses craintes et de ce qu'elle voyait fut un grand événement. Enfin elle revint de sa surprise. Elle fut étonnée de se trouver ainsi à la porte de sa maison avec ce jeune homme presque en chemise et si près de lui.

– Entrons, monsieur, lui dit-elle d'un air assez embarrassé.

1. Ratine : étoffe de laine.
2. Interdite : déconcertée.
3. Châteaux en Espagne : expression figée synonyme de « rêve ».
4. Rébarbatif : désagréable.

Légende de l'analyse linéaire

- ☐ Importance du regard
- ▶ Topos de la femme merveilleuse
- ▶ Impressions de douceur et de vulnérabilité
- ▶ Expressions qui traduisent le trouble et la surprise des personnages
- ▶ Expressions du ravissement de Mme de Rênal
- ▶ Proximité des personnages
- ▶ Portrait laudatif

Mouvements du texte

- **Premier mouvement, Mme de Rênal découvre Julien, portrait :** de « Avec la vivacité » à « l'arrivée du précepteur ».
- **Deuxième mouvement, Julien découvre Mme de Rênal, portrait :** de « Julien, tournée » à « de son mieux ».
- **Troisième mouvement, perceptions croisées des personnages :** de « Mme de Rênal resta interdite » à « vous me le promettez ? ».
- **Quatrième mouvement, émotions confuses de Mme de Rênal, joie et trouble :** de « Mme de Rênal, de son côté » à la fin.

L'essentiel à retenir du texte

- **Une scène de rencontre :** Stendhal **joue avec les codes du topos** de la scène de rencontre. La plupart du temps, c'est le personnage masculin qui pose son regard sur une femme. Chose étonnante ici, Mme de Rênal remarque Julien avant qu'il ne la voie. Par ailleurs, elle se trompe sur son identité, croyant qu'il s'agit d'une jeune fille. Elle éprouve de la compassion quand elle le voit pleurer. Aucun de ces éléments ne laissent présager la naissance du sentiment amoureux. Julien, en revanche, ressent d'emblée des signes d'attirance pour elle : mutisme, étourdissement, émerveillement, ravissement. Il remarque instantanément l'extrême beauté de Mme de Rênal. Le topos de la femme merveilleuse se développe. Le lieu de la rencontre est classique et symbolique : Mme de Rênal sort de chez elle, elle passe d'un lieu à un autre mais aussi d'un état à un autre.
- **L'intensité de l'émotion des personnages :** Le rapprochement des personnages semble inévitable et leur attirance irrépressible. Les précisions spatiales sont éloquentes : « tout près de son oreille » ; « fort près l'un de l'autre » ; « si près de lui ». Troublés par la présence de l'autre, envahis par une émotion nouvelle, les deux héros laissent transparaître des traits de caractère qu'ils s'efforçaient habituellement de dissimuler. En cela, cette scène peut être considérée comme **une épreuve qualifiante :** le narrateur suggère que Mme de Rênal fait preuve de réserve devant les hommes. Or, elle prend Julien pour un enfant, elle n'hésite donc pas à se rapprocher de lui, à lui adresser la parole, à rire gaiement. Mais

Julien n'est pas un enfant, il est déjà un homme et, qui plus est, un homme très ambitieux et sensible à son charme. Elle ne perçoit que trop tard l'inconvenance de la situation. Julien est un ambitieux qui veut contrôler sa vie et échapper par tous les moyens à sa modeste condition sociale. Il a appris à mentir et à manipuler les autres. C'est du moins l'image que le lecteur se fait de lui au début du roman. Mais il apparaît ici sincèrement troublé.

– **L'élément déclencheur d'un roman d'amour :** La scène de rencontre romanesque a une **fonction précise dans le schéma narratif** d'un récit. C'est un élément déclencheur. En effet, la trajectoire qu'empruntaient les personnages était jusqu'alors incertaine ; elle est à présent évidente pour le lecteur. Stendhal accorde une importance toute particulière à cet événement comme en témoigne le rythme du récit. Il s'agit d'une **scène très détaillée**. Le narrateur s'attarde sur les émotions des héros et leurs manifestations physiques. La **focalisation zéro** lui permet de passer d'un héros à l'autre pour examiner l'évolution de leurs impressions qui sont minutieusement décrites.

La question de grammaire

Passage :

« Quoi, Monsieur, lui dit-elle enfin, vous savez le latin ? […] Vous ne gronderez pas trop ces pauvres enfants ? […] N'est-ce pas, monsieur, ajouta-t-elle après un petit silence et d'une voix dont chaque instant augmentait l'émotion, vous serez bon pour eux, vous me le promettez ? »

Question :

Quelle est la forme de ces phrases interrogatives ? Quel est le niveau de langue choisi ? Ces interrogations sont-elles totales ou partielles ?

Que révèlent ces questions de Mme de Rênal lorsqu'elle rencontre Julien ?

Analyse de la question de grammaire :

La question porte sur :

– l'interrogation : syntaxe, sémantique et pragmatique.

Réponse :

Dans le récit, les interrogations sont présentées au discours direct ou indirect. Ici, les marques du dialogue (guillemets, incises, points d'interrogation, retours à la ligne) indiquent qu'il s'agit d'un discours direct. Les incises au passé simple « lui dit-elle enfin », « ajouta-t-elle après un petit silence et d'une voix dont chaque instant augmentait l'émotion », nous renseignent sur le locuteur : Mme de Rênal interroge Julien, le précepteur de ses enfants. Elle l'interpelle directement : « Monsieur ». Ses interrogations sont totales, Julien ne peut répondre que par « oui » ou « non ».

Mme de Rênal est une mère de famille inquiète qui s'exprime dans un registre courant (exclamation « quoi »). Elle ne pratique pas l'inversion du sujet et du verbe dans les phrases interrogatives. Elles conservent la forme de la phrase affirmative de style oral, et qui devient interrogative grâce à l'intonation montante (« vous savez le latin » / « savez-vous le latin ? »).

2. Livre second, chapitre IX

Mais M. Sorel ne vient point, se dit-elle encore, après qu'elle eut dansé. Elle le cherchait presque des yeux, lorsqu'elle l'aperçut dans un autre salon. Chose étonnante, il semblait avoir perdu ce ton de froideur impassible qui lui était si naturel ; il n'avait plus l'air anglais.

Il cause avec le comte Altamira, mon condamné à mort ! se dit Mathilde. Son œil est plein d'un feu sombre ; il a l'air d'un prince déguisé ; son regard a redoublé d'orgueil.

Julien se rapprochait de la place où elle était, toujours causant avec Altamira ; elle le regardait fixement, étudiant ses traits pour y chercher ces hautes qualités qui peuvent valoir à un homme l'honneur d'être condamné à mort.

Comme il passait près d'elle :

– Oui, disait-il au comte Altamira, Danton était un homme !

Ô ciel ! serait-il un Danton, se dit Mathilde ; mais il a une figure si noble, et ce Danton était si horriblement laid, un boucher, je crois. Julien était encore assez près d'elle, elle n'hésita pas à l'appeler ; elle avait la conscience et l'orgueil de faire une question extraordinaire pour une jeune fille.

– Danton n'était-il pas un boucher ? lui dit-elle.

– Oui, aux yeux de certaines personnes, lui répondit Julien avec l'expression du mépris le plus mal déguisé, et l'œil encore enflammé de sa conversation avec Altamira, mais malheureusement pour les gens bien nés, il était avocat à Méry-sur-Seine ; c'est-à-dire, mademoiselle, ajouta-t-il d'un air méchant, qu'il a commencé comme plusieurs pairs que je vois ici. Il est vrai que Danton avait un désavantage énorme aux yeux de la beauté, il était fort laid.

Ces derniers mots furent dits rapidement, d'un air extraordinaire et assurément fort peu poli.

Julien attendit un instant, le haut du corps légèrement penché, et avec un air orgueilleusement humble. Il semblait dire : Je suis payé pour vous répondre, et je vis de ma paye. Il ne daignait pas lever l'œil sur Mathilde. Elle, avec ses beaux yeux ouverts extraordinairement et fixés sur lui, avait l'air de son esclave. Enfin, comme le silence continuait, il la regarda ainsi qu'un valet regarde son maître, afin de prendre des ordres. Quoique ses yeux rencontrassent en plein ceux de Mathilde, toujours fixés sur lui avec un regard étrange, il s'éloigna avec un empressement marqué.

Légende de l'analyse linéaire

- Indices de focalisation interne
- Champ lexical de la vue
- Termes valorisant la noblesse de l'allure de Julien
- Expressions traduisant le dédain de Julien envers Mathilde
- Attitudes inconvenantes
- Attitude ambiguë de Julien envers Mathilde
- Comparaison traduisant la fascination de Mathilde

Mouvements du texte

- **Premier mouvement, choix de la focalisation interne, la scène est racontée du point de vue de Mathilde :** de « Mais M. Sorel » à « une jeune fille ».
- **Second mouvement, choix de la focalisation zéro, le regard du narrateur porte sur les attitudes de Julien :** de « Danton n'était-il pas » à la fin.

L'essentiel à retenir du texte

- **L'enjeu psychologique de la scène :** Dans la première partie du texte, le lecteur a connaissance des événements par le biais de la perception qu'en a Mathilde. Son attention est focalisée sur Julien : elle l'attend, le suit du regard dès qu'elle l'aperçoit, commente et interprète ses attitudes et sa physionomie. Dans la seconde partie, le narrateur omniscient retranscrit les paroles échangées entre Mathilde et Julien et s'intéresse à l'attitude du jeune homme qui fait preuve du plus grand mépris à l'égard de son interlocutrice.
- **Une scène déterminante dans la relation entre Julien et Mathilde :** L'attitude dédaigneuse et peu courtoise de Julien envers Mathilde révèle une volonté d'inverser les rapports hiérarchiques qui existent entre eux. Il est au service de son père mais il prend ici l'ascendant sur elle en soulignant la platitude de sa remarque sur Danton. C'est en méprisant la jeune femme qu'il attire son attention et suscite son respect.
- **Un exemple de cristallisation stendhalienne :** Dans son essai *De l'amour*, Stendhal explique quels sont les ressorts du coup de foudre amoureux. « Ce que j'appelle cristallisation, c'est l'opération de l'esprit, qui tire de tout ce qui se présente la découverte que l'objet aimé a de nouvelles perfections. » Mathilde, fascinée par Julien, le pare de toutes les vertus et l'idéalise. Sa présence lui fait oublier ses bonnes manières et la fait s'affranchir des convenances sociales.

La question de grammaire

Passage :

« Enfin, comme le silence continuait, il la regarda ainsi qu'un valet regarde son maître, afin de prendre des ordres. »

Question :

Analysez la construction syntaxique de cette phrase complexe. Quelle est la proposition principale ? Quels sont ses compléments ? Justifiez l'emploi des temps.

Analyse de la question de grammaire :

La question porte sur :

- les relations au sein de la phrase complexe ;
- les subordonnées conjonctives utilisées en fonction de compléments circonstanciels.

Réponse :

Cette phrase complexe comprend une proposition principale dont le verbe au passé simple est « regarda ». Le passé simple est utilisé pour une action ponctuelle qui vient changer le cours d'une action qui durait (à l'imparfait) dans le passé.

- « comme le silence continuait, »
  La proposition subordonnée conjonctive de cause est antéposée à la principale qui exprime la conséquence. Le verbe « continuait » est à l'imparfait et indique une action qui dure et qui est interrompue bien que le silence ne puisse être rompu par un regard.
- « ainsi qu'un valet regarde son maître »
  La proposition subordonnée conjonctive circonstancielle de manière introduite par « ainsi que », locution conjonctive de comparaison, a pour verbe conjugué « regarde ». Ce verbe est au présent de l'indicatif et a une valeur de vérité générale.
- « afin de prendre des ordres »
  Le complément circonstanciel de but à l'infinitif clôt la phrase.

3. Livre second, chapitre XXXV

Julien était parti pour Verrières. Dans cette route rapide, il ne put écrire à Mathilde comme il en avait le projet, sa main ne formait sur le papier que des traits illisibles.

Il arriva à Verrières un dimanche matin. Il entra chez l'armurier du pays qui l'accabla de compliments sur sa récente fortune. C'était la nouvelle du pays.

Julien eut beaucoup de peine à lui faire comprendre qu'il voulait une paire de pistolets. L'armurier sur sa demande chargea les pistolets.

Les trois coups sonnaient ; c'est un signal bien connu dans les villages de France, et qui, après les diverses sonneries de la matinée, annonce le commencement immédiat de la messe.

Julien entra dans l'église neuve de Verrières. Toutes les fenêtres hautes de l'édifice étaient voilées avec des rideaux cramoisis. Julien se trouva à quelques pas derrière le banc de Mme de Rênal. Il lui sembla qu'elle priait avec ferveur. La vue de cette femme qui l'avait tant aimé fit trembler le bras de Julien d'une telle façon, qu'il ne put d'abord exécuter son dessein. Je ne le puis, se disait-il à lui-même ; physiquement, je ne le puis. En ce moment, le jeune clerc qui servait la messe sonna pour l'élévation. Mme de Rênal baissa la tête qui un instant se trouva presque entièrement cachée par les plis de son châle. Julien ne la reconnaissait plus aussi bien ; il tira sur elle un coup de pistolet et la manqua ; il tira un second coup, elle tomba.

Légende de l'analyse linéaire

- Manifestations physiques du trouble et de la confusion de Julien
- Perceptions de Julien
- Parataxe, absence de lien logique, gestes irréfléchis de Julien
- Emploi du passé simple : succession d'actions, accélération du rythme

Mouvements du texte

- **Premier mouvement, le trajet pour Verrières** : de « Julien était parti » à « traits illisibles ».
- **Deuxième mouvement, l'achat de l'arme, la préméditation** : de « Il arriva » à « les pistolets ».
- **Troisième mouvement, l'entrée dans l'église et l'hésitation de Julien** : de « Les trois coups » à « je ne le puis ».
- **Quatrième mouvement, le crime** : de « En ce moment » à la fin.

L'essentiel à retenir du texte

- **Le rythme haletant et la mise en relief de la scène** : Le marquis de La Mole a voulu se renseigner sur Julien avant de lui accorder la main de sa fille. Dans une lettre dictée par son confesseur, Mme de Rênal dénonce son caractère manipulateur et sa convoitise, ce qui ruine les projets de mariage de Julien. À partir du moment où il a pris connaissance du contenu de la lettre de Mme de Rênal, les événements s'enchaînent à un rythme effréné. Fou de colère, il se précipite à Verrières. Le rythme soutenu et l'aspect lacunaire du récit contribuent à la mise en relief de l'événement majeur : Julien veut se venger de cette trahison. Jusqu'à ce qu'il voie Mme de Rênal, le narrateur ne fait aucune mention du contenu de la lettre pour Mathilde, des circonstances du voyage ou de l'état d'esprit de Julien.
- **Une narration réaliste et subjective** : Le narrateur ne porte pas de jugement moral. Il insiste sur les émotions extrêmes de Julien sans les analyser. Le lecteur le suit pas à pas depuis son départ de Paris jusque chez l'armurier, où il achète des pistolets, et enfin dans l'église de Verrières où il tente d'assassiner Mme de Rênal. Ce choix narratif permet à l'auteur de donner à cette scène fondamentale dans le roman une grande tension dramatique.

– **Le crime et le criminel :** Julien prémédite son crime. Il s'arrête en effet pour acheter une arme avant de se rendre à l'église. Ses intentions sont donc très claires, ce qui accentue la gravité de son geste. Par ailleurs, son crime est blasphématoire car il a lieu dans une église, pendant la messe, alors que la victime est en prière. Stendhal suit la trajectoire de Julien et traduit ce qu'il perçoit de la scène. Le trouble qu'il ressent est perceptible dans des manifestations physiques (tremblements, confusion, inhabileté) qui traduisent ses hésitations avant de commettre un geste désespéré qui va ruiner définitivement tous ses espoirs.

La question de grammaire

Passage :

« La vue de cette femme qui l'avait tant aimé fit trembler le bras de Julien d'une telle façon, qu'il ne put d'abord exécuter son dessein. »

Question :

Relevez dans cette phrase complexe les propositions subordonnées. Sont-elles relatives ou conjonctives ? Justifiez votre réponse et complétez en analysant leurs fonctions.

Analyse de la question de grammaire :

La question porte sur :
- la syntaxe des propositions subordonnées relatives ;
- les subordonnées conjonctives utilisées en fonction de compléments circonstanciels.

Réponse :

La phrase complexe contient une principale, « la vue de cette femme fit trembler le bras de Julien », et des propositions subordonnées.
- « qui l'avait tant aimé »
  Cette proposition subordonnée relative a pour fonction complément (ou antécédent) du nom « femme ». Le pronom relatif « qui » est le sujet de la proposition relative dont le verbe conjugué est « avait aimé ». Le pronom relatif reprend un nom, « femme », c'est donc bien un pronom et non une conjonction.
- « d'une telle façon, qu'il ne put d'abord exécuter son dessein. »
  La proposition subordonnée conjonctive a pour fonction complément circonstanciel de conséquence.
- « d'une telle façon que » est une locution conjonctive qui indique la conséquence ou la manière.

MÉMOIRES D'HADRIEN

Marguerite Yourcenar

Mémoires d'Hadrien Marguerite Yourcenar

I Réflexions sur « Soi-même comme un autre »

L'expression « Soi-même comme un autre » renvoie au **titre d'un essai du philosophe Paul Ricœur** publié en 1990. Il reprend une expression d'Aristote, qui définit l'ami comme un autre soi-même (*allos autos* en grec) dans *Éthique à Nicomaque*. Ricœur inverse le sens des termes en définissant le *soi* comme un *autre*. En effet, il étudie la possibilité pour le sujet de s'analyser lui-même comme un autre, de se mettre à distance pour **s'observer comme un autre**. Cette proposition implique également la possibilité de **penser l'autre comme soi-même**, c'est-à-dire être capable de se mettre à la place de l'autre pour le comprendre.

Cet intitulé invite à se poser diverses **questions** :

- Peut-on s'observer et s'analyser soi-même comme un autre ?
- Comment parvenir à la juste distance avec soi-même ?
- Peut-on se mettre à la place de l'autre pour le considérer comme un autre *soi* ?
- Quelles voies la littérature de type autobiographique offre-t-elle pour se penser « soi-même comme un autre » ?

Présentation d'une œuvre s'inscrivant dans le parcours

Le roman *Les Années* d'Annie Ernaux, publié en 2008, peut s'inscrire dans le parcours « Soi-même comme un autre » :

- Le récit n'est pas composé à la première personne mais parle d'une femme sous les traits de laquelle on reconnaît l'auteure.
- Le récit est organisé autour de photographies commentées où « elle » apparaît à divers moments de la vie.
- La voix qui se fait entendre raconte l'histoire en l'abordant de façon collective depuis l'après-guerre jusqu'à l'époque contemporaine (Mai 68, la société de consommation, la liberté des femmes, Internet, etc.).
- Il ne s'agit pas de se connaître soi-même mais de faire acte de mémoire pour retrouver le passé et en donner à voir les enjeux et les transformations des individus pris dans ce mouvement global.
- Le personnage est un « moi » parmi tous ceux de son temps.

II L'œuvre au programme

A L'auteure : Marguerite Yourcenar (1903-1987)

Marguerite Yourcenar, de son vrai nom Marguerite de Crayencour (Yourcenar est l'anagramme de son nom), naît en 1903 à Bruxelles. Son père est issu d'une famille bourgeoise du Nord de la France et sa mère d'une famille de la noblesse belge. Cette dernière meurt quelques jours après la naissance de Marguerite Yourcenar, qui sera élevée par sa grand-mère paternelle et par son père.

Homme lettré, son père lui donne une éducation classique. Elle développe un **goût pour la culture antique** dès le plus jeune âge. Avec lui, elle voyage dans le Sud de la France, en Suisse, en Grèce, en Italie.

Elle **décide de devenir écrivain** à l'âge de seize ans. Avec l'aval de son père, elle publie un premier long poème en 1920 (à dix-sept ans). Son premier roman, *Alexis ou le Traité du vain combat*, sort en 1929 : son père en fait l'éloge avant sa mort. Dès lors, Marguerite Yourcenar **se consacre entièrement à la littérature** et publie notamment *Nouvelles orientales (*1938) et *Le Coup de grâce* (1939).

Fuyant la guerre en 1939, Marguerite Yourcenar rejoint sa compagne Grace Frick aux États-Unis. Elle s'y installe définitivement et demande la **nationalité américaine** en 1947. Toutes deux s'établissent sur l'île des Monts Déserts, où Yourcenar vivra jusqu'à sa mort.

Après des années de crise d'inspiration, Yourcenar reprend l'écriture pour rédiger les ***Mémoires d'Hadrien*** entre 1949 et 1950. Le roman est publié en 1951 et rencontre un succès mondial.

Elle publie ensuite ***L'Œuvre au noir*** (1968), roman auquel elle travaillait depuis les années 1920 et qui met en scène un personnage d'alchimiste, Zénon, dans l'Europe de la Renaissance. Elle écrit également son autobiographie, ***Le Labyrinthe du monde***, en deux tomes (*Souvenirs pieux* et *Archives du Nord*), publiés en 1974 et 1977.

En 1980, elle est la **première femme élue à l'Académie française**. Elle meurt sept ans plus tard.

B L'œuvre : *Mémoires d'Hadrien* (1951)

Lors d'un voyage en Italie en 1922, Marguerite Yourcenar visite la villa Hadriana, villa de l'empereur Hadrien, située non loin de Rome. C'est pour elle une véritable « étincelle » et le « **point de départ** » du roman *Mémoires d'Hadrien* publié près de trente ans plus tard.

Dans les *Carnets de notes de « Mémoires d'Hadrien »*, publiés à la suite du roman, Yourcenar relate **la genèse du roman** :

- Entre 1924 et 1929, puis entre 1934 et 1937, elle avait ébauché un texte sur Hadrien et fait de longues recherches, très documentées, mais avait finalement renoncé à ce projet.
- En 1948, elle reçoit une malle venue de France avec des papiers personnels et retrouve un texte qu'elle avait écrit bien longtemps auparavant qui commençait comme une lettre d'Hadrien adressée à Marc Aurèle. Elle renoue immédiatement avec ce projet, dans l'enthousiasme de l'inspiration créatrice. Le roman est publié en 1951 et connaît un succès immédiat.

Le roman se présente comme une **longue lettre adressée à la fin de sa vie par l'empereur Hadrien, empereur romain du IIe siècle après J.-C., au jeune Marc Aurèle**, son petit-fils adoptif qui deviendra lui-même empereur.

Hadrien y relate sa vie, insistant sur les heures glorieuses de son règne mais aussi sur les détails intimes de son existence. Il y développe également une réflexion philosophique sur le pouvoir, la passion amoureuse, le temps, la mort, le divin et les mystères. Ainsi cette œuvre s'inscrit-elle à la fois dans le genre du **roman historique** et dans celui des **mémoires fictifs**, puisque le texte prend l'apparence de mémoires rédigés par le personnage lui-même.

Le roman est composé de **six parties**, portant des titres latins :

- 1re partie : « Anima vagula blandula » (Petite âme vagabonde et câline) ;
- 2e partie : « Varius multiplex multiformis » (Varié, multiple et changeant) ;
- 3e partie : « Tellus stabilata » (La terre stabilisée) ;
- 4e partie : « Saeculum aureum » (Le siècle d'or) ;
- 5e partie : « Disciplina augusta » (Discipline auguste) ;
- 6e partie : « Patientia » (Patience).

Le roman *Mémoires d'Hadrien* illustre le titre du parcours « **Soi-même comme un autre** ». En effet, **Hadrien se regarde et s'analyse lui-même comme un autre** dans ce texte qui s'apparente à une autobiographie ou à des mémoires. Il écrit d'ailleurs à Marc Aurèle : « Je compte sur cet examen des faits pour me définir, me juger peut-être, ou tout au moins pour me mieux connaître avant de mourir. » Le projet de Marguerite Yourcenar consiste également à entrer dans l'intimité d'un autre, à faire le « portrait d'une voix », comme elle l'écrit dans les *Carnets*, et par conséquent la démarche de l'auteure vise à **concevoir « l'autre comme soi-même »**. D'aucuns disent aussi qu'à travers Hadrien, Marguerite Yourcenar s'analyse elle-même dans un autre, ce qu'elle a néanmoins toujours nié.

C Analyses linéaires et question de grammaire sur trois textes-clés

Les références renvoient à la pagination de l'édition Folio du roman *Mémoires d'Hadrien*.

1. Premier extrait : le projet autobiographique d'Hadrien

Le texte étudié se trouve aux pages 29-30, de « Peu à peu » à « qui naissent entre leurs lignes. »

■ *Mouvements du texte*

- **Premier mouvement** : de « Peu à peu » à « fait scandale. » : **le projet d'Hadrien.**
- **Deuxième mouvement** : de « Je ne m'attends pas » à « qui naissent entre leurs lignes. » : **soi-même comme un autre.**

■ *L'essentiel à retenir du texte*

- **La forme épistolaire** : Hadrien désigne son propre écrit comme une « lettre » à visée informative. Celle-ci est adressée à un destinataire précis, Marc Aurèle, qui est désigné à la deuxième personne du singulier, donc impliqué dans l'écrit. On apprend que Marc Aurèle a dix-sept ans, qu'il est destiné à succéder à Hadrien. Il est éduqué de manière très stricte pour le bien futur de l'État. La lettre se prolonge, gagne en ampleur, Hadrien rend compte de son expérience à Marc Aurèle pour l'éduquer, comme le montrent les mots « t'instruire », « un correctif ». L'épître prend dès lors une portée édifiante, didactique. Elle a une utilité immédiate puisqu'elle contribue à l'éducation d'un jeune homme.
- **Un pacte autobiographique fictif :** Conscient de l'ampleur que prend sa lettre, Hadrien forme un projet plus vaste, celui de « raconter [s]a vie ». Autrement dit, il entame son autobiographie (ou ses « mémoires »). Il a l'intention de raconter ses « souvenirs », mais également de rendre compte de son « expérience » et se livrer à une « méditation ». Hadrien distingue ses mémoires à venir du compte-rendu « officiel » qu'il a rédigé antérieurement. Contrairement à ce compte-rendu destiné au public, cet écrit est privé (puisqu'il s'adresse à un proche), ce qui permet à Hadrien de dire toute la vérité, sans avoir à l'altérer pour satisfaire le jugement du public. Il présente donc dans ce passage un pacte autobiographique, s'engageant à exposer la « vérité ». Ce pacte est bien entendu fictif, puisque Marguerite Yourcenar donne la parole de manière fictive à Hadrien.

- **La connaissance de soi :** Au-delà de la visée édifiante, ces mémoires ont surtout pour vocation de permettre au narrateur de « [se] mieux connaître avant de mourir ». Désormais âgé, Hadrien entreprend de porter un regard rétrospectif sur sa propre vie, de se regarder lui-même comme un autre, pour s'étudier et se juger le cas échéant. Au seuil de ces mémoires, il ne sait pas à quelles conclusions il parviendra. Hadrien évoque trois moyens d'accéder à la connaissance de l'homme : l'analyse de soi, l'observation des autres et les livres. En l'occurrence, l'introspection lui semble la méthode la plus efficace, parce que, contrairement aux deux autres, elle ne s'accommode pas de faux-semblants et ne donne pas lieu à des erreurs. C'est donc par ce moyen que l'on peut accéder à la vérité sur soi et sur l'homme.

La question de grammaire

Passage :

« J'ignore à quelles conclusions ce récit m'entraînera. »

Question :

Analysez la construction syntaxique de cette phrase. En quoi exprime-t-elle à la fois une négation et une interrogation ? Justifiez votre réponse. Que révèle-t-elle à propos du projet d'écriture ?

Analyse de la question de grammaire :

La question porte sur :
- l'interrogation : syntaxe, sémantique et pragmatique ;
- l'expression de la négation.

Réponse :

La proposition principale « j'ignore » est complétée par une proposition subordonnée interrogative indirecte « à quelles conclusions ce récit m'entraînera ». L'interrogation porte sur le complément d'objet indirect du verbe « m'entraînera » (futur de l'indicatif) : ce complément est « à quelles conclusions ». Le mot « quelles » est le déterminant interrogatif du nom « conclusions ».

La négation est exprimée de façon lexicale par l'emploi du verbe « ignorer ». Mais l'interrogation partielle suggère que des conclusions seront l'aboutissement de ce récit où une auteure du XXe siècle met en scène la lettre d'un empereur romain qui veut transmettre sa vision du monde et du pouvoir à son successeur.

2. Deuxième extrait : une expérience nocturne et mystique

Le texte étudié se trouve aux pages 163-165, de « Une fois dans ma vie » à « ma part consciente d'immortalité. »

■ *Notes*

- Osroès : roi parthe avec lequel Hadrien a négocié une paix durable.
- Tibur : ville antique proche de Rome.

■ *Mouvements du texte*

- **Premier mouvement, la nuit syrienne :** de « Une fois dans ma vie » à « et bientôt passé ».
- **Deuxième mouvement, une expérience mystique :** de « J'ai essayé de m'unir au divin » à « ma part consciente d'immortalité. »

■ *L'essentiel à retenir du texte*

- **Une prose poétique :** L'épisode donne lieu à l'une des pages les plus poétiques du roman, et illustre par là ce qu'est la prose poétique de Yourcenar. La situation du narrateur, dans le désert, sous la voûte céleste infinie, dans un état de paix intérieure et d'abandon, souligne la poésie du passage. L'écrivain utilise différents outils littéraires : la description de la lumière nocturne, l'évocation poétique des constellations aux noms allégoriques, les métaphores, le travail sur le rythme des phrases et les sonorités.
- **La communion avec le cosmos :** Le narrateur évoque un moment de solitude et d'abandon total (« abandonnant pour quelques heures », « je me suis livré »). Le silence, la nuit, la sensation que le temps est suspendu lui permettent une observation des astres d'une grande acuité (« les yeux bien ouverts »), au point d'écrire qu'il a « offert aux constellations le sacrifice d'une nuit entière ». Cette observation donne lieu à une communion avec le cosmos présentée comme un « voyage » : les constellations se balancent dans le ciel nocturne, se déplacent au cours de la nuit et le narrateur semble accompagner leur mouvement. D'ailleurs, cette expérience « inscri[t] en [lui] le mouvement des astres ». C'est donc une expérience à la fois extérieure et intérieure, un moment de fusion avec l'Univers.
- **L'expérience mystique :** Hadrien fait l'expérience d'une illumination, au sens propre et figuré, d'une « extase », c'est-à-dire d'un moment où l'être sort de lui-même pour accéder au divin. D'ailleurs il en parle comme d'un moment où il est parvenu à « [s'] unir au divin ». Cette expérience mystique lui donne accès à une forme d'« immortalité », comme il l'écrit en conclusion du passage. Il atteint en effet un point de fusion avec l'infini et l'éternel, qui lui permet de vivre intérieurement l'immortalité

tout en demeurant mortel, ce qui l'égale au divin. Cette « nuit syrienne » donne lieu à une méditation sur le temps, la finitude, la mort et le mystère que représente l'au-delà de la mort, et annonce la suite du roman, notamment la dernière partie.

La question de grammaire

Passage :

« Les feux, qu'on avait laissé brûler pour effrayer les chacals, s'éteignirent. »

Question :

Dans cette phrase, combien y a-t-il de propositions?

Relevez la proposition subordonnée. Est-elle conjonctive ou relative? Quel en est le mot introducteur? Quelle est sa fonction dans la subordonnée?

Enfin, expliquez l'accord du participe passé.

Analyse de la question de grammaire :

La question porte sur :
- les accords dans le groupe nominal et entre le sujet et le verbe;
- la syntaxe des propositions subordonnées relatives.

Réponse :

Dans cette phrase, il y a deux propositions.

La proposition principale est « les feux s'éteignirent ».

La proposition subordonnée « qu'on avait laissé brûler pour effrayer les chacals, » est une proposition subordonnée relative complément du nom « feux », son antécédent. Le mot introducteur de la relative est « qu' » : c'est un pronom qui reprend « les feux ». Dans la relative, « qu' » a la fonction COD du verbe « brûler ». Le participe passé « laissé » est invariable avec l'auxiliaire « avoir » même si le COD (« qu' ») est antéposé, dans le cas où le sujet « on » du verbe « avait laissé » n'est pas celui qui accomplit l'action de brûler. Le sujet subit l'action : le participe passé reste invariable.

3. Troisième extrait : méditation sur la mort

Le texte étudié se trouve aux pages 310-311, de « La méditation sur la mort » à « soulever des mondes. »

Notes

- « Petite figure boudeuse… » : il s'agit d'Antinoüs, l'amant d'Hadrien, qui s'est suicidé.
- Parturitions : accouchements.
- Épicure : philosophe de l'Antiquité, fondateur de l'école épicurienne, qui conçoit la mort comme vide et néant total.
- Tuf : matériau originel.

■ *Mouvements du texte*

- **Premier mouvement :** de « La méditation sur la mort » à « le rire d'Épicure. » : **méditation sur la mort.**
- **Deuxième mouvement :** de « J'observe ma fin » à « soulever des mondes. » : **soi-même comme un autre?**

■ *L'essentiel à retenir du texte*

- **Un passage méditatif et philosophique :** Le passage constitue une longue méditation sur la mort, qui présente un caractère général. En témoignent les phrases de portée générale et l'emploi du présent de vérité générale. Hadrien évoque sa propre mort, présentée comme imminente et presque désirée. Il évoque également la mort d'Antinoüs, l'homme qu'il aimait, et le deuil douloureux dont il a fait l'expérience. Il passe en revue les diverses croyances et conceptions de la mort qu'il a pu rencontrer : croyances égyptiennes, croyances romaines soutenues par les prêtres, théories de l'immortalité, conception épicurienne de la mort comme un néant. Aucune ne lui semble résoudre le mystère de la mort. Son expérience personnelle et son intuition philosophique ne peuvent se satisfaire de ces hypothèses. La réflexion philosophique est teintée de poésie, la mort étant évoquée par des métaphores et décrite comme une frontière temporelle.
- **Une réflexion sur la permanence de l'identité :** Au terme de sa vie et de ses mémoires, Hadrien s'interroge sur les changements qui affectent son identité d'homme. Il s'étudie, s'observe et cette observation nourrit sa méditation sur la vie et la mort. Il rappelle des moments marquants de sa vie (enfance, deuil, campagnes militaires) et se désigne lui-même à la 3e personne du singulier, s'observant donc de l'extérieur, comme un autre. Pour autant, il constate la permanence de son identité : les temps verbaux (passé et présent) rendent compte de cette permanence dans le changement (« Je suis ce que j'étais ») et il lui semble que le fondement de son être, évoqué de manière métaphorique, est inchangé en dépit des transformations purement extérieures et superficielles. Il lui semble même possible de vivre encore d'autres vies, dans un autre lui-même, qui, tout en étant autre, serait encore lui.

La question de grammaire

Passage :

« Il se peut après tout que ces gens-là aient raison, et que la mort soit faite de la même matière fuyante et confuse que la vie. »

Question :

Quel est le mode verbal employé dans les propositions subordonnées ? Justifiez son emploi. Qu'exprime-t-il ?

Analyse de la question de grammaire :

La question porte sur :

– le verbe : valeurs temporelles, aspectuelles, modales ; concordance des temps.

Réponse :

Le mode verbal utilisé dans les subordonnées est le subjonctif : « aient, soit faite ». Cela provient d'un élément présent dans la principale complétive : « il se peut qu'…et que… ». La classe sémantique du verbe indique un sentiment de doute qui entraîne le subjonctif. Le subjonctif met l'accent sur la probabilité.

LE THÉÂTRE

du XVIIe au XXIe siècle

SOMMAIRE

PHÈDRE

Jean Racine

Phèdre
Jean Racine

I Réflexions sur « Passion et tragédie »

L'intitulé du parcours relie ***passion*** et ***tragédie***. Les deux notions sont intimement liées et pourtant paradoxales. En effet, depuis Aristote qui présente les principes de la tragédie antique dans *Poétique*, le spectacle tragique a pour objet les questions relatives au fonctionnement de l'État. Or, la passion est considérée comme **une faiblesse humaine**. Elle domine les hommes et presque tous les héros tragiques en subissent les effets dévastateurs. Elle est une source de conflits et elle impose aux personnages des dilemmes moraux qui nourrissent l'intrigue. Les désordres amoureux sont au cœur de presque toutes les tragédies. On peut donc se demander : **peut-il y avoir tragédie sans passion** ?

La passion joue un **rôle fondamental** dans la construction de l'intrigue d'une tragédie : elle est l'élément déclencheur de la crise qui se joue sous les yeux du spectateur, elle pousse le héros à faire des choix funestes et engendre des péripéties. Elle précipite le dénouement.

Alors que pour Corneille l'amour passionné révèle une grandeur d'âme et implique un dépassement de soi héroïque, Racine condamne ses héros passionnés à un **destin funeste**. **Sa vision de l'amour est pessimiste**, c'est une faute, la transgression d'un interdit : selon lui, **la passion détourne du devoir moral**.

Mettre en scène la passion permet de proposer une **réflexion sur les faiblesses des hommes** et d'inviter le spectateur à l'introspection.

L'intitulé du parcours invite à se poser diverses **questions** :

- Peut-il y avoir tragédie sans passion ?
- Peut-il y avoir passion sans tragédie ?
- La passion est-elle le seul ressort tragique ?
- La passion est-elle nécessairement funeste ?
- Que dit la passion du personnage tragique ?
- Que révèle le personnage tragique de la passion ?

Présentation d'une œuvre s'inscrivant dans le parcours

La pièce *Œdipe roi* de Sophocle, représentée pour la première fois en 429 av. J.-C., peut s'inscrire dans le parcours « Passion et tragédie » :

- Œdipe, un roi plein d'orgueil et d'intelligence, est un personnage tragique par excellence car plus il croit être maître de son destin, plus il est en réalité le jouet des dieux qui ont maudit sa famille.
- Œdipe connaît une passion coupable : il a tué son père sans le savoir, et épousé sa mère avec qui il a eu des enfants.
- Porté au pinacle pour être ensuite humilié, il souffre au moment de la révélation. Son destin renvoie à l'étymologie du mot « passion » qui vient du latin *passio*, signifiant « souffrance ». Œdipe décide de se crever les yeux pour ne pas voir ses enfants, qui sont aussi ses frères et sœurs. Par cet acte, il exprime sa souffrance.
- Le sacrifice tragique de la vue donne à voir combien même les hommes les plus puissants ne contrôlent qu'une infime partie du cours de leur existence.
- Dans ces conditions, les passions, comme l'amour, l'orgueil et la souffrance, sont les emblèmes du destin tragique qui attend tous les hommes.

II L'œuvre au programme

A L'auteur : Jean Racine (1639-1699)

Racine est orphelin. Il est élevé par sa grand-mère à l'abbaye janséniste de Port-Royal qui enseigne avec austérité la religion catholique. Cette éducation le marque profondément et influence son œuvre théâtrale.

Racine est un homme du XVIIe siècle et l'un des plus célèbres représentants du classicisme. Dès ses débuts au théâtre, il s'impose comme le meilleur dramaturge de sa génération. En 1664, sa première tragédie, *La Thébaïde*, est un succès. Il compose douze pièces : onze tragédies et une comédie (*Les Plaideurs* en 1664) qui sont principalement jouées à l'Hôtel de Bourgogne à Paris.

Au moment de la première représentation de *Phèdre* en 1677, Racine est au sommet de sa gloire mais il renonce un temps à l'écriture théâtrale. Louis XIV le nomme historiographe en 1677. Il suit le roi et consigne tous ses faits et gestes pour la postérité. En 1689 et 1691, il compose à nouveau deux tragédies bibliques, *Esther* et *Athalie*, à la demande de Mme de Maintenon.

B L'œuvre : Phèdre (1677)

L'intrigue de *Phèdre* est empruntée à Euripide et à Sénèque. Phèdre, fille de Minos – roi de Crète – et de Pasiphaé, a épousé Thésée après qu'il a vaincu le Minotaure. Elle suit son époux à Trézène et tombe amoureuse du fils qu'il a eu d'une précédente union. Elle est victime d'une malédiction des dieux : Vénus se venge sur elle car son grand-père avait révélé son infidélité à son époux. Elle condamne toute sa famille à vivre des amours malheureuses.

La pièce de Racine commence alors que Phèdre se meurt d'amour pour Hippolyte, son beau-fils. Elle tente en vain d'échapper à cette passion qu'elle avoue à sa confidente Œnone puis à Hippolyte lui-même qui la repousse. Lorsqu'elle comprend qu'il en aime une autre, une jalousie terrible s'empare d'elle et la pousse à accuser le jeune homme d'avoir voulu la séduire. Thésée maudit son fils et en appelle à Poséidon pour le punir. Phèdre finit par avouer la vérité à son époux mais il est trop tard pour sauver Hippolyte.

Racine considère *Phèdre* comme la meilleure de ses tragédies : le dramaturge raconte l'histoire d'un amour fou et irrépressible. Mais c'est un amour impossible qui condamne son héroïne à subir les pires souffrances et à commettre les actes les plus monstrueux. Par ailleurs, chacune de ses actions, chacune de ses paroles augmente fatalement sa culpabilité. Car Phèdre, bien que consciente de ses crimes est incapable d'en assumer la responsabilité. Elle est par ailleurs incapable de maîtriser sa passion pour Hippolyte. Ainsi, par amour, elle court inévitablement à sa perte.

Citation

« Les moindres fautes y sont sévèrement punies ; la seule pensée du crime y est regardée avec autant d'horreur que le crime même ; les faiblesses de l'amour y passent pour de vraies faiblesses ; les passions n'y sont présentées aux yeux que pour montrer tout le désordre dont elles sont cause ; et le vice y est peint partout avec des couleurs qui en font connaître et haïr la difformité.

Jean Racine, préface de *Phèdre*, 1677

C Analyses linéaires et question de grammaire sur trois textes-clés

1. Acte I, scène III

PHÈDRE.
Mon mal vient de plus loin. À peine au fils d'Égée[1]
Sous les lois de l'hymen[2] je m'étais engagée,
Mon repos, mon bonheur, semblait être affermi,
Athènes mon montra mon superbe ennemi.
Je le vis, je rougis, je pâlis à sa vue ;
Un trouble s'éleva dans mon âme éperdue ;
Mes yeux ne voyaient plus, je ne pouvais parler ;
Je sentis tous mon corps et transir[3] et brûler.
Je reconnus Vénus[4] et ses feux redoutables,
D'un sang qu'elle poursuit, tourments inévitables.
Par des vœux assidus je crus les détourner :
Je lui bâtis un temple et pris soin de l'orner ;
De victimes moi-même à toute heure entourée,
Je cherchais dans leurs flancs ma raison égarée.
D'un incurable[5] amour remèdes impuissants !
En vain sur les autels ma main brûlait l'encens :
Quand ma bouche implorait le nom de la déesse,
J'adorais Hippolyte, et le voyant sans cesse,
Même au pied des autels que je faisais fumer,
J'offrais tout à ce dieu que je n'osais nommer.
Je l'évitais partout. Ô comble de misère !
Mes yeux le retrouvaient dans les traits de son père.
Contre moi-même enfin j'osais me révolter :
J'excitai mon courage à le persécuter.
Pour bannir l'ennemi dont j'étais idolâtre,
J'affectai[6] les chagrins d'une injuste marâtre ;
Je pressai son exil, et mes cris éternels
L'arrachèrent du sein et des bras paternels.
Je respirais, Œnone ; et depuis son absence,
Mes jours moins agités coulaient dans l'innocence ;
Soumise à mon époux, et cachant mes ennuis,
De son fatal hymen je cultivais les fruits[7].
Vaines précautions ! Cruelle destinée !

Par mon époux lui-même à Trézène amenée,
J'ai revu l'ennemi que j'avais éloigné :
Ma blessure trop vive aussitôt a saigné.
Ce n'est plus une ardeur dans mes veines cachée :
C'est Vénus toute entière à sa proie attachée.
J'ai conçu pour mon crime une juste terreur.
J'ai pris la vie en haine et ma flamme en horreur;
Je voulais en mourant prendre soin de ma gloire,
Et dérober au jour une flamme[8] si noire.
Je n'ai pu soutenir tes larmes, tes combats;
Je t'ai tout avoué; je ne m'en repens pas,
Pourvu que de ma mort respectant les approches,
Tu ne m'affliges plus par l'injuste reproche,
Et que tes vains secours cessent de rappeler
Un reste de chaleur tout prêt à s'exhaler[9].

1. Fils d'Égée : Thésée.
2. Hymen : mariage.
3. Transir : geler.
4. Vénus : déesse de l'amour dans la mythologie romaine.
5. Incurable : que l'on ne peut soigner.
6. Affecter : feindre, faire semblant.
7. Phèdre et Thésée ont eu deux enfants.
8. Flamme : amour passionné.
9. S'exhaler : s'évaporer.

■ *Légende de l'analyse linéaire*

- , ; Parataxe révélant l'intensité du choc et l'incapacité du héros à l'éviter
- ▶ Périphrases pour désigner Hippolyte
- ▶ Dimension épique du combat de Phèdre contre la passion
- ▶ Symptômes du coup de foudre amoureux
- ▶ Violence dirigée contre l'objet de son amour
- ▶ Évocation de la mort comme seule échappatoire

Mouvements du texte

- **Premier mouvement, le récit de la rencontre avec Hippolyte, le coup de foudre et ses effets :** de « Mon mal » à « tourments inévitables ».
- **Deuxième mouvement, Phèdre lutte en vain contre la passion amoureuse :** de « Par des vœux » à « bras paternels ».
- **Troisième mouvement, un soulagement provisoire :** de « Je respirais » à « sa proie attachée ».
- **Quatrième mouvement, la mort comme seul remède à la passion :** de « J'ai conçu » à la fin.

L'essentiel à retenir du texte

- **Une scène d'aveux :** Phèdre se meurt, dévorée par la passion coupable qu'elle éprouve pour Hippolyte. Sa nourrice et confidente Œnone, qui ignore les causes de sa détresse, la pousse aux aveux. Phèdre révèle ses sentiments dans une longue tirade. Puis elle annonce qu'elle souhaite mourir pour échapper à ses tourments insupportables.
- **Le récit d'un coup de foudre amoureux :** Phèdre raconte à Œnone dans quelles circonstances elle a rencontré Hippolyte et ce qu'elle a ressenti. Elle subit les effets traditionnels du coup de foudre : le trouble physique, l'altération de ses facultés de raisonnement et l'obsession. La soudaineté et la brutalité du coup de foudre sont décrites comme le serait une maladie incurable qui la condamnerait.
- **Phèdre, une héroïne passionnée et désespérée :** La passion s'abat sur les personnages sans prévenir. Elle crée du chaos dans l'univers théâtral et engendre un conflit qui oppose le héros aux autres forces en présence. Phèdre décrit la passion comme un sentiment destructeur qui la pousse au vice. Elle mène un combat à armes inégales puisque la fureur des dieux et de l'amour s'est abattue sur elle. Consciente du fait qu'elle lutte en vain, elle considère la mort comme la seule échappatoire possible. Son sort inspire terreur et pitié aux spectateurs.

La question de grammaire

Passage :

« Mes yeux ne voyaient plus, je ne pouvais parler; [...]

D'un incurable amour remèdes impuissants! »

Question :

Étudiez l'expression de la négation dans ces deux vers de la tirade de Phèdre. En quoi cette structure syntaxique est-elle tragique?

Analyse de la question de grammaire :

La question porte sur :

– l'expression de la négation.

Réponse :

La négation est ici exprimée au moyen d'adverbes : « ne plus », « ne ». Habituellement la négation comprend deux mots qui encadrent l'élément nié. C'est le cas dans la première proposition. « Ne plus » encadre le verbe « voyaient » et porte sur ce verbe. Phèdre perd l'usage de la vision, aveuglée par l'amour.

Dans la deuxième proposition juxtaposée, la négation ne comporte que l'adverbe « ne ». C'est un emploi ancien de la langue. Ici, cela a une connotation tragique et met en évidence le fait que Phèdre ne peut plus parler : les éléments de la négation (« pas », « plus », etc.) disparaissent de sa phrase.

Le mot « incurable » est composé d'un préfixe « in- » qui introduit également une dimension négative : *cura* en latin signifie « le soin ». Phèdre se meurt d'un mal incurable; un mal inéluctable frappe ses sens et la condamne à une mort tragique. Cela se confirme dans la composition du mot « impuissants » (préfixe « im- »).

2. Acte II, scène V

HIPPOLYTE.
Je vois de votre amour l'effet prodigieux.
Tout mort qu'il est, Thésée est présent à vos yeux.
Toujours de son amour votre âme est embrasée.

PHÈDRE.
Oui, Prince, je languis, je brûle pour Thésée.
Je l'aime, non point tel que l'ont vu les Enfers,
Volage[1] adorateur de mille objets divers,
Qui va du dieu des morts déshonorer la couche;
Mais fidèle, mais fier, et même un peu farouche,
Charmant, jeune, traînant tous les cœurs après soi,
Tel qu'on dépeint nos dieux, ou tel que je vous vois.
Il avait votre port, vos yeux, votre langage.
Cette noble pudeur colorait son visage,
Lorsque de notre Crète il traversa les flots,
Digne sujet des vœux[2] des filles de Minos[3].
Que faisiez-vous alors? Pourquoi sans Hippolyte
Des héros de la Grèce assembla-t-il l'élite?
Pourquoi trop jeune encor ne pûtes-vous alors
Entrer dans le vaisseau qui le mit sur nos bords?
Par vous aurait péri le monstre de la Crète[4]
Malgré tous les détours de sa vaste retraite[5].
Pour en développer l'embarras incertain
Ma sœur[6] du fil fatal[7] eût armé votre main.
Mais non, dans ce dessein je l'aurais devancée.
L'amour m'en eût d'abord inspiré la pensée.
C'est moi, Prince, c'est moi dont l'utile secours
Vous eût du labyrinthe enseigné les détours.
Que de soins m'eût coûtés cette tête charmante!
Un fil n'eût point assez rassuré votre amante.
Compagne du péril qu'il vous fallait chercher,
Moi-même devant vous j'aurais voulu marcher,
Et Phèdre au labyrinthe avec vous descendue,
Se serait avec vous retrouvée, ou perdue.

HIPPOLYTE.
Dieux ! Qu'est-ce que j'entends ? Madame, oubliez-vous
Que Thésée est mon père, et qu'il est votre époux ?

1. Volage : changeant.
2. Sujet des vœux : prétendant.
3. Filles de Minos : Phèdre et Ariane.
4. Le monstre de la Crète : le minotaure.
5. Vaste retraite : labyrinthe construit par Dédale.
6. Ma sœur : Ariane.
7. Fil fatal : fil qu'Ariane donne à Thésée et qui lui permet de ressortir du labyrinthe.

Légende de l'analyse linéaire

- ? Modalité interrogative (regret chez Phèdre, horreur chez Hippolyte)
- ▶ Omniprésence d'Hippolyte
- ▶ Termes laudatifs
- ▶ Évocation des sentiments de Phèdre
- ▶ Subjonctifs plus-que-parfait et conditionnels passés forment l'irréel du passe : ces faits n'ont pas eu lieu, au grand regret de Phèdre.

Mouvements du texte

- **Premier mouvement, portrait élogieux de Thésée et implicitement d'Hippolyte** : de « Oui, Prince » à « filles de Minos ».
- **Second mouvement, la reconstitution d'un passé fantasmé** : de « Que faisiez-vous alors ? » à la fin.

L'essentiel à retenir du texte

- **L'aveu progressif de Phèdre :** L'annonce de la mort de Thésée laisse Phèdre libre d'aimer Hippolyte. Mais elle ignore qu'il aime une autre femme, Aricie, lorsqu'elle lui avoue ses sentiments. Dans son discours, elle confond progressivement le père et le fils dont elle superpose les images. Elle dresse des deux hommes un portrait parallèle très élogieux. Puis elle substitue l'image d'Hippolyte à celle de Thésée.
- **Hippolyte, l'objet d'une passion frénétique :** Alors qu'il vient de constater la force de l'amour de Phèdre pour son père, Hippolyte se retrouve au centre de son discours. Elle imagine un passé dans lequel elle l'aurait rencontré à la place de Thésée et où elle aurait joué le rôle de sa sœur pour le sauver du minotaure. Horrifié, il comprend à la fin de sa tirade qu'il est le véritable objet de la passion de Phèdre.
- **L'engrenage de la mécanique tragique :** Cet aveu de Phèdre précipite le cours tragique des événements. Hippolyte la repousse et quand Phèdre comprend qu'il en aime une autre, une terrible jalousie va s'emparer d'elle. Elle préfère détruire l'objet de son amour plutôt que de le perdre. Cette démesure de la passion s'appelle l'hubris en grec.

La question de grammaire

Passage :

« Compagne du péril qu'il vous fallait chercher,
Moi-même devant vous j'aurais voulu marcher,
Et Phèdre au labyrinthe avec vous descendue,
Se serait avec vous retrouvée, ou perdue. »

Question :

Relevez les verbes conjugués et commentez la concordance des temps. Quel est le mode verbal employé par Phèdre et pourquoi provoque-t-il une telle réaction de la part d'Hippolyte dans la réplique suivante ?

Analyse de la question de grammaire :

La question porte sur :

- le verbe : valeurs temporelles, aspectuelles, modales ; concordance des temps.

Réponse :

Les verbes conjugués dans ce passage permettent à Phèdre de réécrire le passé :

- « fallait » ;
- « aurais voulu » ;
- « Se serait retrouvée ».

Habituellement, le conditionnel est un mode qui indique une action dont la réalisation est la conséquence d'une condition. Ici, le conditionnel passé « j'aurais voulu » et « se serait retrouvée », indique que Phèdre situe l'action dans le passé. Mais elle évoque un passé qui n'a jamais eu lieu. C'est la valeur modale du conditionnel : l'irréel du passé. Avec le conditionnel passé, l'usage de l'imparfait « fallait » permet de marquer la simultanéité des actions. Elle aurait aidé Hippolyte à vaincre le péril (Minotaure).

Hippolyte réagit avec fureur car il comprend la folie de Phèdre : elle parle du passé en réécrivant l'histoire et en niant les exploits de son père Thésée. En effet, Phèdre veut dire qu'elle aurait préféré que le vainqueur du Minotaure soit Hippolyte plutôt que Thésée. Elle avoue ainsi aimer son beau-fils au lieu de son époux.

3. Acte V, scène VII

PHÈDRE.
Non, Thésée, il faut rompre un injuste silence :
Il faut à votre fils rendre son innocence.
Il n'était point coupable.

THÉSÉE.
Ah père infortuné !
Et c'est sur votre foi que je l'ai condamné !
Cruelle, pensez-vous être assez excusée…

PHÈDRE.
Les moments me sont chers, écoutez-moi, Thésée.
C'est moi qui sur ce fils chaste et respectueux
Osai jeter un œil profane, incestueux.
Le ciel mit dans mon sein une flamme[1] funeste.
La détestable Œnone a conduit tout le reste.
Elle a craint qu'Hippolyte instruit de ma fureur
Ne découvrît un feu[2] qui lui faisait horreur.
La perfide abusant de ma faiblesse extrême.
S'est hâtée à vos yeux de l'accuser lui-même.
Elle s'en est punie, et fuyant mon courroux[3]
A cherché dans les flots un supplice trop doux.
Le fer aurait déjà tranché ma destinée.
Mais je laissais gémir la vertu soupçonnée.
J'ai voulu, devant vous exposant mes remords,
Par un chemin plus lent descendre chez les morts.
J'ai pris, j'ai fait couler dans mes brûlantes veines
Un poison que Médée apporta dans Athènes.
Déjà jusqu'à mon cœur le venin parvenu
Dans ce cœur expirant jette un froid inconnu ;
Déjà je ne vois plus qu'à travers un nuage
Et le ciel, et l'époux que ma présence outrage ;
Et la mort à mes yeux dérobant la clarté
Rend au jour, qu'ils souillaient[4], toute sa pureté.

PANOPE.
Elle expire, Seigneur.

THÉSÉE.
D'une action si noire
Que ne peut avec elle expirer la mémoire?
Allons de mon erreur, hélas! trop éclaircis
Mêler nos pleurs au sang de mon malheureux fils.
Allons de ce cher fils embrasser ce qui reste,
Expier la fureur d'un vœu que je déteste.
Rendons-lui les honneurs qu'il a trop mérités.
Et pour mieux apaiser ses mânes[5] irrités,
Que malgré les complots d'une injuste famille
Son amante aujourd'hui me tienne lieu de fille.

1. Flamme : amour passionné.
2. Feu : sentiment amour.
3. Courroux : colère.
4. Souiller : déshonorer.
5. Mânes : esprit des morts.

Légende de l'analyse linéaire

- ▶ Expressions de la volonté de Phèdre
- ▶ Tonalité pathétique : souffrance de Thésée
- ▶ Les effets du poison
- ▶ Phèdre désigne les coupables
- ▶ Expressions relatives à la mort

Mouvements du texte

- **Premier mouvement, la révélation de Phèdre à Thésée** : de « Non, Thésée » à « assez excusée… ».
- **Deuxième mouvement, Phèdre désigne les vrais coupables (elle et Œnone)** : de « Les moments » à « toute sa pureté ».
- **Troisième mouvement, la douleur et le repentir de Thésée** : de « Elle expire » à la fin.

■ *L'essentiel à retenir du texte*

- **Le dernier aveu de Phèdre à Thésée :** Phèdre, avant de mourir, déclare à Thésée que son fils est innocent. Elle accuse Œnone (qui vient de se suicider) et les dieux d'être responsables de ses agissements. Elle se considère davantage comme une victime que comme une coupable. Quand elle s'accuse elle-même, son discours prend le ton de la confession. Thésée a le mot de la fin. Il n'est plus aveuglé par sa colère ; il exprime sa souffrance et son amertume. Il reconnaît sa responsabilité et condamne cet excès de colère. Il expie ses fautes en prenant Aricie pour fille.
- **L'agonie de l'héroïne tragique :** La passion a conduit Phèdre au désespoir, à la cruauté et à la mort. Pour échapper à ses tourments, elle choisit de se suicider. Elle opte pour le poison qui lui permet de faire ses aveux et d'expier ses fautes avant de mourir. Cette scène suscite la terreur et la pitié du spectateur qui assiste à son agonie.
- **Le dénouement de la tragédie, la mort comme ultime remède à la passion :** Selon Aristote, la tragédie a une vertu purificatrice qu'il appelle la catharsis. La passion est considérée comme une maladie incurable. La mort est donc le dernier recours de Phèdre. Thésée est également puni de ses excès et condamné à la solitude en perdant sa femme et son fils. Le dénouement de la pièce montre au public les ravages de la passion.

La question de grammaire

Passage :

« D'une action si noire

Que ne peut avec elle expirer la mémoire ? »

Question :

Commentez la construction syntaxique de cette interrogation. Quel est le registre de langue employé ? Reformulez-la en utilisant le registre courant. Est-ce une interrogation totale ou partielle ? Que veut dire Thésée ? Justifiez votre réponse.

Analyse de la question de grammaire :

La question porte sur :

- l'interrogation : syntaxe, sémantique et pragmatique ;
- l'expression de la négation ;
- le lexique.

Réponse :

Cette interrogation est construite de manière à mettre en relief le complément du nom « mémoire » qui est « d'une action si noire ». Le complément du nom est antéposé pour insister sur le crime impardonnable de Phèdre. On reconnaît une interrogation à la présence du point d'interrogation, à l'inversion sujet/verbe « peut »/« la mémoire » et du mot interrogatif « que ». Cet emploi de « que » est un usage ancien de la langue. On peut le remplacer par « pourquoi ».

Afin de rythmer la phrase versifiée, le complément circonstanciel d'accompagnement « avec elle » est inséré entre le verbe et le sujet, juste à l'hémistiche, ce qui met en valeur la mort tragique de Phèdre. Cela suggère qu'elle a expiré. Thésée prononce ce vers en exprimant sa rage contre « elle ».

C'est une question rhétorique dont la seule réponse possible est « non ». En effet, la négation est constituée d'un seul élément (« ne ») dans la question. Le souvenir du crime de Phèdre ne peut pas s'effacer et disparaître comme elle dans la mort. C'est donc une interrogation totale.

Dans le registre courant, Thésée pourrait dire : « Pourquoi le souvenir de son crime horrible ne peut-il pas mourir en même temps qu'elle ? ».

LE MARIAGE DE FIGARO

Beaumarchais

Le Mariage de Figaro Beaumarchais

I Réflexions sur « La comédie du valet »

L'intitulé du parcours s'intéresse au personnage du valet dans le genre théâtral de la comédie. Ce rôle remonte aux origines du théâtre sous les traits de l'esclave dans les comédies antiques. S'il est souvent **ingénieux et loyal**, le valet peut aussi être stupide et grossier dans les comédies italiennes de la *commedia dell'arte*. Il est souvent **dévoué** mais peut également se montrer lâche et fourbe. Cette opposition existe chez Molière mais elle est moins fréquente. Il fait du valet un des personnages essentiels à l'intrigue de ses pièces. En effet, le valet forme avec son maître un couple inséparable, un duo complémentaire ou opposé selon les situations. L'ingéniosité du valet lui permet de venir en aide à un maître en difficulté et de le sauver de situations périlleuses. Il peut également **incarner la voix de la raison** quand il est face à un maître excessif et despotique ou aveuglé par ses passions.

Au théâtre, le valet et son maître forment donc un couple comique traditionnel. À partir du XVIIIe siècle, ce duo offre entre autres aux auteurs l'occasion de proposer une **réflexion sur les injustices sociales**. En effet, Marivaux et Beaumarchais s'inscrivent dans le courant des Lumières et avec eux **le théâtre devient une tribune** qui permet de dénoncer les abus de pouvoir des puissants.

L'intitulé du parcours invite à se poser diverses **questions** :

- Quel rôle le valet joue-t-il dans une comédie ?
- Dans quelle mesure sa place est-elle fondamentale ?
- Quels comportements, quelles actions, quels discours en font un personnage comique ?
- Comment la figure du valet a-t-elle évolué à travers l'histoire littéraire ?
- En quoi le statut du valet permet-il d'en faire le porte-parole d'une révolte sociale et d'une réflexion sur le pouvoir ?
- Comment l'évolution du personnage archétypique du valet permet-elle la remise en question d'un ordre établi ?

Présentation d'une œuvre s'inscrivant dans le parcours

La pièce *Les Fourberies de Scapin* de Molière, représentée pour la première fois en 1671, peut s'inscrire dans le parcours « La comédie du valet » :

- Scapin est le valet de Léandre, un jeune amoureux. Pour servir son maître, il va se jouer du père de Léandre. Cette pièce montre l'inversion de la relation entre un maître et son valet.
- La pièce est une source de comique de mots, de répétition, de gestes, de situation.
- Cette pièce permet de faire la satire de la société très codifiée du XVIIe siècle. En effet, elle évoque de façon comique les trois ordres que sont la noblesse, la bourgeoisie et le tiers état.
- Molière se moque des bourgeois davantage préoccupés par leur argent que par leur famille.
- Le valet, issu du peuple, est intelligent et rusé, c'est-à-dire « fourbe ». Malgré sa condition, il n'en est pas moins celui qui résout les conflits.
- Le valet est comme le metteur en scène de la vie de ses maîtres, ce qui fait de cette pièce « la comédie du valet ».

II L'œuvre au programme

A L'auteur : Beaumarchais (1732-1799)

Pierre-Augustin Caron de Beaumarchais est le fils d'un horloger et embrasse la même carrière que son père. Il est tour à tour homme d'affaires, professeur de harpe des filles de Louis XV, secrétaire du roi envoyé en missions secrètes à Londres ou à Vienne. C'est un brillant esprit.

Ses premières œuvres littéraires n'ont aucun succès mais, en 1775, sa première pièce, ***Le Barbier de Séville***, est un triomphe qui lui apporte la célébrité.

Il fonde la Société des auteurs et compositeurs dramatiques en 1777 pour défendre les droits et le statut des auteurs. Il refuse l'argent que la Comédie-Française devait lui verser pour une trentaine de représentations du *Barbier de Séville*. Il exige de connaître les recettes exactes rapportées par le spectacle de sa pièce pour être justement rémunéré. Il faut attendre 1791 pour qu'une loi concernant les droits d'auteur soit votée à l'Assemblée nationale. Cette loi forme encore aujourd'hui la base de la législation en matière de droits des auteurs.

Le deuxième volet de la trilogie de Beaumarchais, ***Le Mariage de Figaro,*** est une comédie en cinq actes. **Elle est d'abord interdite par Louis XVI** – qui y voit la critique de la monarchie absolue – avant de remporter un grand succès. Sa dernière pièce, ***La Mère coupable***, qui clôt la trilogie, emportera également l'adhésion du public en 1796.

B L'œuvre : Le Mariage de Figaro (1784)

Après le triomphe du *Barbier de Séville* en 1775, Beaumarchais écrit la **suite des aventures du comte Almaviva et de Figaro**. Plusieurs années ont passé, le comte a épousé Rosine et Figaro est rentré à son service. Il est concierge du château, c'est-à-dire intendant. Il doit épouser Suzanne, la première camériste (femme de chambre) de la comtesse. Mais le comte délaisse sa femme et a jeté ses vues sur la fiancée de Figaro. Il est devenu un odieux seigneur qui veut exercer son « **droit de cuissage** » et profiter du fait que les seigneurs pouvaient exiger les faveurs de leurs servantes. Figaro fait tout pour le détourner de ce projet mais il doute parfois de la sincérité de sa fiancée. La comtesse et Suzanne s'allient pour déjouer elles aussi les plans du comte.

Le sous-titre de la pièce, « La folle journée », rend compte du **rythme effréné** de cette comédie. **Le ton de la pièce est plaisant**, l'intrigue emprunte **le schéma traditionnel des amours contrariées**.

Beaumarchais est l'héritier de Molière. Comme pour son prédécesseur, le théâtre permet de montrer et de **ridiculiser les vices des hommes** de son temps. Certains passages de la pièce gagnent d'ailleurs en gravité quand les personnages remettent en question l'ordre social et dénoncent les mœurs de la société de la fin du siècle, quelques années avant la Révolution française. En effet, cette pièce est l'occasion pour son auteur de proposer une critique virulente de l'aristocratie.

Figaro est le personnage principal du *Mariage de Figaro*. **Pour la première fois dans l'histoire du théâtre, un valet tient le premier rôle.** Il est rusé, facétieux, insolent, comme la plupart des valets de comédie. Mais Beaumarchais lui donne une dimension supplémentaire : **Figaro est un révolté**. Il s'insurge contre l'ordre social, dénonce les privilèges des aristocrates et toutes les formes d'injustices.

C Analyses linéaires et question de grammaire sur trois textes-clés

1. Acte III, scène V

LE COMTE.
Quel motif avait la Comtesse pour me jouer un pareil tour[1] ?

FIGARO.
Ma foi, Monseigneur, vous le savez mieux que moi.

LE COMTE.
Je la préviens[2] sur tout, et la comble de présents.

FIGARO.
Vous lui donnez, mais vous êtes infidèle. Sait-**on** gré du superflu à qui nous prive du nécessaire ?

LE COMTE.
… Autrefois tu me disais tout.

FIGARO.
Et maintenant je ne vous cache rien.

LE COMTE.
Combien la Comtesse t'a-t-elle donné pour cette belle association ?

FIGARO.
Combien me donnâtes-vous pour la tirer des mains du docteur[3] ? Tenez, Monseigneur, n'humilions pas l'homme qui nous sert bien, crainte d'en faire un mauvais valet.

LE COMTE.
Pourquoi faut-il qu'il y ait toujours du louche en ce que tu fais ?

FIGARO.
C'est qu'**on** en voit partout quand **on** cherche des torts.

LE COMTE.
Une réputation détestable !

FIGARO.
Et si je vaux mieux qu'elle ? Y a-t-il beaucoup de seigneurs qui puissent en dire autant ?

LE COMTE.
Cent fois je t'ai vu marcher à la fortune[4], et jamais aller droit.

FIGARO.
Comment voulez-vous ? la foule est là : chacun veut courir : **on** se presse, **on** pousse, **on** coudoie[5], **on** renverse, arrive qui peut ; le reste est écrasé. Aussi c'est fait ; pour moi, j'y renonce.

LE COMTE.
À la fortune ? (*À part.*) Voici du neuf.

FIGARO, *à part.*
A mon tour maintenant. (*Haut.*) Votre Excellence m'a gratifié de la Conciergerie du château ; c'est un fort joli sort : à la vérité, je ne serai pas le courrier Ètrenné[6] des nouvelles intéressantes ; mais, en revanche, heureux avec ma femme au fond de l'Andalousie…

LE COMTE.
Qui t'empêcherait de l'emmener à Londres ?

FIGARO.
Il faudrait là quitter si souvent que j'aurais bientôt du mariage par-dessus la tête.

LE COMTE.
Avec du caractère et de l'esprit, tu pourrais un jour t'avancer dans les bureaux.

FIGARO.
De l'esprit pour s'avancer? Monseigneur se fit du mien. Médiocre et rampant, et l'on arrive à tout.

LE COMTE.
… Il ne faudrait qu'étudier un peu sous moi la politique[7].

FIGARO.
Je la sais.

LE COMTE.
Comme l'anglais, le fond de la langue!

FIGARO.
Oui, s'il y avait ici de quoi se vanter. Mais feindre d'ignorer ce qu'on sait, de savoir tout ce qu'on ignore; d'entendre ce qu'on ne comprend pas, de ne point ouïr ce qu'on entend; surtout de pouvoir au-delà de ses forces; avoir souvent pour grand secret de cacher qu'il n'y en a point; s'enfermer pour tailler des plumes, et paraître profond quand on n'est, comme on dit, que vide et creux; jouer bien ou mal un personnage, répandre des espions et pensionner des traîtres; amollir des cachets[8], intercepter des lettres, et tâcher d'ennoblir la pauvreté des moyens par l'importance des objets : voilà toute la politique, ou je meure!

LE COMTE.
Et! C'est l'intrigue que tu définis!

1. Un pareil tour : plus tôt dans la pièce, le comte a cru que sa femme cachait un amant dans sa chambre; il s'agissait en réalité de Suzanne.
2. Je la préviens : je prends soin d'elle.
3. Figaro fait référence à l'intrigue du premier volet de la trilogie de Beaumarchais, *Le Barbier de Séville*, dans lequel il avait aidé le comte à séduire sa femme retenue prisonnière par Bartholo le docteur.
4. Marcher à la fortune : mener ta vie au hasard.
5. Coudoie : heurte du coude.
6. Courrier étrenné : premier à recevoir des nouvelles.
7. Sous moi : à mon service.
8. Amollir les cachets : ouvrir discrètement les lettres en ramollissant les cachets de cire afin de les lire secrètement.

Légende de l'analyse linéaire

- ▶ Formules proverbiales
- ☐ Emploi du conditionnel
- ▶ Lexique de la duplicité
- ▶ Reproches explicites et implicites adressés par Figaro au comte
- ▶ Emploi du pronom indéfini généralisant « on »
- ▶ Ton catégorique de Figaro
- ▶ Stratégie du comte pour manipuler Figaro en le flattant

Mouvements du texte

- **Premier mouvement, le comte Almavira soupçonne Figaro de servir les intérêts de la comtesse :** de « Quel motif » à « mauvais valet. »
- **Deuxième mouvement, reproches implicites des deux hommes :** de « Pourquoi faut-il » à « Voici du neuf. »
- **Troisième mouvement, le comte tente d'éloigner Figaro du château, Figaro critique les méthodes des ambitieux :** de « À mon tour » à la fin.

L'essentiel à retenir du texte

- **Une scène d'affrontement :** Le comte soupçonne Figaro de tromperie et de dissimulation. Il pense que son valet sert les intérêts de la comtesse et tente de lui faire avouer la vérité. Mais Figaro réplique et lui reproche son infidélité envers sa femme. Il lui rappelle par ailleurs qu'il ne devrait pas remettre en question sa loyauté puisque c'est lui qui l'avait aidé à séduire Rosine quand elle était prisonnière de Bartholo (ce qui constitue l'intrigue principale du *Barbier de Séville*). Figaro sort vainqueur de ce duel verbal comme le montre le fait que le comte change de sujet.
- **Une stratégie inopérante :** Le comte veut séduire Suzanne. Pour cela, il décide d'éloigner Figaro du château. Il lui suggère qu'il pourrait espérer une meilleure situation sociale et financière. Puis, il tente de le flatter en vantant son esprit. Figaro, qui connaît ses projets, se place dans une position avantageuse : grâce à sa vivacité d'esprit, il parvient à analyser le discours du comte et à lui répondre sans se compromettre.
- **Figaro, un valet de comédie hors du commun :** Figaro est un valet d'un genre nouveau. Il tient tête au comte, lui adresse des reproches et critique son attitude envers sa femme. Selon lui, le comte la comble de cadeaux mais il la délaisse et lui est infidèle. Par ailleurs, il fustige avec beaucoup d'assurance et sur un ton catégorique les moyens douteux qu'il faut utiliser pour réussir dans cette société.

La question de grammaire

Passage :

« Mais feindre d'ignorer ce qu'on sait, de savoir tout ce qu'on ignore; d'entendre ce qu'on ne comprend pas, de ne point ouïr ce qu'on entend; […] »

Question :

Étudiez l'expression de la négation dans cette réplique de Figaro. Quels sont les rapports entre les différentes propositions (coordination, juxtaposition ou subordination)? En quoi ces choix syntaxiques font-ils la tonalité du propos?

Analyse de la question de grammaire :

La question porte sur :
- les relations au sein de la phrase complexe
- l'expression de la négation

Réponse :

Dans cette réplique, Figaro utilise les infinitifs pour rendre son propos plus général et éviter de critiquer trop directement les puissants. Le dramaturge brouille son message pour éviter la censure.

Les phrases sont reliées sans mots de liaison et la juxtaposition laisse le soin au spectateur de déduire les liens entre les propositions. La place de la négation doit être observée avec soin pour bien comprendre le message de l'auteur et du personnage.

On repère des parallélismes de construction avec la répétition de la structure infinitif + proposition subordonnée conjonctive complétive : « Ignorer/ce qu'on sait, savoir/ce qu'on ignore, entendre/ce qu'on comprend, ouïr/ce qu'on entend ».

Cette construction grammaticale répétitive met en relief les oppositions lexicales et le registre ironique ou satirique du propos :

- « ignorer »/« savoir » (en chiasme);
- « entendre »/« ouïr »/« comprendre » (avec un jeu de mot sur la polysémie de « entendre » qui peut signifier « comprendre »).

À cela s'ajoute l'alternance entre la négation lexicale portée par le terme « ignorer » et la négation grammaticale portée par les adverbes « ne pas », « ne point » :

- « ne pas » encadre le verbe sur lequel porte la négation « comprend »;
- « ne point » précède le verbe sur lequel porte la négation « ouïr ».

Le personnage de Figaro démontre que la société des hommes est régie par le règne des apparences (« feindre ») où tout est le signe de son contraire.

2. Acte V, scène III

FIGARO, *seul.*

Ô femme ! femme ! femme ! créature faible et décevante !… nul animal créé ne peut manquer à son instinct : le tien est-il donc de tromper ?… Après m'avoir obstinément refusé quand je l'en pressais devant sa maîtresse ; à l'instant qu'elle me donne sa parole ; au milieu même de la cérémonie… Il riait en lisant, le perfide ! et moi, comme un benêt !… Non, monsieur le comte, vous ne l'aurez pas… vous ne l'aurez pas. Parce que vous êtes un grand seigneur, vous vous croyez un grand génie !… noblesse, fortune, un rang, des places, tout cela rend si fier ! Qu'avez-vous fait pour tant de biens ? vous vous êtes donné la peine de naître, et rien de plus. Du reste, homme assez ordinaire ! tandis que moi, morbleu ! perdu dans la foule obscure, il m'a fallu déployer plus de science et de calculs pour subsister seulement, qu'on n'en a mis depuis cent ans à gouverner toutes les Espagnes ; et vous voulez jouter… On vient… c'est elle… Ce n'est personne. La nuit est noire en diable, et me voilà faisant le sot métier de mari, quoique je ne le sois qu'à moitié ! (*Il s'assied sur un banc.*) Est-il rien de plus bizarre que ma destinée ! Fils de je ne sais pas qui ; volé par des bandits ; élevé dans leurs mœurs, je m'en dégoûte et veux courir une carrière honnête ; et partout je suis repoussé ! […]

■ *Légende de l'analyse linéaire*

- ?! Modalité interrogative et exclamative : colère et désarroi de Figaro
- ▶ Éléments biographiques : sort misérable de Figaro
- ▶ Changement d'énonciation et d'interlocuteur
- ▶ Expressions et termes péjoratifs
- ▶ Omniprésence de la 1re personne du singulier : introspection de Figaro

■ *Mouvements du texte*

- **Premier mouvement, reproches adressés à Suzanne :** de « Ô femme ! » à « cérémonie… ».
- **Deuxième mouvement, critique du comte et des privilèges de la naissance :** de « Il riait » à « assez ordinaire ! ».
- **Troisième mouvement, réflexion sur son parcours et son identité :** de « tandis que » à la fin.

■ *L'essentiel à retenir du texte*

- **Le désarroi du héros :** Ce monologue étonne par sa longueur. Le ton de la réplique est grave : pour la première fois dans la pièce, Figaro fait part de ses réflexions personnelles et intimes alors qu'il est affranchi de la présence des autres personnages. Son inquiétude s'exprime par de la colère et de l'agitation : il s'adresse à différents interlocuteurs (Suzanne, le comte Almaviva) auxquels il adresse d'importants griefs. Il a découvert que Suzanne a rendez-vous avec le comte et il craint qu'elle ne soit séduite par son maître.
- **Figaro, un nouveau valet de comédie :** Figaro retrace son parcours, celui d'un héros picaresque. Intelligent mais pauvre et orphelin, il se questionne sur son identité car son existence n'a été faite que d'aventures hasardeuses. Ainsi, Figaro a plus qu'un rôle purement dramaturgique servant l'avancée de l'intrigue car cette introspection lui donne de l'épaisseur et enrichit le personnage du valet.
- **Un plaidoyer en faveur des idées des Lumières :** Figaro est furieux contre le comte qui a jeté son dévolu sur sa fiancée. Au-delà de la simple jalousie d'un homme qui se croit trahi (il ignore tout du stratagème mis en œuvre par Suzanne et la comtesse pour déjouer les plans du comte), ce monologue conteste les privilèges de la naissance et comporte une virulente critique des puissants qui réussissent sans mérite.

La question de grammaire

Passage :

« Est-il rien de plus bizarre que ma destinée ! Fils de je ne sais pas qui ; volé par des bandits ; [...] »

Question :

Étudiez le niveau de langue, la ponctuation et les constructions syntaxiques employées. En quoi reconnaît-on deux formes de phrase interrogative sans point d'interrogation ?

Analyse de la question de grammaire :

La question porte sur :
- l'interrogation : syntaxe, sémantique et pragmatique ;
- prolongements vers la phrase exclamative.

Réponse :

Figaro s'exprime dans le registre courant avec des mots courts et accumulés par juxtaposition comme dans « volé par des bandits ». Il utilise un seul élément négatif avec « rien » (« N'est-il rien de plus bizarre »). En outre, il utilise la structure inversion sujet/verbe « est-il » mais il ponctue sa phrase avec un point d'exclamation et non d'interrogation. C'est une forme interrogative sans point d'interrogation.

L'adjectif « bizarre » est peu recherché et contraste avec le nom « destinée », plus théâtral et hyperbolique, pour désigner sa vie. Le groupe nominal « fils de je ne sais pas qui » est constitué du nom « fils », complété par une proposition interrogative indirecte introduite par la préposition « de ». La proposition interrogative indirecte « de je ne sais pas qui » ne prend pas de point d'interrogation. L'expression de la négation permet de recontextualiser et rappelle qu'au XVIIIe siècle, la naissance décide du destin et du rang social. Or Figaro est sans naissance, prisonnier d'un statut qui le réduit à un simple valet.

3. Acte V, scène VII

Dans cette scène, le comte Almaviva croit rencontrer Suzanne alors que c'est sa femme la comtesse qui a pris l'identité de sa servante.

LE COMTE, *prend la main de sa femme*.
Mais quelle peau fine et douce, et qu'il s'en faut que la Comtesse ait la main aussi belle !

LA COMTESSE, *à part*.
Oh ! la prévention !

LE COMTE.
A-t-elle ce bras ferme et rondelet ! ces jolis doigts pleins de grâce et d'espièglerie ?

LA COMTESSE, *de la voix de Suzanne*.
Ainsi l'amour...

LE COMTE.
L'amour… n'est que le roman du cœur : c'est le plaisir qui en est l'histoire ; il m'amène à tes genoux.

LA COMTESSE.
Vous ne l'aimez plus ?

LE COMTE.
Je l'aime beaucoup ; mais trois ans d'union rendent l'hymen si respectable !

LA COMTESSE.
Que vouliez-vous en elle ?

LE COMTE, *la caressant*.
Ce que je trouve en toi, ma beauté…

LA COMTESSE.
Mais dites donc.

LE COMTE.
… Je ne sais : moins d'uniformité peut-être, plus de piquant dans les manières, un je-ne-sais-quoi qui fait le charme ; quelquefois un refus, que sais-je ? Nos femmes croient tout accomplir en nous aimant ; cela dit une fois, elles nous aiment, nous aiment (quand elles nous aiment) et sont si complaisantes et si constamment obligeantes, et toujours, et sans relâche, qu'on est tout surpris, un beau soir, de trouver la satiété où l'on recherchait le bonheur.

LA COMTESSE, *à part*.
Ah ! quelle leçon !

LE COMTE.
En vérité, Suzon, j'ai pensé mille fois que si nous poursuivons ailleurs ce plaisir qui nous fuit chez elles, c'est qu'elles n'Étudient pas assez l'art de soutenir notre go˚t, de se renouveler à l'amour, de ranimer, pour ainsi dire, le charme de leur possession par celui de la variété.

LA COMTESSE, *piquée*.
Donc elles doivent tout ?…

LE COMTE, *riant*.
Et l'homme rien ? Changerons-nous la marche de la nature ? Notre t'che, à nous, fut de les obtenir ; la leur…

LA COMTESSE.
La leur ?…

LE COMTE.
Est de nous retenir : on l'oublie trop.

Légende de l'analyse linéaire

- ▶ Propos galants du comte pour séduire Suzanne
- ▶ Vive réaction de la comtesse
- ▶ Jeu de la comtesse : elle lui joue la comédie
- ▶ Interrogation et injonction de la comtesse
- ▶ Vision du bonheur selon le comte
- ▶ Vérités générales : les épouses seraient responsables de l'éloignement de leurs maris

Mouvements du texte :

- **Premier mouvement, jeu de séduction du comte et dissimulation de la comtesse déguisée en Suzanne** : de « *prend la main de sa femme* » à « tes genoux ».
- **Deuxième mouvement, la comtesse pousse le comte à justifier le fait qu'il la délaisse** : de « Vous ne l'aimez plus ? » à « Mais dites donc ».
- **Troisième mouvement, la vision du bonheur selon le comte et les reproches adressés aux épouses** : de « … Je ne sais » à la fin.

L'essentiel à retenir du texte

- **Une scène de théâtre dans le théâtre :** Le comte Almaviva croit s'adresser à Suzanne alors qu'il dialogue en réalité avec sa femme, la comtesse, qui a pris l'apparence de sa servante. Elle lui joue la comédie pour comprendre pourquoi il la délaisse et pour tenter de le reconquérir.
- **Une scène de comédie, le comte ridiculisé :** Cette scène repose sur le principe du quiproquo, situation comique par excellence. Le spectateur est complice du stratagème orchestré par la comtesse et Suzanne pour déjouer les plans du comte. Il avoue ici son infidélité et la justifie. Les compliments qu'il adresse à celle qu'il croit être Suzanne ont pour but de la flatter donc de la séduire. En réalité, le comte se ridiculise en vantant les charmes de Suzanne alors qu'il ne reconnaît même pas sa femme. Suzanne, cachée, assiste à la scène, ce qui renforce encore le comique de la situation.
- **Une réflexion sur le mariage et les rapports entre hommes et femmes :** Le comte justifie son infidélité et son attirance pour Suzanne. Il s'ennuie avec son épouse. Selon lui, c'est l'attitude attentionnée de la comtesse qui est à l'origine de sa lassitude et de son désintérêt. Il cherche à éprouver du désir et c'est en partie parce que Suzanne se refuse à lui qu'elle lui plaît.

La question de grammaire

Passage :

« [...] et sont si complaisantes et si constamment obligeantes, et toujours, et sans relâche, qu'on est tout surpris, un beau soir, de trouver la satiété où l'on recherchait le bonheur. »

Question :

Quelle est la nature et la fonction de « et » ? Quel est l'effet produit par sa répétition et quel rapport permet-il d'établir entre les propositions ? D'autre part, quels sont les outils employés pour construire la proposition subordonnée et quel complément circonstanciel apporte-t-elle à la phrase ?

Analyse de la question de grammaire :

La question porte sur :

- les relations au sein de la phrase complexe ;
- les subordonnées conjonctives utilisées en fonction de compléments circonstanciels.

Réponse :

« Et » est une conjonction de coordination qui sert à relier des éléments d'une phrase en les mettant au même niveau. Habituellement, « et » est utilisé à la fin d'une énumération pour introduire le dernier élément. Ici, le personnage insiste sur l'accumulation des galanteries en plaçant des « et » avant chaque élément de la liste « et toujours, et sans relâche ». Cela crée un effet d'excès. Les adverbes « constamment », « toujours » et le groupe nominal « sans relâche » sont des compléments circonstanciels de temps qui indiquent la durée et la permanence des bons soins et implicitement la lassitude.

La répétition des « et » permet de mettre en relief la construction de la proposition subordonnée circonstancielle de conséquence introduite par la locution conjonctive « si que », avec « si » répété devant les adjectifs « complaisantes », « obligeantes ». Ces adjectifs sont la cause de la conséquence exprimée « qu'on est tout surpris de trouver la satiété où l'on recherchait le bonheur ».

Le complément circonstanciel de lieu « où l'on recherchait le bonheur » clôt la subordonnée de conséquence et livre la pensée du personnage. Les excès de galanterie amènent la lassitude et non le bonheur.

OH LES BEAUX JOURS

Samuel Beckett

Oh les beaux jours Samuel Beckett

I Réflexions sur « Un théâtre de la condition humaine »

Si elle ne se limite pas à cette question, **l'expression « condition humaine »** renvoie principalement à la vie et à la mort. L'homme est par nature **voué à mourir**, et la vie ne peut être conçue qu'en fonction de cette **finalité tragique** qu'est la mort :

- Quel sens la vie a-t-elle puisqu'elle mène à la mort ?
- La vie n'est-elle autre chose qu'une longue attente de la mort ?
- Pourquoi s'efforcer de la remplir si elle aboutit au néant ?

La condition mortelle de l'homme implique également une **interrogation sur la liberté humaine et la possibilité d'accéder au bonheur**.

Le théâtre, et en particulier le **théâtre tragique**, permet de représenter la condition tragique de l'homme, de mettre en scène des personnages aux prises avec le destin, de montrer que cette lutte est vaine. Qu'il prenne la forme du *fatum* dans l'Antiquité ou de la fatalité à l'époque classique, qu'il soit imposé par les dieux ou non, le **destin tragique de l'homme** est au cœur de la tragédie.

Au XXIe siècle, dans un contexte de crise morale et idéologique, **le théâtre de l'absurde** des années 1950-1960 renouvelle la représentation théâtrale de la condition humaine. Les dramaturges Ionesco et Beckett illustrent par des moyens théâtraux **l'absurdité de l'existence humaine**. Ils en donnent une image « comico-tragique » comme l'écrit Ionesco dans *Notes et contre-notes* (1962). Leurs personnages, suffisamment dépouillés de toute individualité pour être représentatifs de la condition humaine en général, ne font qu'attendre en vain, tuer l'ennui. Ainsi, l'absurdité de l'action apparaît comme la métaphore de l'absurdité de l'existence, qui s'exprime par la dérision, l'insolite, le rire.

Citation

> « Rien n'est plus drôle que le malheur […]. »
>
> Samuel Beckett, *Fin de partie*, 1957

Présentation d'une œuvre s'inscrivant dans le parcours

La pièce *Rhinocéros* de Ionesco, représentée pour la première fois en 1960, peut s'inscrire dans le parcours « Un théâtre de la condition humaine » :

- Dans cette pièce emblématique du théâtre de l'absurde, les hommes sont atteints d'une maladie endémique, « la rhinocérite ». C'est une métaphore de la montée du totalitarisme qui précède la Seconde Guerre mondiale.
- Le personnage de Jean est le symbole de l'homme qui tente de faire face et de résister.
- La pression de conformité a raison de ses efforts. Jean se transforme en rhinocéros.
- Jean incarne la condition humaine dans le sens où les actions et les réflexions des hommes sont influencées par la société et l'environnement jusqu'au déterminisme.

II L'œuvre au programme

A L'auteur : Samuel Beckett (1906-1989)

Samuel Beckett est **né en Irlande**, dans une famille de la bourgeoisie protestante. Il poursuit des études de littérature française qui le conduisent à séjourner à **Paris, où il s'installe définitivement à la fin des années 1930**. Il y fréquente le monde artistique et littéraire, se lie d'amitié avec son compatriote James Joyce, célèbre romancier. Il commence à écrire lui-même (essais, nouvelles, poèmes) et publie son premier roman en anglais, *Murphy*, en 1938.

Toutefois, Beckett s'aperçoit assez tôt qu'il lui faut **écrire en français**, et non en anglais, afin de se libérer du poids de la tradition littéraire et de parvenir au **style épuré, dépouillé**, qu'il souhaite atteindre.

Il écrit **trois romans en français** : *Molloy*, *Malone meurt* et *L'Innommable* publiés entre 1951 et 1953 par les Éditions de Minuit, maison d'édition à laquelle Beckett restera fidèle toute sa vie.

Mais il se fait surtout connaître au théâtre, avec la pièce ***En attendant Godot***, qui rencontre un très grand succès lors de sa première mise en scène par Roger Blin en 1952. La pièce fait scandale et divise la critique, en raison de **l'absence de personnages et d'intrigue au sens traditionnel du terme**. Dès lors, s'il continue à écrire des textes narratifs, Beckett se tourne principalement vers le théâtre. Parmi ses textes les plus connus, il écrit ***Fin de partie*** en 1957, ***Oh les beaux jours*** en 1961 et ***La Dernière Bande*** en 1960.

L'œuvre théâtrale de Beckett se singularise par **une écriture minimaliste et déroutante**, qui heurte les habitudes et attentes des spectateurs, et tend de plus en plus au fil des ans vers le visuel pur.

S'il refuse obstinément d'éclairer ses propres pièces ou d'en donner les clés, Beckett semble néanmoins traduire dans son œuvre le caractère à la fois tragique et grotesque de la **condition humaine**. Ses personnages, marginaux, isolés, en souffrance, atteints bien souvent d'une forme de décrépitude du corps, passent leur temps à attendre un « Godot » ou une « fin » qui se refuse à eux ; leur existence est vide et vaine, elle s'étire dans une durée infinie, se prolonge dans une souffrance ininterrompue et sans objet véritable.

Beckett reçoit le prix Nobel de littérature en 1969, consécration suprême pour un écrivain, mais ne se rend pas lui-même à la célébration de ce prix à Stockholm. Il ne souhaite pas recevoir ces honneurs et préfère vivre reclus. À la fin de sa vie, il écrit moins mais demeure une **figure majeure de la littérature contemporaine**. Ses pièces sont régulièrement reprises et mises en scène. Il travaille étroitement avec les metteurs en scène, leur fournissant des indications très précises. Il meurt en 1989, quelques mois après son épouse, qui l'a accompagné toute sa vie.

B L'œuvre : Oh les beaux jours (1963)

La pièce *Oh les beaux jours* est **d'abord écrite par Beckett en anglais sous le titre *Happy days*** et créée à New York en septembre 1963. Traduite en français par l'auteur lui-même, elle est ensuite **mise en scène par Roger Blin**, avec **Madeleine Renaud** et **Jean-Louis Barrault** dans les rôles principaux, et présentée à la Biennale de Venise en septembre 1963. Elle rencontre un très grand succès et arrive à Paris au Théâtre de l'Odéon à partir d'octobre 1963.

Pièce en deux actes pour deux personnages, *Oh les beaux jours* étonne par son **caractère quasi monologique** et par le **dispositif scénique** imaginé par Beckett.

En effet, Winnie, la cinquantaine, interprétée par Madeleine Renaud, est **immergée dans un monticule jusqu'à mi-corps** (puis jusqu'au cou dans le deuxième acte) et s'adresse à son époux, Willie, qui est caché derrière le monticule et se contente de maugréer de temps en temps.

La pièce est donc constituée d'un **long monologue de Winnie**, émaillé de très nombreuses didascalies. Winnie s'extasie devant le jour qui se lève et chaque détail de ce quotidien qui chaque jour recommence à l'identique mais qu'elle s'efforce de toujours regarder avec un œil neuf. Elle pioche dans son sac divers objets plus ou moins insolites, qui donnent lieu à des commentaires, et médite sur la vacuité de l'existence, la souffrance qu'elle cause. Son monologue exprime donc **l'absurdité de la condition humaine**, mais aussi la volonté de trouver en soi la force et l'enthousiasme de poursuivre sans désespérer.

C Analyses linéaires et question de grammaire sur trois textes-clés

Les références renvoient à la pagination de la pièce publiée aux Éditions de Minuit.

1. Premier extrait : début de journée

Le texte étudié s'étend de la page 11 à la page 13, de « Étendue d'herbe brûlée… » à « Commence ta journée, Winnie. »

■ *Mouvements du texte*

- **Premier mouvement, didascalie initiale** : de « Étendue d'herbe brûlée » à « Un temps long ».
- **Deuxième mouvement, un début de journée** : de « WINNIE. – (Fixant le zénith.) » à « Commence ta journée, Winnie ».

■ *L'essentiel à retenir du texte*

- **L'importance de la mise en scène** : La didascalie initiale est très longue et détaillée. Au sein du texte, les didascalies prédominent largement. Cela montre l'importance accordée par le dramaturge à la mise en scène : décor, éléments sonores, gestes du personnage sont indiqués au détail près. Parmi ces didascalies, on peut noter la récurrence de « Un temps. » qui révèle la fréquence et l'importance du silence. Le texte semble moins compter que la mise en scène et les silences. Les artifices théâtraux sont mis en valeur pour empêcher toute illusion théâtrale : décor en « trompe-l'œil », sonnerie stridente qui annonce le début de la journée et de la pièce, premiers mots solennels de Winnie qui s'exhorte à « commence[r] [s]a journée », c'est-à-dire aussi commencer à jouer.
- **Un dispositif scénique insolite et symbolique de la condition humaine** : Winnie est encastrée à mi-corps dans un « mamelon », ce qui est improbable d'une part et implique qu'elle reste statique tout au long de la pièce d'autre part. Pourtant, le théâtre est un art du jeu, du mouvement. La situation de Winnie paraît cocasse, mais aussi angoissante en raison de son incapacité à contrôler son corps et à se mouvoir. Elle peut traduire symboliquement l'absence de liberté et le poids de l'existence. Winnie est même dite « enterrée », donc sa situation est celle d'une demi-morte.

– **Winnie, personnage tragique?** Malgré son âge, Winnie est décrite comme une femme plutôt jolie, coquette, féminine, pleine de vie. Lorsqu'elle se réveille, ses premiers mots sont très optimistes, hyperboliques même, et font penser au titre de la pièce. Elle semble rendre grâce à Dieu dans une prière dont l'on n'entend que les derniers mots. Pourtant, elle se trouve dans une situation handicapante et angoissante. Son environnement est agressif, comme en témoigne la sonnerie stridente qui la réveille, et elle est quasiment seule puisque Willie est dissimulé derrière le mamelon. Isolement, immobilité et contrainte caractérisent son quotidien. La phrase à l'impératif « Commence, Winnie. [...] Commence ta journée, Winnie. » semble montrer qu'il lui faut du courage pour trouver la force de commencer, que cela ne va pas de soi. Winnie apparaît donc comme un personnage tragique, luttant contre la destinée humaine, représentée par la situation dans laquelle elle se trouve.

La question de grammaire

Passage :

« Un temps long. Une sonnerie perçante se déclenche, cinq secondes, s'arrête. Winnie ne bouge pas. Sonnerie plus perçante, trois secondes. Winnie se réveille. La sonnerie s'arrête. »

Question :

Quel effet cherche à produire le rapport entre les propositions? (coordination, subordination ou juxtaposition). Comment la particularité de la composition de cette didascalie va-t-elle se représenter sur scène?

Analyse de la question de grammaire :

La question porte sur :
– l'étude des rapports entre les propositions.

Réponse :

Dans cette didascalie, le dramaturge fait se succéder des phrases nominales et des phrases courtes, avec des répétitions. La ponctuation (point, virgule) scande les actions dans l'ordre chronologique de la pièce de théâtre.

La phrase nominale « un temps long » est un groupe nominal avec une seule expansion : un adjectif qualificatif épithète. Cette phrase introduit le champ lexical du temps qui est décliné ensuite. Le groupe nominal « cinq secondes » est intercalé dans la deuxième phrase et a pour fonction complément circonstanciel de temps. Il indique la durée bien qu'aucun mot de liaison ne le précise. Il en est de même pour le groupe nominal « trois secondes ».

La phrase dont le sujet est « une sonnerie » réapparaît avec des variantes :

- « sonnerie plus perçante » (phrase nominale avec un adjectif épithète);
- « la sonnerie s'arrête » (l'article montre qu'il s'agit de la même sonnerie).

Dans les didascalies, les verbes sont habituellement au présent pour mimer ce qui se passe sur la scène.

Les phrases qui se démarquent sont celles où apparaît le nom du personnage « Winnie ». La construction par juxtaposition des phrases suggère que les mouvements et réactions de ce personnage sont déclenchés par la sonnerie. La sonnerie, un inanimé, semble plus vivant et plus en phase avec le temps que le personnage qui incarne sur scène la condition humaine vide de sens. Winnie paraît presque un automate.

2. Deuxième extrait : doute et solitude

Le texte étudié s'étend de la page 33 à la page 35, de « WINNIE. – (*Voix normale, d'une traite.*) à « Enfin ça ne fait rien. »

■ *Mouvements du texte*

- **Premier mouvement, le doute croissant de Winnie :** de « WINNIE. – (*Voix normale, d'une traite.*) à « Même quand tu seras parti, Willie ».
- **Deuxième mouvement, la solitude dans le couple :** de « (Elle se tourne un peu vers lui.) » à « Enfin ça ne fait rien ».

■ *L'essentiel à retenir du texte*

- **Un monologue?** Willie vient de grommeler quelques mots avec agressivité et Winnie lui répond longuement. Elle n'est pas seule sur scène, puisque Willie est présent, et elle s'adresse à lui, donc il ne s'agit pas d'un monologue au sens strict, mais plutôt d'un soliloque. Pourtant, elle parle « d'une traite » au début, sa parole est continue, interrompue seulement par des silences (« Un temps. ») et Willie ne répond pas à ses questions. Winnie avoue que l'important pour elle est que Willie soit « à portée de voix » et qu'il soit susceptible de l'entendre. Elle a besoin de cet interlocuteur, bien que muet et indifférent, pour poursuivre son soliloque, pour continuer tout court. Elle craint le jour où cet interlocuteur ne sera plus là et où il ne lui restera plus qu'à « regarder droit devant [elle], les lèvres fermées. »

- **Le désespoir croissant de Winnie :** Winnie fait preuve d'enthousiasme et même de gratitude à l'égard de Willie au début, le remerciant pour ces quelques mots. Pourtant, très vite, le spectateur sent poindre son désespoir, évoqué par la métaphore « un ver qui me ronge ». Le rythme d'abord haletant de la parole laisse alors place à une parole plus discontinue et hésitante. Winnie se projette dans un avenir douloureux, un « désert » auquel elle se refuse en répétant « Non », le regard fixe. La suite du texte est marquée par de nombreuses questions, qui demeurent sans réponse, et la répétition de « je me le demande ». La didascalie « la voix se brise » montre le désespoir de Winnie, qui s'efforce de se reprendre, mais ne peut s'empêcher de supplier Willie de la regarder, en vain. Le passage est donc caractérisé par une gradation du désespoir de Winnie.
- **La solitude de Winnie :** Dans ce passage, Winnie dit sa solitude et son désarroi. Willie n'est pour elle qu'une oreille « à portée de voix », qui risque de la quitter bientôt; elle se raccroche à son sac et aux objets qu'il contient sans paraître convaincue qu'il pourra combler le vide. Surtout, elle évoque sa relation avec Willie avec amertume, s'interrogeant sur la possibilité de voir l'autre et d'être vu au sein du couple. Cela devient obsessionnel et insistant dans le 2e mouvement du texte. Winnie réclame de Willie un regard qui puisse justifier son existence, sans l'obtenir.

La question de grammaire

Passage :

« Oh sans doute des temps viendront sans l'assurance que tu as entendu le dernier et puis d'autres sans doute d'autres temps où je devrai apprendre à parler toute seule chose que je n'ai jamais pu supporter un tel désert. »

Question :

Combien y a-t-il de propositions subordonnées relatives dans ce passage? Quelle est leur fonction? Quels en sont les mots introducteurs? Quelle est leur fonction dans la relative?

Commentez l'emploi des négations. Quels thèmes portent-elles?

Analyse de la question de grammaire :

La question porte sur :
- la syntaxe des propositions subordonnées relatives;
- l'expression de la négation.

Réponse :

Il y a deux propositions subordonnées relatives qui complètent leur nom antécédent :
- « où je devrai apprendre à parler toute seule » (temps) ;
- « que je n'ai jamais pu supporter » (chose).

« Où » est un pronom relatif complément circonstanciel de temps dans la relative. Son antécédent est le nom « temps ». Le verbe de cette proposition est au futur et annonce un avenir craint par le personnage (la solitude du monologue).

« Que » est un pronom relatif COD du verbe « supporter » dans la relative. Son antécédent est le nom « chose ». L'expression « un tel désert » se présente comme une apposition à la proposition relative malgré l'absence de ponctuation. Dans cette relative, la négation « ne jamais » porte sur le verbe « ai pu ». La négation s'intercale entre l'auxiliaire et le participe passé de ce verbe conjugué au passé composé. Le personnage exprime de façon hyperbolique son mal-être.

Par ailleurs, la répétition de « sans doute » est également une expression de la négation. La locution conjonctive « sans que » ne se construit jamais avec le « ne » explétif. Cela se justifie par le fait que « sans » exprime déjà une négation et qu'y ajouter « ne » serait donc redondant.

Les propositions subordonnées relatives concentrent les informations que le personnage donne sur lui-même. Le personnage est maladivement bavard, au point de ne jamais utiliser de respiration ou de ponctuation, luttant ainsi contre l'avancée inéluctable du temps. Winnie le résume par la métaphore finale du « désert » qui renvoie à sa peur de perte du sens et de la parole. L'expression de la négation mêlée de lucidité, d'anticipation et de désespoir porte l'idée d'une mort prochaine et certaine et donc le thème d'une solitude insupportable.

3. Troisième extrait : une fin ambiguë

Le texte étudié s'étend de la page 73 à la page 77, de « WINNIE. – (*Mondaine.*) » à « Ils se regardent. Temps long. »

■ *Mouvements du texte*

- **Premier mouvement, une parodie d'échange amoureux** : de « WINNIE. – (*Mondaine.*) » à « je permets ».
- **Deuxième mouvement, un dénouement ambigu** : de « Il lâche chapeau et gants » à « Ils se regardent. Temps long ».

L'essentiel à retenir du texte

- **La rencontre du lyrisme et de la trivialité :** Comme bien souvent dans la pièce, Winnie rappelle à Willie l'époque de leur rencontre avec une certaine nostalgie, et une pointe d'amertume. Elle cite quelques-uns des mots d'amour qu'il lui a dits dans leur jeunesse (ce qu'elle appelle souvent « le vieux style » dans la pièce), mais regrette que le temps de la séduction ait été si court et si vite expédié (« sois à moi je t'adore et finie fleurette »). D'ailleurs, ces jolies phrases dont elle se souvient sont entrecoupées de détails triviaux, sur l'anthrax de Willie, ses vieux restes, son chapeau qu'il a retiré. Les mots d'amour appartiennent au passé et ce vieux couple n'est plus qu'une parodie de couple, en dépit de l'esprit encore exalté et romantique de Winnie et de ses « beaux restes ». D'ailleurs, le passage souligne une fois de plus l'incommunicabilité entre les êtres, même et peut-être surtout au sein du couple. Le texte est émaillé de silences et de moments où Willie ne répond pas aux questions de Winnie qui s'en agace et lui demande s'il est devenu sourd.
- **Oh les beaux jours** : Winnie se réjouit de cette journée. Comme toujours elle fait preuve d'enthousiasme et d'optimisme, et nombreuses sont les expressions et les didascalies qui le traduisent.
  Winnie annonce la fin en se disant : « Plus pour longtemps, Winnie ». Cette phrase peut s'entendre à différents niveaux :
  - fin du jour (puisqu'elle en parle déjà au futur antérieur : « ça aura été quand même un beau jour ») ;
  - fin de la pièce et enfin sans doute fin de la vie.

  Il semble que Winnie soit soulagée par cette perspective. À la fin de la pièce, elle entonne sa chanson, une chanson douce et optimiste, à l'image de son état d'esprit dans toute la pièce, mais en décalage avec la situation et l'état dans lequel elle se trouve.

- **Une fin tragique ?** Willie fait preuve d'un sursaut d'énergie et déploie toutes ses forces, sous les encouragements de Winnie, pour atteindre le revolver. Cette action est ambiguë, et Winnie elle-même ne sait comment l'interpréter : souhaite-t-il tirer sur Winnie ? se suicider ? ou bien atteindre Winnie pour l'embrasser ? Winnie l'encourage, mais semble un instant s'inquiéter lorsqu'elle lui demande s'il a perdu la raison. Le long regard que Winnie et Willie échangent à la toute fin de la pièce laisse planer le doute sur l'issue de cette scène, qui est refusée au spectateur puisque le rideau retombe sans que Winnie ait pu achever son geste.

La question de grammaire

Passage :

« Est-ce que tout va bien mon chéri ? »

Question :

Étudiez la construction des interrogations de Winnie. Quel est le registre de langue employé ?

Que révèlent ces interrogations sur les relations et la situation des personnages ? En quoi la forme interrogative est-elle particulièrement intéressante dans un dialogue ou un monologue de théâtre ?

Analyse de la question de grammaire :

La question porte sur :

– l'interrogation : syntaxe, sémantique et pragmatique.

Réponse :

Le registre de langue est courant. Le personnage utilise un surnom affectueux précédé d'un déterminant possessif : « mon chéri ». Les mots sont peu recherchés et la question reste vague. La formule « est-ce qu' » est courante dans les interrogations et la phrase se termine par un point d'interrogation. Le ton est banal. L'interrogation a une fonction phatique. C'est-à-dire qu'elle permet de maintenir le lien entre les deux personnages et de s'inquiéter de celui qui ne parle pas. Winnie cherche à vérifier que Willie est toujours là, vivant.

Le fait de prononcer cette phrase sur scène renforce son caractère dérisoire et ridicule, mais vital pour Winnie. Parler c'est vivre. Le temps use les relations, vide les mots de leur sens, mais rendent les personnages présents. Les personnages de théâtre semblent contraints de parler pour exister sur la scène et faire exister l'autre, ce qui les condamne à enchaîner questions et monologues. Les questions permettent de réactiver un dialogue ou d'accéder par le monologue à la lecture psychologique ou morale du personnage. Les interrogations révèlent souvent des tourments.

LA POÉSIE

du XIXe au XXIe siècle

SOMMAIRE

LES CONTEMPLATIONS

Victor Hugo

Les Contemplations
Victor Hugo

I Réflexions sur « Mémoires d'une âme »

L'intitulé du parcours « Mémoires d'une âme » est une expression empruntée à la préface des *Contemplations* de Hugo.

Citation

« Qu'est-ce que *Les Contemplations*? C'est ce qu'on pourrait appeler, si le mot n'avait quelque prétention, les ***Mémoires d'une âme***.

« Ce sont, en effet, toutes les impressions, tous les souvenirs, toutes les réalités, tous les fantômes vagues, riants ou funèbres, que peut contenir une conscience, revenus et rappelés, rayon à rayon, soupir à soupir, et mêlés dans la même nuée sombre. C'est l'existence humaine sortant de l'énigme du berceau et aboutissant à l'énigme du cercueil; c'est un esprit qui marche de lueur en lueur en laissant derrière lui la jeunesse, l'amour, l'illusion, le combat, le désespoir, et qui s'arrête éperdu « au bord de l'infini ». Cela commence par un sourire, continue par un sanglot, et finit par un bruit du clairon de l'abîme.

« Une destinée est écrite là jour à jour.

Victor Hugo, *Les Contemplations*, préface, 1856

Cette expression indique donc que l'auteur utilise la poésie comme moyen de rendre compte de **sa destinée dans son ensemble**, comme en témoignent les énumérations de la citation : les moments de joie comme ceux de douleur, les chimères et les désillusions, les « combats » de l'auteur sont évoqués dans le recueil.

Il faut donc entendre le mot « mémoires » dans le sens de **récit de vie**, même si en l'occurrence la destinée de l'auteur n'est pas relatée de manière linéaire, comme dans une autobiographie. Le recueil offre le portrait du poète, diffracté en de multiples images constituées des poèmes eux-mêmes. L'auteur est convaincu que sa propre expérience reflète celle du lecteur et de l'humanité en général.

Citation

« Quand je vous parle de moi, je vous parle de vous.

Victor Hugo, *Les Contemplations*, préface, 1856

L'intitulé du parcours invite à se poser les **questions** suivantes :

- De quelle mémoire personnelle la poésie est-elle porteuse ?
- Quels souvenirs, quels moments heureux et malheureux le poète évoque-t-il ?
- La poésie peut-elle être le reflet de l'âme ?
- Quand il nous parle de lui, le poète nous parle-t-il de nous ?
- Le poète peut-il rendre compte de sa destinée dans sa poésie ?

Présentation d'une œuvre s'inscrivant dans le parcours

Le recueil *Méditations poétiques* d'Alphonse de Lamartine, publié pour la première fois en 1820, peut s'inscrire dans le parcours « Mémoires d'une âme » :

- Ce recueil poétique contient des éléments personnels transfigurés en vision poétique, lyrique (expression des sentiments) et élégiaque (la mort de la femme aimée).
- La versification est au service de l'expression des émotions et crée un savant équilibre entre les mouvements de l'âme du poète et ceux qui agitent la nature.
- Au fil des poèmes, une existence (avec les accents d'une âme et la singularité de la voix d'une personne) est dépeinte dans la vérité de son intériorité. C'est une œuvre typique du romantisme.
- Toutefois, le lyrisme et la communion avec la nature confèrent une dimension universelle au recueil et le lecteur, souvent apostrophé, peut lire ces poèmes en se retrouvant lui-même dans chaque paysage, dans chaque émotion ou dans chaque sensation.

II L'œuvre au programme

A L'auteur : Victor Hugo (1802-1885)

Victor-Marie Hugo naît en 1802. Il est fils d'un général de l'Empire qui participe aux campagnes militaires napoléoniennes. Très jeune, il ambitionne de devenir écrivain et dit à 14 ans : « Je veux être Chateaubriand ou rien. »

Il devient l'ami de l'écrivain romantique Charles Nodier et intègre son cercle d'écrivains et d'artistes : « **le Cénacle** ». C'est au cours de ces réunions qu'il lit ses premiers poèmes, publiés plus tard dans les recueils *Odes et ballades* (1826), *Les Orientales* (1829) et *Les Feuilles d'automne* (1832).

Mais c'est surtout grâce au théâtre qu'il se fait connaître, en particulier à l'occasion de la fameuse « **bataille d'*Hernani*** » en 1830. Le drame romantique *Hernani* occasionne en effet une véritable « bataille » dès ses premières représentations, tant pour la liberté du vers que s'autorise l'auteur que pour le mélange des genres et registres. Il est également vivement controversé pour l'image qu'il donne de la figure royale.

Théoricien du drame romantique (Préface de *Cromwell* en 1827), Hugo écrit beaucoup pour le théâtre (*Lucrèce Borgia* en 1833, *Ruy Blas* en 1838) et devient rapidement le **chef de file de la nouvelle génération romantique**. Il est élu à l'Académie française en 1841.

Il écrit également des **romans**, inspirés par le roman historique et le roman d'aventures. Les plus célèbres sont *Notre-Dame de Paris* (1831) et *Les Misérables* (1862), dans lesquels il décrit et dénonce la misère sociale. Pour autant, il ne s'éloigne jamais de la poésie, publiant des recueils tels que *Les Rayons et les Ombres* (1840) et *Les Contemplations* (1856).

Hugo est un **auteur engagé** dans les débats sociaux et politiques de son temps : il combat la peine de mort, la misère ou encore le travail des enfants. Il s'implique même en politique et est élu député sous la IIIe République (1848-1851). Lors du coup d'État de Louis-Napoléon Bonaparte, qui s'autoproclame empereur en 1852, Hugo quitte Paris. En exil sur les îles de Jersey et Guernesey, il écrit le recueil ***Les Châtiments*** (1852), véritable **pamphlet politique** contre celui qu'il surnomme « Napoléon le Petit ». Il lui reproche d'avoir violé la République et de singer son oncle Napoléon Ier. Après la chute du Second Empire (1870), il rentre en France et devient sénateur. Il meurt en 1885. Près de deux millions de personnes viennent à son enterrement.

B L'œuvre : *Les Contemplations*, livres I à IV (1856)

Le recueil poétique *Les Contemplations* est écrit par Victor Hugo en exil et publié en avril 1856. Il est organisé en **deux parties** :

- « Autrefois (1830-1843) » ;
- « Aujourd'hui (1843-1855) ».

Cette organisation met en évidence un point de rupture autour duquel le poète conçoit sa destinée. Ce point de rupture, **l'année 1843**, coïncide avec la **mort de Léopoldine**, une des filles de Victor Hugo. Fille chérie de Hugo, elle est morte noyée dans la Seine avec son fiancé Charles Vacquerie, à l'âge de 19 ans. Hugo a été profondément affecté par ce drame, dont il a appris la nouvelle par hasard en lisant le journal, avant de recevoir la lettre de son épouse l'en informant. La destinée de Hugo a basculé ce jour-là, comme le suggère l'organisation du recueil : à propos des deux parties du recueil, Hugo écrit « un abîme les sépare, le tombeau » (préface des *Contemplations*).

L'organisation générale du recueil suit le schéma suivant :

1re partie « Autrefois (1830-1843) » :

- livre I, « Aurore » ;
- livre II, « L'Âme en fleur » ;
- livre III, « Les Luttes et les Rêves ».

2e partie « Aujourd'hui (1843-1855) » :

- livre IV, « *Pauca meae* » ;
- livre V, « En marche » ;
- livre VI, « Au bord de l'infini ».

Le programme se limite aux livres I à IV du recueil :

- **Le livre I, « Aurore »**, évoque les années de jeunesse, d'innocence et d'apprentissage (amoureux et littéraire).
- **Le livre II, « L'Âme en fleur »**, est principalement inspiré par la passion de Hugo pour la comédienne Juliette Drouet.
- **Le livre III, « Les Luttes et les Rêves »**, rend compte des combats de Hugo, en particulier contre la misère et les fléaux de la guerre et de la tyrannie.
- **Le livre IV, « *Pauca meae* »** (titre emprunté au poète latin Virgile et pouvant être traduit par : « Quelques vers pour ma fille »), est un livre de deuil, inspiré par la mort de Léopoldine.

Si le recueil est **principalement de tonalité lyrique**, le poète exprimant tantôt son chagrin, tantôt sa joie passée, il comporte également des poèmes polémiques et épiques. Il rend bien compte de la diversité de l'œuvre hugolienne.

C Analyses linéaires et question de grammaire sur trois textes-clés

1. « Aurore »

Elle était déchaussée, elle était décoiffée
Assise, les pieds nus, parmi les joncs[1] penchants ;
Moi qui passais par là, je crus voir une fée,
Et je lui dis : Veux-tu t'en venir dans les champs ?

Elle me regarda de ce regard suprême
Qui reste à la beauté quand nous en triomphons,
Et je lui dis : Veux-tu, c'est le mois où l'on aime,
Veux-tu nous en aller sous les arbres profonds ?

Elle essuya ses pieds à l'herbe de la rive ;
Elle me regarda pour la seconde fois,
Et la belle folâtre[2] alors devint pensive.
Oh ! comme les oiseaux chantaient au fond des bois !

Comme l'eau caressait doucement le rivage !
Je vis venir à moi, dans les grands roseaux verts,
La belle fille heureuse, effarée[3] et sauvage,
Ses cheveux dans ses yeux, et riant au travers.

1. Joncs : plantes à longue tige poussant près des points d'eau.
2. Folâtre : joyeuse.
3. Effarée : étonnée.

Mont-L'Am., juin 183..

Légende de l'analyse linéaire

- Liberté, gaîté et sensualité de la jeune fille
- Décor naturel idyllique
- Rencontre et invitation amoureuses
- Désignation élogieuse de la jeune fille
- Personnification de la nature
- Apparence d'anecdote autobiographique (Montfort-L'Amaury où a habité Hugo)

Mouvements du texte

- **Premier mouvement, une apparition miraculeuse :** de « Elle était déchaussée » à « arbres profonds ? »
- **Second mouvement, le bonheur amoureux :** de « Elle essuya » à la fin.

L'essentiel à retenir du texte

- **Le récit d'une anecdote vécue?** La mention d'un lieu et d'une date à la fin du poème donne l'impression d'une anecdote réellement vécue par l'auteur, de même que l'emploi de la 1re personne. Le poème est narratif et relate avec lyrisme une rencontre amoureuse.
- **Une apparition miraculeuse dans un cadre bucolique :** La jeune femme est rencontrée par hasard et de manière inattendue. Elle ressemble à « une fée », ce qui fait d'elle un être merveilleux, et son aspect sauvage et libre l'apparente aux nymphes, divinités des eaux. De plus, elle semble fusionner avec le cadre naturel dans lequel elle apparaît. Ce décor peut être qualifié de bucolique, il renvoie à l'image d'une nature idéale, agréable et paisible.
- **Une rencontre amoureuse :** Dans le premier quatrain, le poète évoque un coup de foudre amoureux, inattendu et soudain. Le jeune homme formule alors une invitation amoureuse, qu'il réitère dans le quatrain suivant. La réponse de la jeune fille n'est pas formulée mais suggérée poétiquement par les personnifications de la nature.

La question de grammaire

Passage :

« Veux-tu t'en venir dans les champs ?
Veux-tu nous en aller sous les arbres profonds ? »

Question :

Analysez la forme et la syntaxe de ces deux phrases. Quel est leur registre de langue ?

Analyse de la question de grammaire :

La question porte sur :
- l'interrogation : syntaxe, sémantique et pragmatique.

Réponse :

Ces phrases sont interrogatives. Le poète utilise l'inversion sujet/verbe et il place un point d'interrogation à la fin des questions. À la première lecture, on pourrait voir un registre courant à connotation paysanne dans la formule « t'en venir » avec le « tu » élidé et le pronom « en » qui renvoie au parlé paysan.

Ce sont des questions totales auxquelles on ne peut répondre que par « oui » ou par « non ».

Le jeu des pronoms personnels dans les questions suggère que le couple va se former : la deuxième personne « tu » se confond en une étrange première personne du pluriel « nous » dans la seconde question « veux-tu nous ».

Cette licence poétique (changement de prononciation ou d'orthographe d'un mot pour des raisons poétiques) ainsi que l'utilisation du « t'en venir » relèvent plutôt du registre soutenu dans la mesure où l'emprunt à la langue populaire est mis au service du projet poétique. Cela est corroboré par l'image « sous les arbres profonds », une métonymie de la forêt, qui suggère que le couple est en harmonie et se fond dans la nature. Le pronom « en » devient alors un écho en assonance à « dans les champs » et prend une valeur poétique de communion avec la nature.

2. « Les Luttes et les Rêves »

Ce poème évoque le travail des enfants, qui peuvent être employés dès l'âge de huit ans d'après la loi de l'époque.

Où vont tous ces enfants dont pas un seul ne rit ?
Ces doux êtres pensifs que la fièvre maigrit ?
Ces filles de huit ans qu'on voit cheminer seules ?
Ils s'en vont travailler quinze heures sous des meules ;
Ils vont, de l'aube au soir, faire éternellement
Dans la même prison le même mouvement.
Accroupis sous les dents d'une machine sombre,
Monstre hideux qui mâche on ne sait quoi dans l'ombre,
Innocents dans un bagne, anges dans un enfer,
Ils travaillent. Tout est d'airain[1], tout est de fer.
Jamais on ne s'arrête et jamais on ne joue.
Aussi quelle pâleur ! la cendre est sur leur joue.
Il fait à peine jour, ils sont déjà bien las.
Ils ne comprennent rien à leur destin, hélas !
Ils semblent dire à Dieu : « Petits comme nous sommes,
Notre père, voyez ce que nous font les hommes ! »
Ô servitude infâme imposée à l'enfant !
Rachitisme[2] ! travail dont le souffle étouffant
Défait ce qu'a fait Dieu ; qui tue, œuvre insensée,

La beauté sur les fronts, dans les cœurs la pensée,
Et qui ferait – c'est là son fruit le plus certain –
D'Apollon[3] un bossu, de Voltaire un crétin !
Travail mauvais qui prend l'âge tendre en sa serre[4],
Qui produit la richesse en créant la misère,
Qui se sert d'un enfant ainsi que d'un outil !
Progrès dont on demande : « Où va-t-il ? Que veut-il ? »
Qui brise la jeunesse en fleur ! qui donne, en somme,
Une âme à la machine et la retire à l'homme !
[…]

1. Airain : alliage de métaux.
2. Rachitisme : maladie causée par des carences alimentaires.
3. Apollon : dieu grec de la beauté.
4. Serre : griffe de rapace.

Légende de l'analyse linéaire

- ! Exclamations traduisant l'indignation
- ▶ Tristesse et misère
- ▶ Expression de la pitié
- ▶ Vocabulaire négatif
- ▶ Jeunesse et innocence des enfants
- ▶ Discours direct des enfants
- ▶ Métaphores péjoratives
- ▶ Déshumanisation par le travail

Mouvements du texte

- **Premier mouvement, évocation pathétique** : de « Où vont » à « Petits comme nous sommes, ».
- **Second mouvement, dénonciation polémique** : de « Ô servitude infâme » à la fin.

L'essentiel à retenir du texte

- **Des enfants soumis à des traitements terribles** : Le poète s'appuie sur la réalité pour dénoncer le travail des enfants. L'âge des enfants, la durée de leur journée de travail, l'évocation des conditions de travail dans les usines ou mines de charbon renvoient à des faits bien réels à l'époque. Il emploie des métaphores très péjoratives (la prison, le monstre, le rapace) pour montrer combien le travail est destructeur pour les enfants.

– **La compassion du poète (le pathétique) :** Le poète insiste sur la jeunesse et l'innocence des enfants pour mettre en valeur l'injustice qu'ils subissent. Il leur donne la parole, exprime sa pitié, insiste sur leur tristesse et leur misère. Il vise ainsi à provoquer la compassion du lecteur par une tonalité pathétique.
– **La dénonciation :** Dans le deuxième mouvement de l'extrait, le ton devient polémique et le poète exprime son indignation, avec véhémence et colère. Il ironise sur le supposé progrès, suggère que le travail dans ces conditions est destructeur plus que fécond et tend même à déshumaniser les hommes. Hugo se bat ici pour une cause dans laquelle il s'est impliqué tout au long de sa vie.

La question de grammaire

Passage :

« Progrès dont on demande : « Où va-t-il? Que veut-il? »

Qui brise la jeunesse en fleur! qui donne, en somme,

Une âme à la machine et la retire à l'homme! »

Question :

Combien y a-t-il de propositions subordonnées relatives dans cette phrase? Quels sont les mots introducteurs? Analysez leur emploi.

Analyse de la question de grammaire :

La question porte sur :
– la syntaxe des propositions subordonnées relatives.

Réponse :

Il y a 3 propositions subordonnées relatives :
– « dont on demande »;
– « qui brise la jeunesse en fleur »;
– « qui donne, en somme, une âme à la machine et la retire à l'homme ».

Le nom antécédent est « progrès » pour les trois propositions relatives. Autrement on a :
– Le pronom relatif « dont » est COI du verbe « demande ».
– Le pronom relatif « qui » est sujet du verbe « brise ».
– Le pronom relatif « qui » est sujet des verbes « donne » et « retire ».

Ces propositions contribuent à personnifier le « Progrès » cité sans déterminant au début de l'extrait. Chaque pronom relatif efface le nom commun pour lui substituer un pronom, qui fait des actions, au détriment de la jeunesse et de l'homme. Le poète montre que le progrès technique n'est pas un progrès humain.

3. « Pauca meae »

Ce poème est inspiré par la mort accidentelle de Léopoldine, la fille de Victor Hugo.

Oh ! je fus comme fou dans le premier moment,
Hélas ! et je pleurai trois jours amèrement.
Vous tous à qui Dieu prit votre chère espérance,
Pères, mères, dont l'âme a souffert ma souffrance,
Tout ce que j'éprouvais, l'avez-vous éprouvé ?
Je voulais me briser le front sur le pavé ;
Puis je me révoltais, et, par moments, terrible,
Je fixais mes regards sur cette chose horrible,
Et je n'y croyais pas, et je m'écriais : Non !
– Est-ce que Dieu permet de ces malheurs sans nom
Qui font que dans le cœur le désespoir se lève ? –
Il me semblait que tout n'était qu'un affreux rêve,
Qu'elle ne pouvait pas m'avoir ainsi quitté,
Que je l'entendais rire en la chambre à côté,
Que c'était impossible enfin qu'elle fût morte,
Et que j'allais la voir entrer par cette porte !
Oh ! que de fois j'ai dit : Silence ! elle a parlé !
Tenez ! voici le bruit de sa main sur la clé !
Attendez ! elle vient ! laissez-moi, que j'écoute !
Car elle est quelque part dans la maison sans doute !

Jersey, Marine-Terrace, 4 septembre 1852.

■ *Légende de l'analyse linéaire*

- ▶ Expression de la douleur
- ▶ Adresse au lecteur
- ▶ Illusion que sa fille est vivante
- ▶ Expression de l'incrédulité et de l'impossibilité
- ☐ Périphrases pour désigner la mort sans la nommer

■ *Mouvements du texte*

- **Premier mouvement, la douleur du deuil** : de « Oh ! je fus » à « cette chose horrible, ».
- **Second mouvement, incrédulité face au drame** : de « Et je n'y croyais pas » à la fin.

L'essentiel à retenir du texte

- **Un poème de deuil** : Le poème, comme de nombreux autres du livre « *Pauca meae* », est inspiré par la mort tragique de Léopoldine. Le poète parle en son nom lorsqu'il emploie la 1re personne du singulier. Il évoque sa première réaction à l'annonce de la nouvelle, les jours qui ont suivi, puis la longue période de deuil et la difficulté à admettre la mort de sa fille.
- **La souffrance à son paroxysme** : De tonalité élégiaque et pathétique, ce poème exprime la souffrance insurmontable d'un père face à la mort de son enfant. Hugo fait allusion à la mort sans pouvoir la nommer, car elle fait partie précisément de « ces malheurs sans nom ». Il dit sa douleur avec insistance et sans pudeur, montrant qu'elle atteint un paroxysme insupportable. Il s'adresse aux lecteurs, en particulier aux pères et mères qui ont également perdu un enfant, pour les inviter à comprendre et partager sa souffrance.
- **L'incrédulité** : La mort de l'enfant est vécue comme un événement inconcevable, impossible, et Hugo exprime son incrédulité face au drame, son déni sans doute également. Il en vient à imaginer la présence de sa fille dans la maison, croit l'entendre et la voir, tant son absence est insupportable. La dernière strophe rend même compte d'hallucinations qui révèlent un état d'effarement et presque de folie.

La question de grammaire

Passage :

« Et je n'y croyais pas, et je m'écriais : Non!

– Est-ce que Dieu permet de ces malheurs sans nom

Qui font que dans le cœur le désespoir se lève? – »

Question :

Étudiez dans cette phrase les différentes formes de construction de la négation. Que cherche à exprimer le poète par ces formes négatives?

Analyse de la question de grammaire :

La question porte sur :

- l'expression de la négation.

Réponse :

Le poète utilise les adverbes de la négation :

- La forme « n'… pas » avec « ne » élidé. Cette négation porte sur le verbe « croyais ».
- L'adverbe « non » qui fait phrase à lui seul. Il est accentué par l'exclamation.

Il utilise également les noms « malheur » et « désespoir » et l'expression « sans nom ».

Le poète accumule ces formes de négation pour influencer la réponse de son lecteur à la question rhétorique qui suit. Il veut que son lecteur se révolte contre la fatalité du sort réservé aux hommes.

LES FLEURS DU MAL

Charles Baudelaire

Les Fleurs du Mal
Charles Baudelaire

I Réflexions sur « Alchimie poétique : la boue et l'or »

L'**alchimie** est une science ésotérique qui s'est développée au Moyen Âge. Le processus a pour but de percer les secrets de la matière pour transformer un métal vil en métal précieux. Dans une perspective métaphorique, l'alchimie permet au poète de **déchiffrer les secrets de l'Univers** grâce au **pouvoir des mots et du langage**.

La deuxième partie de l'intitulé du parcours « **la boue et l'or** » vient d'un vers de Baudelaire. En 1857, il écrit dans l'esquisse d'un poème : « J'ai pétri de la boue et j'en ai fait de l'or » (« Orgueil », *Les Fleurs du Mal*). Puis, dans un projet d'épilogue pour la deuxième édition du recueil *Les Fleurs du Mal* en 1861, le poète s'adresse ainsi à Paris : « Tu m'as donné ta boue et j'en ai fait de l'or ».

Transformer d'ignobles déchets en métal précieux, tel est l'ambition du poète : « Il m'a paru plaisant, et d'autant plus agréable que la tâche était plus difficile, d'**extraire la *beauté* du *Mal*.** » (projet de préface pour la deuxième édition des *Fleurs du Mal*). Baudelaire s'intéresse au mal sous toutes ses formes :

- **le mal moral** car le vice et le sadisme hantent les hommes ;
- **le mal physique** car le corps et les nerfs du poète souffrent des douleurs insupportables ;
- **le mal métaphysique** car l'âme est angoissée par l'absence de Dieu mais elle est pourtant assaillie par le tourment du péché.

Pour métamorphoser cette boue en or, Baudelaire en fait un **sujet de poésie**. La sensibilité du poète et sa volonté créatrice l'amènent à porter un **nouveau regard** sur les objets les plus abjects.

L'intitulé du parcours invite à se poser diverses **questions** :

- Faire œuvre de création, est-ce porter un nouveau regard sur un sujet ?
- Comment la voix du poète invite-t-elle le lecteur à porter un nouveau regard sur un sujet ?
- Y a-t-il une beauté propre au mal ?
- Comment la métaphore de la boue et de l'or explique-t-elle le principe de création poétique ?

Présentation d'une œuvre s'inscrivant dans le parcours

Le recueil *Illuminations* d'Arthur Rimbaud, rédigé entre 1872 et 1875, peut s'inscrire dans le parcours « Alchimie poétique : la boue et l'or » :

- Dans ces poèmes en prose, Rimbaud joue sur l'absence de formes versifiées et sur la concurrence entre les arts, notamment entre la peinture et la poésie. Le poète, même sans versification, mais avec des métaphores et des images saisissantes, décrit des paysages qui n'ont pas besoin de la lumière du jour pour être vus.
- Les mots créent des images mentales à partir du vocabulaire le plus banal. C'est comme une alchimie qui transforme le quotidien vu par le poète (une sorte de voyant) en une illumination, une vision prophétique et poétique.
- Le pouvoir de ces mots illumine le monde grâce au regard du poète.

II L'œuvre au programme

A L'auteur : Charles Baudelaire (1821-1867)

Après une jeunesse tumultueuse, marquée par la mort de son père et le remariage de sa mère avec un homme pour lequel Baudelaire n'a guère d'affection, le poète dilapide l'héritage familial en menant une vie de bohème à Paris. Il fréquente les cercles littéraires, lit beaucoup et devient disciple de Théophile Gautier. Sa famille décide de le mettre sous tutelle pour l'arracher à cette vie qu'elle juge scandaleuse. Baudelaire est donc condamné à une existence miséreuse. Il rencontre le peintre Manet et se consacre à la critique d'art. Il découvre également Edgar Allan Poe, écrivain américain alcoolique et indigent, et entreprend de traduire ses œuvres. Comme Poe, Baudelaire préfère rester en marge de la société. Il rejoint ainsi les nombreux artistes qui refusent d'adhérer aux valeurs d'une société bourgeoise et conformiste.

Sous le Second Empire (1851-1870), époque du règne de Napoléon III, le gouvernement impose un retour à l'ordre moral. Le recueil des *Fleurs du Mal* paraît en juin 1857. Les critiques à son propos sont élogieuses mais le procureur impérial intente un procès à Baudelaire. Ce procès contribue à la malédiction baudelairienne : le poète se sent humilié et incompris. Le procureur, M. Pinard, incrimine treize poèmes du recueil. Ces pièces sont accusées d'outrage aux bonnes mœurs, à la morale religieuse et à la morale publique. Pour les magistrats, parler du corps, de nudité, de volupté, de sexualité et d'homosexualité est condamnable. *Les Fleurs du Mal* sont considérées comme un livre dangereux. Le poète est condamné à payer une lourde amende et doit retirer six poèmes de son recueil s'il veut le faire paraître. Le texte est modifié et réédité en 1861. Il faut attendre 1949 pour que sa version intégrale soit enfin autorisée.

Dès 1855, Baudelaire commence à rédiger un nouveau recueil : *Petits poèmes en prose ou Le Spleen de Paris*. Il prévoit d'écrire cent poèmes mais n'en rédige que cinquante. En effet, la fin de sa vie est marquée par la maladie. Atteint de syphilis, il meurt en 1867. Son dernier recueil est publié à titre posthume en 1869. En 1897 sont également publiées les notes, pensées et anecdotes de l'auteur sous le titre *Mon cœur mis à nu*.

B L'œuvre : Les Fleurs du Mal, 1857 (1re édition) ; 1861 (2e édition)

Citation

> « Dans ce livre atroce, j'ai mis toute ma pensée, tout mon cœur, toute ma religion (travestie), toute ma haine.
>
> Charles Baudelaire, Lettre à Maître Ancelle, 1866

Baudelaire voulait retracer la tragédie de l'être humain, cette alternance constante qui le pousse tantôt vers Dieu, tantôt vers Satan.

Le recueil s'appelle d'abord *Les Lesbiennes* en référence aux habitantes de Lesbos, île de la mer Égée, capitale de la poésie lyrique. Puis Baudelaire choisit *Les Limbes*, titre plus mystérieux. La perspective est plus mystique puisque les limbes sont une sorte d'espace intermédiaire, le lieu où séjournent les enfants morts sans baptême. Mais un autre poète utilise ce titre et Baudelaire doit l'abandonner.

Les Fleurs du Mal est le titre définitif choisi par Baudelaire, **troublante alliance** que l'on pourrait considérer comme une provocation, une envie de choquer les bien-pensants. En effet, **« fleur »** et **« mal »** sont deux substantifs que la tradition poétique oppose. En poésie, le terme **« fleur »** connote l'innocence, la pureté, et symbolise souvent la jeune fille désirée. Au **mal** sont associés l'obscurité et l'informe. Baudelaire semble pourtant affirmer qu'il existe **une beauté propre au mal**.

Citation

> « Le seul éloge que je sollicite pour ce livre est qu'on reconnaisse qu'il n'est pas un pur album mais qu'il a un commencement et une fin.
>
> Charles Baudelaire, Lettre à Alfred de Vigny, 1861

Baudelaire considère que les textes de son recueil forment un tout cohérent. Chaque pièce n'a de signification que mise en regard par rapport aux autres.

Les critiques se sont acharnés à trouver un sens à la structure du recueil mais il est plus prudent de proposer des hypothèses : dans la seconde édition, 126 poèmes sont regroupés en six sections de longueurs très inégales. Ces sections peuvent être considérées comme les étapes d'un voyage explorant la misère de l'homme. Les deux premières sections posent un constat et les quatre suivantes proposent des solutions pour combattre le spleen.

Les **six sections** de l'édition de **1861 sont les suivantes** :

1) « Spleen et Idéal » : 85 poèmes

Si l'être est envahi par l'angoisse, c'est parce qu'il aspire au bonheur mais que rien ici-bas ne peut le contenter. Le poète est donc partagé entre un sentiment de spleen, d'ennui, de mélancolie, et son aspiration à l'idéal.

2) « Tableaux parisiens » : 18 poèmes

C'est une section que Baudelaire a ajoutée entre la 1re et la 2de édition. Baudelaire y peint ses errances dans un Paris en pleine mutation. Il y croise des figures insolites et des êtres déchus. Ses flâneries lui font découvrir la modernité urbaine mais accentuent aussi son sentiment de solitude.

3) « Le Vin » : 5 poèmes

L'alcool est présenté comme une échappatoire sombre et dangereuse : il procure un **oubli bienfaiteur** qui n'est que temporaire.

4) « Les Fleurs du Mal » : 9 poèmes

La luxure et les amours interdites sont les thèmes majeurs de cette section. Baudelaire les présente comme une autre forme d'évasion. Cependant, cette démarche est vaine. Il s'abandonne à la débauche mais n'échappe pas à son existence misérable.

5) « La Révolte » : 3 poèmes

Les tentations charnelles étant illusoires, le poète se révolte contre Dieu en se tournant vers Satan, prince des déchus.

6) « La Mort » : 6 poèmes

Les échappatoires ayant été des échecs, la mort reste le seul espoir de l'homme. Elle est une promesse de voyage qui peut soulager les maux.

C Analyses linéaires et question de grammaire sur trois textes-clés

1. « L'Albatros »

Poème présent dans la première édition de 1957.

Souvent, pour s'amuser, les hommes d'équipage
Prennent des albatros, vastes oiseaux des mers,
Qui suivent, indolents[1] compagnons de voyage,
Le navire glissant sur les gouffres amers.

À peine les ont-ils déposés sur les planches,
Que ces rois de l'azur, maladroits et honteux,
Laissent piteusement[2] leurs grandes ailes blanches
Comme des avirons traîner à côté d'eux.

Ce voyageur ailé, comme il est gauche et veule[3] !
Lui, naguère si beau, qu'il est comique et laid !
L'un agace son bec avec un brûle-gueule[4],
L'autre mime, en boitant, l'infirme qui volait !

Le Poète est semblable au prince des nuées[5]
Qui hante la tempête et se rit de l'archer[6] ;
Exilé sur le sol au milieu des huées,
Ses ailes de géant l'empêchent de marcher.

1. Indolents : insensibles, indifférents.
2. Piteusement : d'une manière qui inspire la pitié.
3. Veule : qui n'a aucune volonté ou aucune force.
4. Brûle-gueule : pipe de marin à tuyau très court.
5. Nuées : gros nuages.
6. Archer : soldat tirant avec un arc.

Légende de l'analyse linéaire

- ▶ Cruauté et sadisme des marins
- ▶ Valorisation de l'albatros : oiseau majestueux
- ▶ Vision pathétique de l'albatros
- ▶ Déchéance de l'oiseau
- ☐ Comparaison oiseau-poète

Mouvements du texte

- **Premier mouvement, récit d'une anecdote, des marins torturent un albatros pour se divertir** : de « Souvent, pour s'amuser » à « qui volait ! ».
- **Second mouvement, la portée symbolique de l'anecdote :** de « Le Poète est semblable » à la fin.

L'essentiel à retenir du texte

- **La valeur symbolique de l'albatros :** « L'Albatros » n'est pas un sonnet mais sa composition y ressemble dans sa progression. Baudelaire raconte une anecdote et explique sa portée symbolique dans la dernière strophe. L'albatros est d'abord décrit comme un oiseau, puis il devient une allégorie. Il illustre l'idée que Baudelaire se fait du poète « maudit » : un être supérieur isolé des hommes à cause de son génie. Baudelaire développe ici un des thèmes chers aux romantiques.

- **Un poète déchiré entre spleen et idéal :** Ce texte appartient au cycle des poèmes qui célèbrent la grandeur de l'art et du poète dans la section « Spleen et Idéal ». Le poète assoiffé d'idéal au milieu des autres hommes subit l'isolement de l'homme de génie. Pour évoquer ces êtres singuliers que sont les artistes, Baudelaire choisit ici un symbole douloureux : l'albatros représente **la dualité de l'homme** cloué au sol et aspirant à l'infini.
- **« L'Albatros », une fleur du mal :** C'est au-dessus du vide que l'oiseau peut déployer « ses ailes de géant ». La splendeur émane de la dysphorie (état de mal-être) comme le rappelle le titre du recueil. De façon paradoxale, l'angoisse et la tristesse se transforment positivement : l'albatros était « le roi de l'azur » et devient « le prince des nuées ». Il a gagné en jeunesse et en charme.

La question de grammaire

Passage :

« À peine les ont-ils déposés sur les planches,

Que ces rois de l'azur, maladroits et honteux,

Laissent piteusement leurs grandes ailes blanches

Comme des avirons traîner à côté d'eux. »

Question :

Analysez la composition de cette phrase complexe. Quelle est la subordonnée conjonctive ? Quel est l'outil grammatical qui permet sa construction ? Quelle fonction remplit-elle et qu'exprime-t-elle ?

Analyse de la question de grammaire :

La question porte sur :
- l'interrogation : syntaxe, sémantique et pragmatique ;
- l'expression de la négation.

Réponse :

Cette phrase complexe contient une proposition principale qui commence par « à peine » :

« À peine les ont-ils déposés sur les planches, »

La locution adverbiale « à peine » entraîne l'inversion sujet/verbe « ont-ils » dans la principale.

Suit une proposition subordonnée conjonctive circonstancielle de temps introduite par la conjonction de subordination « que » : « Que ces rois de l'azur, maladroits et honteux,/ Laissent piteusement leurs grandes ailes blanches/Comme des avirons traîner à côté d'eux. » Elle exprime la quasi-simultanéité.

Cette proposition subordonnée marque l'antithèse entre les comparaisons de l'albatros avec « ces rois de l'azur » et leur ridicule démarche sur terre qui est piteuse (« piteusement »). Sur les planches, le spectacle est pathétique.

2. « Une charogne »

Poème présent dans la seconde édition de 1961.

Rappelez-vous l'objet que nous vîmes, mon âme,
Ce beau matin d'été si doux :
Au détour d'un sentier une charogne[1] infâme
Sur un lit semé de cailloux,

Les jambes en l'air, comme une femme lubrique[2],
Brûlante et suant les poisons,
Ouvrait d'une façon nonchalante et cynique[3]
Son ventre plein d'exhalaisons[4].

Le soleil rayonnait sur cette pourriture,
Comme afin de la cuire à point,
Et de rendre au centuple à la grande Nature
Tout ce qu'ensemble elle avait joint;

Et le ciel regardait la carcasse superbe
Comme une fleur s'épanouir.
La puanteur était si forte, que sur l'herbe
Vous crûtes vous évanouir.

Les mouches bourdonnaient sur ce ventre putride[5],
D'où sortaient de noirs bataillons
De larves, qui coulaient comme un épais liquide
Le long de ces vivants haillons[6].

Tout cela descendait, montait comme une vague,
Ou s'élançait en pétillant;
On eût dit que le corps, enflé d'un souffle vague,
Vivait en se multipliant.

Et ce monde rendait une étrange musique,
Comme l'eau courante et le vent,
Ou le grain qu'un vanneur d'un mouvement rythmique
Agite et tourne dans son van[7].

Les formes s'effaçaient et n'étaient plus qu'un rêve,
Une ébauche lente à venir,
Sur la toile oubliée, et que l'artiste achève
Seulement par le souvenir.

Derrière les rochers une chienne inquiète
Nous regardait d'un œil fâché,
Épiant le moment de reprendre au squelette
Le morceau qu'elle avait lâché.

– Et pourtant vous serez semblable à cette ordure,
À cette horrible infection,
Étoile de mes yeux, soleil de ma nature,
Vous, mon ange et ma passion !

Oui ! telle vous serez, ô la reine des grâces,
Après les derniers sacrements[8],
Quand vous irez, sous l'herbe et les floraisons grasses,
Moisir parmi les ossements.

Alors, ô ma beauté ! dites à la vermine[9]
Qui vous mangera de baisers,
Que j'ai gardé la forme et l'essence[10] divine
De mes amours décomposés !

1. Charogne : animal en décomposition.
2. Lubrique : qui manifeste une forte attirance pour les plaisirs charnels.
3. Cynique : insolente et immorale.
4. Exhalaisons : odeurs émanant de certains corps.
5. Putride : en état de décomposition.
6. Haillons : vieux vêtements en lambeau.
7. Van : instrument qui permet de séparer les grains de la paille.
8. Sacrements : rite sacré administré à un mourant.
9. Vermine : vers.
10. Essence : substance essentielle.

■ *Légende de l'analyse linéaire*

- ▶ Lexique de la nature, cadre de la promenade amoureuse
- ▶ Association de beauté (soleil, fleur) et laideur, oxymore « la carcasse superbe »
- ▶ Apostrophes galantes
- ▶ Évocation d'une odeur atroce
- ▶ Analogie entre la femme et la charogne
- ▶ Périphrases pour désigner la charogne et rendre compte de son caractère malsain
- ▶ Détails répugnants
- ▶ Métaphore et champ lexical de l'art et de la création

Mouvements du texte

- **Premier mouvement, une scène idyllique troublée par une vision abjecte** : de « Rappelez-vous » à « vous évanouir ».
- **Deuxième mouvement, description plus précise de la charogne** : de « Les mouches » à « en se multipliant ».
- **Troisième mouvement, réflexion sur le processus de création et le pouvoir de la poésie** : de « Et ce monde » à « seulement par le souvenir. »
- **Quatrième mouvement, détail macabre** : de « Derrière les rochers » à « avait lâché ».
- **Cinquième mouvement, portée symbolique, une leçon cruelle adressée à la femme aimée** : de « « Et pourtant » à la fin.

L'essentiel à retenir du texte

- **Un poème macabre et ironique** : Dans ce poème, Baudelaire détourne avec ironie le topos romantique de la promenade amoureuse. En effet, il en appelle aux souvenirs de la femme aimée puisque la pièce s'ouvre sur un impératif : « Rappelez-vous ». Dans un cadre idyllique, le couple fait une atroce découverte. Avec une certaine complaisance et de très nombreuses précisions abjectes, le poète se remémore la vision repoussante d'une charogne. Aucun détail n'est épargné au lecteur et l'objet central du texte semble exercer une étrange fascination sur le poète.
- **Un poème qui renouvelle le topos du *memento mori*** : Les poètes de la Pléiade développent au XVIe siècle le motif du *carpe diem*. Ils invitent la femme à profiter du jour présent, lui rappelant que sa beauté et sa jeunesse sont éphémères. Baudelaire reprend ce motif et rappelle à la femme qui l'accompagne dans cette promenade champêtre qu'elle va mourir (*memento mori* signifie en latin « Souviens-toi que tu vas mourir »). Mais il ne s'arrête pas à l'évocation de la mort comme ses prédécesseurs. Il décrit avec une étonnante précision le processus de décomposition du corps. La leçon à tirer de cette découverte, c'est que grâce à l'écriture, le poète peut reconstruire le réel détruit.
- **Un manifeste poétique, extraire la beauté du mal** : Le poète choisit la charogne comme sujet central de cette œuvre, allant à l'encontre de toute une tradition poétique. S'il magnifie, non sans ironie, cet animal en décomposition, c'est que le plaisir du poète est dans l'écriture, dans le processus de création. La beauté est dans la subversion, dans le rejet des convenances, des normes sociales et de la bonne morale de son époque.

La question de grammaire

Passage :

« On eût dit que le corps, enflé d'un souffle vague,

Vivait en se multipliant. »

Question :

Identifiez les formes verbales employées dans cette phrase et expliquez le rôle des modes et des temps dans la description de la charogne.

Analyse de la question de grammaire :

La question porte sur :

- le verbe : valeurs temporelles, aspectuelles, modales ; concordance des temps.

Réponse :

Les formes verbales varient en fonction de la personne, du temps, du mode et de la voix. On distingue les verbes conjugués (« eût dit », « vivait »), les participes (« enflé »), les gérondifs « en se multipliant ».

- Cette phrase contient une proposition principale suivie d'une proposition subordonnée complétive « que le corps, enflé d'un souffle vague, / Vivait en se multipliant ».
- Le verbe de la principale « eût dit » est conjugué au plus-que-parfait (temps) du subjonctif (mode). Ce mode est utilisé pour exprimer la supposition, l'hypothèse. C'est le mode de l'irréel. Il pourrait être remplacé par le conditionnel « on aurait dit ». Il est plus littéraire et renvoie à la langue classique. Le sujet « on », pronom impersonnel de 3e personne, inclut le lecteur, pour qu'il s'imagine la scène répugnante comme s'il la voyait avec le poète. La proposition subordonnée complétive introduite par « que » a pour verbe conjugué « vivait ». Ce verbe est conjugué à l'imparfait de l'indicatif conformément à la concordance des temps après une principale qui introduit une hypothèse. Son sujet de 3e personne est « le corps, enflé d'une souffle vague ». Il est paradoxal qu'une charogne (cadavre) vive. La complétive évoque une hypothèse imaginaire irréelle.
- Le participe passé « enflé », employé comme adjectif qualificatif, caractérise le nom « corps » avec lequel il s'accorde.
- Le complément du participe passé « d'un souffle vague » évoque le mouvement continu de la respiration.
- Le participe passé sert à décrire le « corps » agité par le souffle.
- Dans la complétive, le gérondif « en se multipliant » est un complément circonstanciel de manière. Il sert à décrire la pestilence et la putréfaction qui émanent de la charogne.

3. « À une mendiante rousse »

Poème présent dans la première édition de 1957.

Blanche fille aux cheveux roux,
Dont la robe par ses trous
Laisse voir la pauvreté
Et la beauté,

Pour moi, poète chétif[1],
Ton jeune corps maladif,
Plein de taches de rousseur,
À sa douceur.

Tu portes plus galamment
Qu'une reine de roman
Ses cothurnes[2] de velours
Tes sabots lourds.

Au lieu d'un haillon[3] trop court,
Qu'un superbe habit de cour
Traîne à plis bruyants et longs
Sur tes talons;

En place de bas troués
Que pour les yeux des roués[4]
Sur ta jambe un poignard d'or
Reluise encor;

Que des nœuds mal attachés
Dévoilent pour nos péchés
Tes deux beaux seins, radieux
Comme des yeux;

Que pour te déshabiller
Tes bras se fassent prier
Et chassent à coups mutins[5]
Les doigts lutins[6],

Perles de la plus belle eau,
Sonnets de maître Belleau[7]
Par tes galants[8] mis aux fers
Sans cesse offerts,

Valetaille[9] de rimeurs
Te dédiant leurs primeurs
Et contemplant ton soulier
Sous l'escalier,

Maint page[10] épris du hasard,
Maint seigneur et maint Ronsard
Épieraient pour le déduit[11]
Ton frais réduit[12] !

Tu compterais dans tes lits
Plus de baisers que de lis[13]
Et rangerais sous tes lois
Plus d'un Valois[14] !

– Cependant tu vas gueusant[15]
Quelque vieux débris gisant
Au seuil de quelque Véfour[16]
De carrefour ;

Tu vas lorgnant en dessous
Des bijoux de vingt-neuf sous
Dont je ne puis, oh ! Pardon !
Te faire don.

Va donc, sans autre ornement,
Parfum, perles, diamant,
Que ta maigre nudité,
Ô ma beauté !

1. Chétif : qui a peu de forces.
2. Cothurnes : chaussures montantes à semelles épaisses.
3. Haillon : vieux vêtement en lambeau.
4. Roués : personnes débauchées, de petite vertu.
5. Mutins : espiègles, malicieux.
6. Lutins : malicieux.
7. Belleau : poète français de la Pléiade.
8. Galants : hommes qui cherchent à plaire aux femmes.
9. Valetaille : terme péjoratif qui désigne l'ensemble des valets d'une maison.
10. Page : jeune homme au service d'un seigneur.
11. Déduit (ancien français) : divertissement, amusement amoureux.
12. Réduit : local exigu, généralement sombre et pauvre.
13. Lis : autre orthographe de « lys », fleur emblème de la monarchie française.
14. Valois : branche de la dynastie capétienne qui régna sur le royaume de France de 1328 à 1589. Elle succède aux Capétiens directs et précède les Bourbons.
15. Gueusant : mendiant.
16. Véfour : restaurant chic parisien.

Légende de l'analyse linéaire

- ▶ Connotations positives et sensuelles
- ▶ Lexique de la misère
- ▶ Description méliorative valorisant la sensualité de la femme
- ▶ Allusions au libertinage
- ▶ Antithèses
- ▶ Subjonctifs de souhait : comme une formule magique
- ▶ Références historiques à la Renaissance, notamment à la Pléiade
- ☐ Verbes de mouvement qui traduisent la liberté de la mendiante

Mouvements du texte

- **Premier mouvement, portrait initial de la mendiante, une muse malade dont le poète entrevoit la beauté :** de « Blanche fille » à « sabots lourds ».
- **Deuxième mouvement, processus de métamorphose et vision onirique d'une femme séduisante et mystérieuse :** de « Au lieu » à « Les doigts lutins ».
- **Troisième mouvement, suite du processus de métamorphose, éloge paradoxal de la mendiante :** de « Perles » à « Valois ».
- **Quatrième mouvement, retour à la réalité et nouveau regard du poète :** de « Cependant » à la fin.

L'essentiel à retenir du texte

- **La mendiante, une muse pour le poète :** Le poème est dédié à un être déchu en marge de la société. Baudelaire en fait un portrait à la fois exact et ambigu. Il évoque de façon réaliste sa situation misérable et douloureuse. Cependant, il émane de cette femme du charme et de la sensualité. Elle exerce un attrait puissant sur le poète car elle est un être à part et mystérieux.
- **L'alchimie poétique :** Baudelaire invite le lecteur à voir au-delà des apparences. Il transforme peu à peu la mendiante en reine de roman. Il la débarrasse de ses haillons pour imaginer ses atours secrets sur un ton malicieux et lui prête de nombreux amants. Le ton du poème se fait incantatoire : le personnage réel devient un personnage fictif par la magie du verbe.
- **Une nouvelle définition de la beauté :** Les trois premières strophes du poème et les trois dernières encadrent celles où Baudelaire fantasme la mendiante autrement qu'elle n'est en réalité. Cependant, la vision qu'il en propose à la fin du poème n'est pas identique à celle du début : la mendiante est une femme libre dont la nudité n'est plus honteuse et qui n'a pas besoin d'artifices pour être belle.

La question de grammaire

Question :

Quelle est la troisième phrase de ce poème? Expliquez les rapports entre les propositions (juxtaposition, coordination, ou subordination).

Analyse de la question de grammaire :

La question porte sur :

– les relations au sein de la phrase complexe.

Réponse :

La troisième phrase est « Au lieu d'un haillon trop court [...] ton frais réduit » : elle couvre sept strophes. Une succession de propositions subordonnées conjonctives antéposées introduites par « que » et entraînant le subjonctif indique la condition : « Qu'un superbe habit traîne », « Que pour les yeux des roués/Sur ta jambe un poignard d'or/Reluise encor », « Que des nœuds mal attachés/Dévoilent pour nos péchés », « Que pour te déshabiller/Tes bras se fassent prier/Et chassent à coups mutins / Les doigts lutins ».

Si la mendiante rousse avait de tels accessoires, « habit de cour, [...] », elle serait une source d'inspiration pour les poètes. Ces propositions sont juxtaposées pour insister sur l'effet d'accumulation des agréments dont le poète est capable d'orner la mendiante et son poème. Après une virgule vient la proposition principale dont le verbe est au conditionnel, conformément à la concordance des temps. C'est la valeur modale du conditionnel d'irréel du présent.

L'anaphore de la conjonction « que » est un moyen de juxtaposer des vœux, des désirs, ceux du poète et même de tous les poètes. Ces désirs sont exprimés par le mode subjonctif.

ALCOOLS

Guillaume Apollinaire

Alcools
Guillaume Apollinaire

I Réflexions sur « Modernité poétique ? »

L'intitulé du parcours « Modernité poétique ? » pose une question essentielle dans l'histoire du genre poétique, celle de l'aspect formel du texte poétique.

Dès le milieu du XIXe siècle, les poètes romantiques annoncent la dissolution du vers et remettent en question les règles de versification alors qu'elles étaient les mêmes depuis Malherbe (poète français du XVIe siècle, théoricien de l'art classique et réformateur de la langue française). Toute la poésie post romantique exprime le désir d'inventer une expression loin des modèles classiques pour **créer une forme** propre et originale. L'invention du poème en prose, que Baudelaire rend célèbre grâce à son recueil *Le Spleen de Paris* ou *Petits poèmes en prose*, contribue à une nouvelle définition du genre. Le vers libre fait son apparition à la même époque : il correspond le plus souvent à une unité de sens et de rythme qui suit la voix et la sensibilité du poète. Tout au long du XIXe siècle, la poésie s'affranchit donc des codes traditionnels de la versification et le langage devient un matériau que le poète peut utiliser à sa guise.

L'intitulé « Modernité poétique ? » questionne également les thématiques poétiques. Les auteurs de la fin du XIXe siècle vont trouver de nouveaux motifs poétiques comme les paysages urbains, les métropoles modernes, la foule, etc. Ils souhaitent rendre compte de **l'expérience du monde contemporain**.

Charles Baudelaire est le premier poète de la ville, il met Paris en scène dans les « Tableaux parisiens », section des *Fleurs du Mal* publiée en 1861. Comme lui, Apollinaire conçoit l'écriture poétique comme un **hymne à la modernité**. Il célèbre la **beauté du monde moderne** et de **son mouvement perpétuel**.

L'intitulé du parcours invite à se poser diverses **questions** :

- À quoi tient la modernité d'une œuvre ?
- La modernité est-elle essentiellement formelle ?
- La modernité est-elle essentiellement thématique ?
- Faut-il détruire un monde ancien pour être moderne ?
- L'avant-garde suppose-t-elle une arrière-garde ?
- La tradition et la modernité sont-elles incompatibles ?

Présentation d'une œuvre s'inscrivant dans le parcours

Le recueil *Le Parti pris des choses* de Francis Ponge, publié en 1942, peut s'inscrire dans le parcours « Modernité poétique ? » :

- Ponge propose une poésie de l'objet et de la matière. Il fait l'éloge de la vie moderne.
- Au lieu de mettre en évidence les émotions de l'esprit, il exprime plutôt les mouvements du monde afin de créer un univers poétique plus familier qui appartient à tous les lecteurs.
- En ce sens, il s'affirme matérialiste. Ponge appelle à la conception d'une nouvelle poésie qui prend le parti des choses pour renouer les liens entre l'homme et le monde contemporain.
- Le parti pris des choses consiste en une nouvelle façon d'aborder la composition poétique : au lieu de s'inspirer des empreintes de l'homme dans le monde, Ponge nous propose de mettre en lumière l'importance des choses qui se révèlent participantes dans nos vies. Il inverse la posture poétique qui voudrait que le poète soit au centre de sa création.

II L'œuvre au programme

A L'auteur : Guillaume Apollinaire (1880-1918)

Fils naturel d'un officier italien et d'une aventurière d'origine polonaise, Wilhelm Apollinaris Albertus de Kostrowitzky, dit Guillaume Apollinaire, est un poète du début du XXe siècle. Il naît à Rome et, après une enfance chaotique, il devient précepteur en Allemagne avant de s'installer à Paris en 1902.

Dès 1904, il participe à la création du mouvement pictural cubiste et fréquente les intellectuels et les artistes parisiens. La publication de son premier recueil *Alcools* en 1913 fait de lui le **poète de la modernité**. Inspiré par les audaces formelles du recueil de Rimbaud *Une saison en enfer* et le célèbre poème « Le Bateau ivre », il souhaite inventer de nouvelles formes poétiques. À l'occasion d'une conférence en 1917, Apollinaire défend « **l'esprit nouveau** » et reprend l'injonction de Rimbaud : « Il faut absolument être moderne. » (*Une saison en enfer*, « Adieu », 1873). Le travail de Verlaine sur la musicalité du vers nourrit également sa réflexion.

Profondément marqué par ses ruptures amoureuses (Annie Playden en 1905 et Marie Laurencin en 1913), Apollinaire accorde une place importante aux figures féminines dans son œuvre.

Il participe à la Première Guerre mondiale. Dans les tranchées, il écrit des poèmes-dessins qui formeront le recueil *Calligrammes* publié en 1918. Ces pièces sont principalement inspirées par son nouvel amour pour Madeleine Pagès. Blessé par un obus, il est démobilisé et meurt de la grippe espagnole en 1918.

B L'œuvre : *Alcools*, 1913

Le recueil poétique *Alcools* est écrit par Guillaume Apollinaire entre 1898 et 1913. **Le titre de cette œuvre est polysémique** : en choisissant l'emploi du pluriel sans article, l'auteur suggère que le terme peut être compris dans une acception métaphorique :

- Remède à la douleur causée par des amours malheureuses?
- Invitation à la fête en référence à Dionysos (dieu du vin et de la poésie)?
- Ivresse créatrice d'un auteur qui clame sa soif de vivre?

Quoi qu'il en soit, ce titre énigmatique crée un horizon de lecture étonnant qui invite à la réflexion dans la mesure où la plupart des poèmes ne traitent pas d'alcool.

L'architecture du recueil est fractionnée, à l'image d'une œuvre artistique cubiste. Apollinaire fréquente d'ailleurs les peintres de ce mouvement, notamment Pablo Picasso dont il est très proche. Il **refuse toute unité** pour organiser les cinquante-cinq poèmes du recueil. Il existe néanmoins des **jeux d'échos** entre les textes et certains cycles sont identifiables comme celui des amours malheureuses, de la douleur du poète solitaire ou des « Rhénanes ».

Alcools est la **somme d'un parcours intime**. Apollinaire mêle des œuvres de jeunesse et des poèmes écrits juste avant la parution du recueil. Il entrelace une réflexion sur la création poétique et un regard introspectif sur ses souffrances.

Apollinaire développe une **écriture poétique novatrice** et cherche à surprendre le lecteur :

- par l'emploi d'images insolites;
- par la juxtaposition d'éléments de différentes natures;
- par une certaine fantaisie verbale.

Les formes qu'il choisit tendent à abolir les contraintes d'écriture : il supprime toute ponctuation et utilise fréquemment le vers libre.

Citation

« Le rythme même et la coupe des vers, voilà la véritable ponctuation et il n'en est point besoin d'une autre.

Guillaume Apollinaire, Lettre à Henri Martineau, 1913

La question de la modernité poétique est complexe et ne doit pas être comprise comme un rejet du passé. Apollinaire s'inscrit dans une démarche de renouveau poétique et souhaite **moderniser les caractéristiques traditionnelles**. Certains de ses poèmes respectent encore les règles classiques de versification. Le thème du lyrisme amoureux, topos poétique remontant à la littérature courtoise du Moyen Âge, est omniprésent dans son œuvre. Il s'inspire parfois de légendes anciennes, notamment dans la section « Rhénanes » du recueil *Alcools* : il reprend les motifs et les lieux de la mythologie germanique.

Citation

> Je ne cherche qu'un lyrisme neuf et humaniste en même temps. Mes maîtres sont loin dans le passé.
>
> Guillaume Apollinaire, Lettre à Toussaint Lucas, 1908

C Analyses linéaires et question de grammaire sur trois textes-clés

1. « Zone »

À la fin tu es las[1] de ce monde ancien

Bergère ô tour Eiffel[2] le troupeau des ponts bêle[3] ce matin

Tu en as assez de vivre dans l'antiquité grecque et romaine

Ici même les automobiles ont l'air d'être anciennes
La religion seule est restée toute neuve la religion
Est restée simple comme les hangars de Port-Aviation[4]

Seul en Europe tu n'es pas antique ô Christianisme
L'Européen le plus moderne c'est vous Pape Pie X[5]
Et toi que les fenêtres observent la honte te retient
D'entrer dans une église et de t'y confesser ce matin
Tu lis les prospectus les catalogues les affiches qui chantent tout haut
Voilà la poésie ce matin et pour la prose il y a les journaux
Il y a les livraisons à vingt-cinq centimes pleines d'aventures policières
Portraits des grands hommes et mille titres divers

J'ai vu ce matin une jolie rue dont j'ai oublié le nom
Neuve et propre du soleil elle était le clairon
Les directeurs les ouvriers et les belles sténo-dactylographes[6]
Du lundi matin au samedi soir quatre fois par jour y passent
Le matin par trois fois la sirène y gémit
Une cloche rageuse y aboie vers midi
Les inscriptions des enseignes et des murailles
Les plaques les avis[7] à la façon des perroquets criaillent[8]
J'aime la grâce de cette rue industrielle
Située à Paris entre la rue Aumont-Thiéville et l'avenue des Ternes

Voilà la jeune rue et tu n'es encore qu'un petit enfant
Ta mère ne t'habille que de bleu et de blanc[9]
Tu es très pieux et avec le plus ancien de tes camarades René Dalize[10]
Vous n'aimez rien tant que les pompes de l'Église
Il est neuf heures le gaz est baissé[11] tout bleu vous sortez du dortoir en cachette [...]

1. Las : lassé.
2. Tour Eiffel : la construction de la tour fut achevée en 1889 à l'occasion de l'Exposition universelle qui eut lieu à Paris.
3. Bêle : pousse un cri de mouton.
4. Port-Aviation : premier aérodrome du monde construit en 1909.
5. Pape Pie X : ce pape était connu pour son conservatisme. Apollinaire en fait ici un éloge ironique.
6. Sténo-dactylographes : secrétaires employées dans les bureaux.
7. Les avis : annonces publiques qui étaient affichées dans la rue.
8. Criaillent : poussent des cris de volatiles de basse-cour.
9. Bleu et blanc : couleurs généralement attribuées à la Vierge Marie.
10. René Dalize : romancier et poète (1879-1917) ami d'Apollinaire.
11. Le gaz est baissé : il s'agit ici de la lumière au gaz.

■ *Légende de l'analyse linéaire*

- ▶ Expression de la lassitude
- ▶ Personnifications insolites qui établissent des correspondances entre les sensations auditives et visuelles
- ▶ Éléments du paysage urbain, Paris est un lieu de modernité
- ▶ Champ lexical de la religion
- ▶ Rupture entre deux époques

■ *Mouvements du texte*

- **Premier mouvement, volonté de renouveau** : de « À la fin » à « grecque et romaine ».
- **Deuxième mouvement, regard ironique du poète** : de « Ici même » à « ce matin ».
- **Troisième mouvement, déambulation du poète dans la ville moderne** : de « Tu lis » à « des Ternes ».
- **Quatrième mouvement, évocation d'un souvenir d'enfance** : de « Voilà la jeune rue » à la fin.

■ *L'essentiel à retenir du texte*

- **Un poème programmatique** : Le poème « Zone » ouvre le recueil. Le terme « Zone » vient du grec *zônê* qui signifie « ceinture », ce qui induit d'emblée l'idée de circularité ou d'espace. C'est le dernier poème écrit par Apollinaire avant la parution du recueil en 1913. Il est composé de 161 vers libres dans lequel l'auteur évoque ses déambulations dans Paris avant d'élargir sa vision à l'ensemble des grandes villes françaises et étrangères. Manifeste de la poésie moderne, ce texte mêle des éléments autobiographiques à une réflexion sur la création poétique.

- **Un hymne à la modernité** : Dans ce poème qui ouvre le recueil, Apollinaire constate qu'une époque vient de s'achever (le dernier poème du recueil, « Vendémiaire », est un hymne au renouveau). Il décrit Paris comme une cité désormais urbaine en évoquant ses progrès technologiques de façon réaliste et en suggérant sa polyphonie par des sonorités discordantes. Il établit des correspondances entre les sensations visuelles et auditives. Sa forme est résolument moderne. Il utilise le vers libre. Il construit un poème offrant la vision simultanée d'un monde ancien et d'un univers contemporain. Les ruptures chronologiques sont déroutantes. Les strophes ne sont pas identifiables, en revanche les rimes sont régulières.
- **Un poème de l'errance** : « Zone » est une invitation à la déambulation dans un espace contemporain et urbain. Dans un paysage labyrinthique, le poète tente d'échapper à sa mélancolie. Amoureux délaissé et solitaire, ses tentatives sont vaines car ses voyages le ramènent à sa souffrance.

La question de grammaire

Passage :

« J'ai vu ce matin une jolie rue dont j'ai oublié le nom »

Question :

Quelle est la troisième phrase de ce poème ? Expliquez les rapports entre les propositions (juxtaposition, coordination, ou subordination).

Analyse de la question de grammaire :

La question porte sur :
- la syntaxe des propositions subordonnées relatives.

Réponse :

Cette phrase fait se succéder une proposition principale puis une proposition subordonnée relative dont le nom antécédent est « rue ».

La principale contient un complément circonstanciel de temps, « ce matin », qui semble être un indice de précision. Ensuite, le COD du verbe « ai vu » est expansé : « une jolie rue ». La présence de l'adjectif qualificatif épithète « jolie » laisse aussi attendre une précision sur la rue.

La proposition subordonnée est déceptive : « dont j'ai oublié le nom ». « Dont » est un pronom relatif complément du nom « rue » dans la relative. Cette relative devrait nous informer davantage mais elle sert à évoquer l'oubli. Toutefois, elle nous enseigne aussi que l'essentiel peut aussi résider dans un instant anodin. Le nouveau Paris de la Belle Époque se construit. Les rues sont neuves et mal connues mais leur modernité les rend jolies.

2. « Le Pont Mirabeau »

Sous le pont Mirabeau[1] coule la Seine
Et nos amours
Faut-il qu'il m'en souvienne[2]
La joie venait toujours après la peine

Vienne la nuit sonne l'heure
Les jours s'en vont je demeure } **refrain**

Les mains dans les mains restons face à face
Tandis que sous
Le pont de nos bras passe
Des éternels regards l'onde si lasse[3]

Vienne la nuit sonne l'heure
Les jours s'en vont je demeure } **refrain**

L'amour s'en va comme cette eau courante
L'amour s'en va
Comme la vie est lente
Et comme l'Espérance est violente

Vienne la nuit sonne l'heure
Les jours s'en vont je demeure } **refrain**

Passent les jours et passent les semaines
Ni temps passé
Ni les amours reviennent
Sous le pont Mirabeau coule la Seine

Vienne la nuit sonne l'heure
Les jours s'en vont je demeure } **refrain**

1. Le pont Mirabeau : pont parisien construit entre 1895 et 1897.
2. Faut-il qu'il m'en souvienne ? : dois-je m'en souvenir ?
3. Lasse : lassée.

■ *Légende de l'analyse linéaire*

- ▶ Évocation de la rupture amoureuse
- ▶ Motif essentiel de la fuite du temps
- ▶ Répétition, mise en valeur de la permanence de l'être
- ▶ Plainte du poète solitaire et malheureux
- ▶ Répétition, structure circulaire

Mouvements du texte

- **Premier mouvement, l'espoir déçu du poète et le désir de permanence** : de « Sous le pont » à « si lasse ».
- **Deuxième mouvement, refrain** : de « Vienne » à « demeure ».
- **Troisième mouvement, résignation face à la cruauté de l'abandon** : de « L'amour s'en va » à « coule la Seine ».
- **Quatrième mouvement, refrain** : de « Vienne » à « demeure ».

L'essentiel à retenir du texte

- **L'amour malheureux :** Thème lyrique par excellence, le topos de l'amour malheureux est omniprésent dans le recueil. Dans ce poème à la tonalité élégiaque, Apollinaire évoque les souffrances causées par l'abandon. Il l'écrit après sa rupture avec Marie Laurencin (une artiste peintre). Il constate douloureusement que l'amour est un sentiment fugace qui cause peine et inquiétude. Le refrain, comme une litanie, suggère que l'échec ne peut que se répéter. Les sentiments s'expriment avec retenue. Résigné, le poète accepte sa condition et renouvelle le lyrisme amoureux en mettant en évidence la permanence de l'être dans le refrain (« je demeure »).
- **Vers une modernité formelle :** L'absence de ponctuation et les nombreux enjambements confèrent une grande modernité au poème. Sa composition strophique est plus classique et alterne quatrains et distiques. Les quatrains sont composés d'un décasyllabe suivi d'un tétrasyllabe puis d'un hexasyllabe et enfin d'un décasyllabe. Le refrain est composé de deux heptasyllabes.
- **Le paysage urbain, un miroir des états d'âme du poète :** Le poète, contemplant la Seine, se souvient de son bonheur passé. Ces souvenirs le ramènent à sa tristesse. Le poète évoque avec nostalgie un temps révolu. L'évocation de l'eau qui coule fait écho au temps qui passe irrémédiablement ; c'est un motif récurrent dans le recueil. L'image du pont qui donne son titre au poème symbolise sa séparation : lors de sa rupture avec Marie Laurencin, le poète quitte la rive droite pour s'installer sur la rive gauche de la Seine.

La question de grammaire

Passage :

« Passent les jours et passent les semaines
Ni temps passé
Ni les amours reviennent
Sous le pont Mirabeau coule la Seine »

Question :

Expliquez la composition de cette phrase. À quels temps sont conjugués les verbes et avec quels sujets s'accordent-ils ? Quel est le complément circonstanciel ? Commentez l'anaphore de la négation « ni… ni ».

Analyse de la question de grammaire :

La question porte sur :
- les accords dans le groupe nominal et entre le sujet et le verbe ;
- le verbe : valeurs temporelles, aspectuelles, modales ;
- l'expression de la négation.

Réponse :

Les verbes sont conjugués au présent de l'indicatif de vérité générale : « passent », « reviennent », « coule ». Le poète joue sur l'inversion sujet/verbe.

Le poète joue également sur les mots : « les jours », « les semaines », « la Seine » sont des sujets postposés (inversés), ils suivent le mouvement inéluctable de l'eau et du temps qui ne peut pas s'inverser.

La proposition centrale présente un ordre sujet/verbe traditionnel alors que le poète affirme que le passé ne peut pas revenir. La négation « ni… ni » est distributive. Un jeu de mots peut s'entendre avec le verbe « nier ». Les deux sujets « temps passé » et « les amours » sont évoqués en parallèle et la négation porte sur ces mots plutôt que sur le verbe, ce qui contribue à leur effacement.

Le complément circonstanciel de lieu « sous le pont Mirabeau » contraste avec le thème de la fuite du temps car il indique un point immuable.

3. « Nuit rhénane »

Mon verre est plein d'un vin trembleur comme une flamme
Écoutez la chanson lente d'un batelier[1]
Qui raconte avoir vu sous la lune sept femmes[2]
Tordre leurs cheveux verts et longs jusqu'à leurs pieds

Debout chantez plus haut en dansant une ronde
Que je n'entende plus le chant du batelier
Et mettez près de moi toutes les filles blondes

Au regard immobile aux nattes repliées

Le Rhin le Rhin est ivre où les vignes se mirent
Tout l'or des nuits[3] tombe en tremblant s'y refléter
La voix chante toujours à en râle-mourir[4]
Ces fées aux cheveux verts qui incantent[5] l'été

Mon verre s'est brisé comme un éclat de rire

1. Batelier : conducteur de bateau sur une rivière.
2. Sept femmes : divinités de la mythologie germanique appelées Ondines. Elles séjournaient au fond des fleuves et attiraient au fond de l'eau les hommes pour en faire leurs prisonniers.
3. L'or des nuits : référence à l'opéra de Wagner *L'Or du Rhin* (1869) dans lequel des hommes perdent la raison à cause de jeunes déesses.
4. Râle-mourir : néologisme qui désigne un cri d'agonie.
5. Incantent : néologisme qui désigne les charmes et envoûtements des fées.

Légende de l'analyse linéaire

- Lexique de l'ivresse
- Importance des figures féminines
- Référence à la parole et à la voix, importance de la musicalité
- Comparaisons, images ambiguës suggérant le mouvement, une forme de joie et de violence
- Néologismes
- Impératifs, invitations à la fête

Mouvement du texte

La structure du poème est circulaire, on ne délimite pas clairement de mouvement.

L'essentiel à retenir du texte

– **L'inspiration des légendes anciennes :** Ce poème est le premier de la section « Rhénanes » qui regroupe neuf poèmes écrits par l'auteur lors de son séjour en Allemagne entre 1901 et 1902. Il tombe alors amoureux d'une jeune anglaise : Annie Playden. Le cadre de la scène rappelle celui de la nuit de Walpurgis, une fête païenne ayant lieu entre le 30 avril et le 1er mai dans les pays du Nord. Fête de la fécondité, elle célèbre l'arrivée du printemps. Apollinaire mêle à une scène de la vie réelle les légendes germaniques. Les fées du poème sont les Ondines, créatures maléfiques qui attirent les hommes au fond de l'eau pour en faire des prisonniers. Le batelier rappelle Charon conduisant la barque pour faire traverser le Styx aux âmes des morts dans la mythologie grecque.

- **L'ivresse du poète :** Le thème de ce poème fait écho au titre du recueil. Il est une invitation à la fête pour oublier les souffrances de l'amour. Il rappelle les fêtes données en l'honneur de Dionysos, dieu du vin et de la poésie. Le poète chante ici sa soif de vivre. Mais l'ivresse peut être amoureuse et trompeuse. Les femmes envoûtantes charment le poète avant de l'abandonner à son triste sort. Le dernier vers isolé insiste sur leur dangerosité et la puissance de leur pouvoir : le poète ne peut y échapper que par la violence.
- **Un éloge de la poésie moderne :** Dans ce poème, qui prend la forme d'un discours, l'énonciation est complexe. Plusieurs voix semblent s'entremêler sans qu'il soit possible d'en déterminer la provenance. Le rythme se fait incantatoire, la parole poétique devient un pouvoir magique et troublant.

La question de grammaire

Passage :

« Le Rhin le Rhin est ivre où les vignes se mirent
Tout l'or des nuits tombe en tremblant s'y refléter
La voix chante toujours à en râle-mourir
Ces fées aux cheveux verts qui incantent l'été
Mon verre s'est brisé comme un éclat de rire »

Question :

Dans cette dernière strophe, quelle est l'assonance du lexique choisi qui imite l'éclat de rire et produit comme une onomatopée ?

Quel est l'infinitif du verbe « se mirent » ? Quel en est le sens ? Donnez un ou plusieurs mots de la même famille.

Analyse de la question de grammaire :

La question porte sur :
- le lexique.

Réponse :

L'assonance en [i] fait résonner le rire dans l'ensemble de ces vers. Cela crée une onomatopée qui met en valeur le lexique du son (« voix », « chante », « râle », « incantent »). « Hi hi » peut exprimer le rire et les pleurs. L'inspiration fait du Rhin un élément personnifié et mythifié.

Le verbe « se mirent » vient de « se mirer ». Il signifie « se regarder, se contempler ». Il appartient à la famille des mots « admirable », « mirifique » et « miroir », entre autres.

LA LITTÉRATURE D'IDÉES

du XVIe au XVIIIe siècle

SOMMAIRE

ESSAIS

Montaigne

Essais
Montaigne

I Réflexions sur « Notre monde vient d'en trouver un autre »

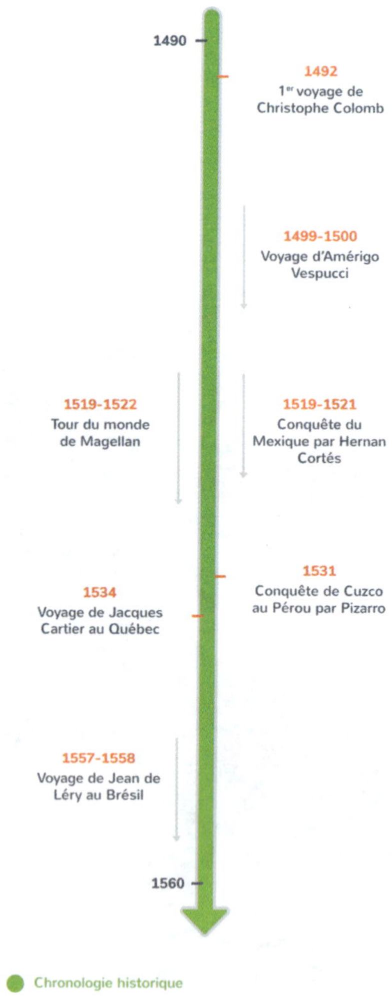

« Notre monde vient d'en trouver un autre » est une **citation de Montaigne**, extraite du chapitre « Des coches » des *Essais*.

Cette formule renvoie à l'expression « **Nouveau Monde** » utilisée pour désigner l'Amérique. Ce continent, dont l'existence était jusqu'alors insoupçonnée, se présente à l'époque comme un monde nouveau que les conquistadors explorent et conquièrent pas à pas, depuis le premier voyage de Christophe Colomb en 1492.

Ces découvertes fascinent les Européens, qui voient débarquer dans leurs ports des navires rapportant des animaux et végétaux jusqu'alors inconnus, des produits comestibles exotiques qui deviendront rapidement luxueux pour certains (comme le cacao), mais également des indigènes.

Entre fascination et répulsion, les Européens s'interrogent sur la nature de ces hommes aux mœurs si éloignées des leurs, auxquels on reproche de ne pas être chrétiens, d'être cannibales et sauvages. La **rencontre de l'autre**, autre monde et homme autre, devient dès lors un sujet de réflexion majeur pour les humanistes.

La conquête est une véritable **catastrophe humanitaire et culturelle**. Les civilisations inca et aztèque sont anéanties. La population amérindienne est décimée par les maladies importées par les Européens, les guerres inégales et les mauvais traitements infligés par les conquistadors. Certaines voix s'élèvent contre cette extermination très rapide, mais en vain.

L'intitulé du parcours invite à se poser diverses **questions** :

– À quelles réflexions la découverte du Nouveau Monde a-t-elle donné lieu ?
– Les hommes du Nouveau Monde sont-ils de « bons sauvages » ?
– Quels enseignements le regard du Nouveau Monde peut-il apporter aux Européens ?
– Comment la rencontre de l'autre au XVIe siècle s'inscrit-elle dans la pensée humaniste ?

Présentation d'une œuvre s'inscrivant dans le parcours

L'ouvrage *Voyages au Canada* de Jacques Cartier, qui est constitué des carnets qu'il a écrits lors de ses trois voyages au Canada au XVIe siècle, peut s'inscrire dans le parcours « Notre monde vient d'en trouver un autre » :

– Jacques Cartier (1491-1557) est un navigateur qui partit en expédition vers le Nouveau Monde (Québec), sur ordre du roi François Ier. Il rapporte les anecdotes de son voyage et la rencontre avec les Amérindiens.
– Ses motivations sont avant tout commerciales. Il n'est ni un conquérant ni un prédicateur de la foi chrétienne. Il rapporte, comme dans un carnet de voyage, les rencontres avec la population et les premières tentatives de colonisation.
– Ce livre historique renseigne sur les premières perceptions qu'ont eues les Européens en découvrant le Nouveau Monde. Il est aussi le récit des premières déceptions et désillusions, quant aux espoirs que font naître la découverte d'un monde nouveau.

II L'œuvre au programme

A L'auteur : Michel de Montaigne (1533-1592)

Montaigne, de son vrai **Michel Eyquem**, est originaire de la région de Bordeaux. Dans sa jeunesse, il reçoit une **éducation humaniste** de la part de son père, un homme cultivé, inspiré notamment par sa lecture du traité sur l'éducation publié par le penseur humaniste Érasme. Montaigne apprend le latin dès le plus jeune âge, entouré de domestiques et de parents qui s'astreignent à ne lui parler que dans cette langue, conformément à la volonté de son père. Il se familiarise très tôt avec les auteurs de l'Antiquité, auxquels il voue une profonde admiration toute sa vie.

Devenu magistrat, il **abandonne sa carrière à 33 ans**, suite à la mort de son père qui lui permet de vivre de son héritage. Il devient maire de Bordeaux et est amené à voyager, mais il apprécie surtout la solitude qu'il trouve dans son domaine. Il passe la plupart de son temps dans sa bibliothèque et **se consacre à la lecture et l'écriture**.

B L'œuvre : *Essais*, livre I, chapitre 31, « Des cannibales » et livre III, chapitre 6, « Des coches », 1572-1592

Montaigne consacre 20 ans (1572-1592) à la rédaction des *Essais*. Cette œuvre monumentale, entreprise initialement dans le souci de se peindre lui-même, aborde des sujets extrêmement divers. Montaigne **exerce sa propre pensée**, la confrontant bien souvent à celle des Anciens (les auteurs de l'Antiquité).

Le **titre de l'œuvre** vient du latin *exagium* qui signifie « pesée » : il s'agit pour Montaigne de « peser » sa propre pensée, de l'évaluer et de la mettre à l'épreuve. En français, le mot « essai » désigne aussi une tentative, une ébauche, ce qui souligne le caractère inachevé de l'œuvre et révèle l'humilité de l'auteur. En intitulant ainsi son œuvre, Montaigne donne également naissance au genre de l'essai.

L'œuvre a connu **trois éditions successives** :

- En **1580**, Montaigne publie les deux premiers livres des *Essais*.
- Tout en composant le troisième livre, il ne cesse de retravailler les chapitres des deux premiers volumes. Il les corrige et y fait de nombreux ajouts. Il publie les trois livres des *Essais* en **1588**.
- Jusqu'à sa mort, il continue à retravailler et modifier son œuvre, si bien qu'une troisième édition, posthume, est publiée en **1595**.

Les **caractéristiques principales** de l'écriture des *Essais* sont :

– **une liberté formelle et l'apparence de discontinuité :** nombreuses digressions, enchaînement très libre des idées ;
– **la présence du « je »** de l'auteur, qui accorde une grande importance à l'expérience vécue et à la subjectivité ;
– **de nombreuses références aux Anciens :** citations, arguments d'autorité.

Le programme porte sur deux chapitres des *Essais*, dans lesquels Montaigne évoque les Indiens d'Amérique :

– **Livre I, chapitre 31, « Des cannibales » :** Le chapitre est consacré aux Indiens d'Amérique, comme le titre l'indique. Sa finalité est présentée dans une sorte d'introduction qui s'achève sur cette phrase : « [...] il faut se garder de s'attacher aux opinions vulgaires, et les faut juger par la voix de la raison, non par la voix commune. » Il s'agit donc d'apprendre à se méfier des idées reçues, à les évaluer au moyen de sa raison, de manière à se faire sa propre idée sur une question. Le chapitre dans son ensemble s'attache ainsi à démontrer que les hommes du Nouveau Monde ne sont ni des sauvages ni des êtres inférieurs ni des barbares, contrairement aux idées reçues.
– **Livre III, chapitre 6, « Des coches » :** Ce livre des *Essais* ne porte pas en premier lieu sur les Indiens d'Amérique, puisqu'il s'intéresse aux moyens de transport (que l'on nomme alors « coches ») et à leurs désagréments. Toutefois, à l'occasion d'une digression, Montaigne revient sur ce sujet qui lui est cher et qu'il a déjà abordé dans le livre I. Il médite sur la découverte du Nouveau Monde et montre que la conquête de ces terres nouvelles s'est accompagnée d'une destruction scandaleuse des richesses qu'elles recèlent et d'une extermination des populations qui y vivaient.

C Analyses linéaires et question de grammaire sur trois textes-clés

1. Livre I, chapitre 31, « Des cannibales », premier extrait

Or je trouve, pour revenir à mon propos, qu'il n'y a rien de barbare et de sauvage en cette nation, à ce qu'on m'en a rapporté : sinon que chacun appelle barbarie, ce qui n'est pas de son usage. Comme de vrai nous n'avons autre mire[1] de la vérité, et de la raison, que l'exemple et idée des opinions et usances[2] du pays où nous sommes. Là est toujours la parfaite religion, la parfaite police[3], parfait et accompli usage de toutes choses. Ils sont sauvages de même que nous appelons sauvages les fruits, que nature, de soi et de son progrès ordinaire, a produits : là où à la vérité ce sont ceux que nous avons altérés par notre artifice, et détournés de l'ordre commun, que nous devrions appeler plutôt sauvages. En ceux-là[4] sont vives et vigoureuses, les vraies, et plus utiles et naturelles, vertus et propriétés ; lesquelles nous avons abâtardies en ceux-ci[5], les accommodant au plaisir de notre goût corrompu. Et si pourtant[6] la saveur même et délicatesse se trouve à notre goût excellente, à l'envi des nôtres[7], en divers fruits de ces contrées-là, sans culture : ce n'est pas raison[8] que l'art[9] gagne le point d'honneur sur notre grande et puissante mère nature.

1. Mire : point de mire, référence.
2. Usances : usages.
3. Police : système de gouvernement.
4. « Ceux-là » : les fruits produits par la nature.
5. « Ceux-ci » : les fruits produits par la culture humaine.
6. Et si pourtant : et pourtant.
7. À l'envi des nôtres : plus que dans nos fruits.
8. Ce n'est pas raison : il n'y a pas de raison.
9. Art : artifice.

Légende de l'analyse linéaire

- ▶ Vérité générale, affirmation catégorique
- ▶ Outil de comparaison qui introduit un raisonnement par analogie
- ▶ Éloge des fruits sauvages
- ▶ Blâme des fruits cultivés par l'homme
- ☐ Réflexion sur l'usage des mots
- ▶ Conclusion générale : supériorité de la nature sur la culture

Mouvements du texte

- **Premier mouvement, thèse** : de « Or » à « rapporté ».
- **Deuxième mouvement, définition de « barbare » :** de « sinon » à « choses ».
- **Troisième mouvement, définition de « sauvage » :** de « Ils sont » à la fin.

L'essentiel à retenir du texte

- **La réflexion humaniste sur les préjugés et l'usage des mots :** Dans une perspective très humaniste, et en s'appuyant notamment sur l'étymologie (« sauvage » vient du latin *silua* : « la forêt »), Montaigne remet en question l'usage des mots pour mieux nous inviter à relativiser nos jugements.
- **Le relativisme culturel :** Le relativisme culturel consiste à considérer que ses propres mœurs et critères de valeur ne sont que relatifs et que, si les coutumes diffèrent d'une culture à l'autre, il n'existe pour autant aucune hiérarchie entre elles. Montaigne défend dans cet extrait le relativisme culturel en nous invitant à remettre en question nos critères de valeur culturels.
- **La supériorité de la nature sur la culture :** Le raisonnement de Montaigne aboutit à l'idée que la nature est supérieure à la culture, contrairement aux idées reçues qui valorisent plutôt les créations humaines.

– **Le « mythe du bon sauvage » :** Cette expression désigne la représentation idéalisée des hommes à l'état de nature (dits « sauvages »). Certains penseurs tendent à considérer que l'homme dit sauvage est supérieur à l'homme dit civilisé, parce qu'il est naturellement bon, innocent, proche de la nature. Montaigne annonce ce « mythe du bon sauvage » avec le raisonnement par analogie qu'il développe.

La question de grammaire

Passage :

« Or je trouve, pour revenir à mon propos, qu'il n'y a rien de barbare et de sauvage en cette nation »

Question :

Expliquez la différence de sens entre ces deux adjectifs « barbare » et « sauvage ».

Analyse de la question de grammaire :

La question porte sur :

– le lexique.

Réponse :

Les deux adjectifs « barbare » et « sauvage » désignent ce qui n'est pas civilisé. Étymologiquement, « barbare » désignait « l'étranger » ; « sauvage » vient du latin *silua* et signifie ce qui est « indompté ou proche de la nature ».

2. Livre I, chapitre 31, « Des cannibales », deuxième extrait

Trois d'entre eux, ignorant combien coûtera un jour à leur repos et à leur bonheur la connaissance des corruptions de deçà[1], et que de ce commerce[2] naîtra leur ruine, comme je présuppose qu'elle soit déjà avancée, bien misérables de s'être laissé piper[3] au désir de la nouvelleté, et avoir quitté la douceur de leur ciel pour venir voir le nôtre, furent à Rouen, du temps que le feu roi Charles neuvième y était. Le Roi parla à eux longtemps ; on leur fit voir notre façon, notre pompe, la forme d'une belle ville. Après cela, quelqu'un en demanda leur avis, et voulut savoir d'eux ce qu'ils y avaient trouvé de plus admirable ; ils répondirent trois choses, d'où j'ai perdu la troisième, et en suis bien marri[4] ; mais j'en ai encore deux en mémoire. Ils dirent qu'ils trouvaient en premier lieu fort étrange que tant de grands hommes, portant barbe, forts et armés, qui étaient autour du Roi (il est vraisemblable qu'ils parlaient des Suisses de sa garde), se soumissent à obéir à un enfant[5], et qu'on ne choisisse plutôt quelqu'un d'entre eux pour commander ; secondement (ils ont une façon de leur langage telle, qu'ils nomment les hommes moitié les uns des autres) qu'ils avaient aperçu qu'il y avait parmi nous des hommes pleins gorgés de toutes sortes de commodités, et que leurs moitiés étaient mendiants à leurs portes, décharnés de faim et de pauvreté ; et trouvaient étrange comme ces moitiés ici nécessiteuses pouvaient souffrir une telle injustice, qu'ils[6] ne prissent les autres à la gorge, ou missent le feu à leurs maisons.

1. Deçà : désigne l'Europe.
2. Commerce : relation.
3. Piper : tromper.
4. Marri : ennuyé.
5. Le roi Charles IX n'est alors âgé que de 12 ans.
6. Qu'ils ne prissent… : sans qu'ils ne prissent…

Légende de l'analyse linéaire

- Récit d'une anecdote
- Annonce de la contagion des mœurs européennes
- Vanité des Européens
- Oppositions
- Présence de l'auteur
- Injustice et absurdité de la société européenne

Mouvements du texte

- **Premier mouvement, anecdote** : de « Trois d'entre eux » à « y était ».
- **Deuxième mouvement, le sentiment de supériorité des Européens** : de « Le Roi » à « mémoire ».
- **Troisième mouvement, l'étonnement des indigènes** : de « Ils dirent à la fin.

L'essentiel à retenir du texte

- **Le genre de l'essai :** Montaigne part d'une anecdote (témoignage, chose vue, anecdote autobiographique) pour développer une réflexion personnelle, c'est le propre de l'essai. Le « je » est présent, soit pour formuler un avis, soit pour faire un commentaire.
- **La réflexion sur la corruption des mœurs :** Montaigne annonce la déchéance des indigènes au contact des Européens par un phénomène de contagion. Il déplore ce phénomène qu'il suppose déjà avancé.
- **La vanité des Européens rabaissée par la réaction des indigènes :** La démonstration de grandeur des Européens et leurs questions révèlent leur vanité. Ils sont convaincus par avance d'impressionner les indigènes. Or, l'étonnement des indigènes ne se porte pas sur ce que la civilisation européenne a de plus impressionnant ou admirable, mais au contraire sur ses aspects paradoxaux et absurdes. Les indigènes sont sensibles aux inégalités sociales. Le regard de l'étranger devient ainsi un révélateur.

La question de grammaire

Passage :

« Après cela, quelqu'un en demanda leur avis, et voulut savoir d'eux ce qu'ils y avaient trouvé de plus admirable ; »

Question :

Analysez la composition de cette phrase complexe. Transformez ce discours indirect en discours direct. Quelle construction de phrase reconnaissez-vous ?

Analyse de la question de grammaire :

La question porte sur :

– l'interrogation : syntaxe, sémantique et pragmatique.

Réponse :

Cette phrase complexe coordonne deux propositions indépendantes. La première comporte le verbe « demanda » qui suggère une interrogation. La seconde contient une proposition subordonnée conjonctive complétive introduite par « ce qu' » : « ce qu'ils y avaient trouvé de plus admirable ». Cette proposition rattachée au verbe introducteur « voulut savoir » est une interrogative indirecte partielle.

Si l'on transforme ce discours indirect en discours direct, on obtient :

Après cela, quelqu'un leur demanda :

– Quel est votre avis ?

Il voulut savoir d'eux :

– Qu'y avez-vous trouvé de plus admirable ?

3. Livre III, chapitre 6, « Des coches »

Notre monde vient d'en trouver un autre (et qui nous répond si c'est le dernier de ses frères, puisque les Démons[1], les Sibylles[2], et nous, avons ignoré cettuy-ci[3] jusqu'à cette heure ?) non moins grand, plein, et membru[4] que lui : toutefois si nouveau et si enfant, qu'on lui apprend encore son a, b, c. Il n'y a pas cinquante ans qu'il ne savait ni lettres, ni poids, ni mesure, ni vêtements, ni blés, ni vignes. Il était encore tout nu, au giron[5], et ne vivait que des moyens de sa mère nourrice[6]. Si nous concluons bien de notre fin, et ce poète[7] de la jeunesse de son siècle, cet autre monde ne fera qu'entrer en lumière, quand le nôtre en sortira. L'univers tombera en paralysie ; l'un membre sera perclus[8], l'autre en vigueur. Bien crains-je[9] que nous aurons très fort hâté sa déclinaison[10] et sa ruine par notre contagion, et que nous lui aurons bien cher vendu nos opinions et nos arts[11]. C'était un monde enfant ; si[12] **ne** l'avons-nous **pas** fouetté[13] et soumis à notre discipline par l'avantage de notre valeur et forces naturelles, **ni ne** l'avons pratiqué par notre justice et bonté, **ni** subjugué[14] par notre magnanimité[15]. La plupart de leurs réponses, et des négociations faites avec eux, témoignent qu'ils ne nous devaient rien en clarté d'esprit naturelle et en pertinence. L'épouvantable[16] magnificence des villes de Cusco et de Mexico, et entre plusieurs choses pareilles, le jardin de ce roi, où tous les arbres, les fruits, et toutes les herbes, selon l'ordre et la grandeur qu'ils ont en un jardin, étaient excellement formés en or, comme en son cabinet, tous les animaux qui naissaient en son état et en ses mers ; et la beauté de leurs ouvrages, en pierrerie, en plume, en coton, en la peinture, montrent qu'ils ne nous cédaient non plus en l'industrie[17]. Mais quant à la dévotion, observance des lois, bonté, libéralité, loyauté, franchise, il nous a bien servi de n'en avoir pas tant qu'eux ; ils se sont perdus par cet avantage, et vendus, et trahis eux-mêmes.

1. Démons : êtres surnaturels doués de pouvoirs.
2. Sybilles : prêtresses d'Apollon qui prédisaient l'avenir.
3. Cettuy-ci : celui-ci.
4. Membru : vigoureux.
5. Au giron : auprès de sa mère.
6. Nourrice : nourricière.
7. Allusions au poète latin Lucrèce que Montaigne a cité précédemment.
8. Perclus : infirme.
9. Bien crains-je : je crains fort.
10. Déclinaison : déchéance.
11. Art : savoir-faire, technique.
12. Si + inversion sujet-verbe : cependant.
13. Fouetté : stimulé.
14. Subjuguer : placer sous le joug, asservir.
15. Magnanimité : bonté.
16. Épouvantable : au sens d'extraordinaire ici.
17. Industrie : technique.

Légende de l'analyse linéaire

- Titre du parcours
- Métaphore des corps
- Innocence du Nouveau Monde
- Vision sombre de l'avenir
- Emploi du futur, projection dans l'avenir
- Négation insistance, blâme implicite des Européens
- Éloge des hommes du Nouveau Monde
- Qualités entraînant paradoxalement la perte
- Indéfinis de tonalité
- Énumérations

Mouvements du texte

- **Premier mouvement, un monde enfant :** de « Notre monde » à « nourrice ».
- **Deuxième mouvement, prophétie pessimiste :** de « Si nous » à « nos arts ».
- **Troisième mouvement, éloge du Nouveau Monde :** de « C'était un monde » à la fin.

L'essentiel à retenir du texte

- **La réflexion sur la découverte du Nouveau Monde :** L'extrait commence avec la phrase « Notre monde vient d'en trouver un autre [...]. », ce qui donne immédiatement lieu à une interrogation sur la possibilité d'en découvrir d'autres à l'avenir. En effet, la découverte du Nouveau Monde bouleverse en profondeur les certitudes, y compris celles supposées valables depuis l'Antiquité.

- **Un « monde enfant » :** Montaigne file la métaphore de l'enfance pour évoquer le Nouveau Monde afin de montrer que les hommes découverts sur ces terres sont innocents, plus proches de la nature, ce qui annonce le « mythe du bon sauvage ». La métaphore du corps permet à Montaigne de montrer que ce monde est destiné à grandir et prospérer tandis que ce que l'on appelle déjà à l'époque « l'Ancien Monde » va connaître le déclin. Montaigne projette que l'Europe risque de corrompre ce Nouveau Monde, naïf et innocent.
- **L'éloge du Nouveau Monde :** Montaigne montre que les hommes du Nouveau Monde possèdent des facultés intellectuelles et techniques égales aux Européens, contrairement aux idées reçues de l'époque. Surtout, à ses yeux, ils se révèlent supérieurs moralement aux Européens et ce sont précisément leurs qualités morales qui les ont desservis face aux colons corrompus et manipulateurs.

La question de grammaire

Passage :

« Si nous concluons bien de notre fin, et ce poète de la jeunesse de son siècle, cet autre monde ne fera qu'entrer en lumière, quand le nôtre en sortira. »

Question :

Quelle est la nature et la fonction de « si »? Quel complément circonstanciel ce mot permet-il d'introduire?

Analyse de la question de grammaire :

La question porte sur :

- les subordonnées conjonctives utilisées en fonction de compléments circonstanciels;
- le verbe : valeurs temporelles, aspectuelles, modales; concordance des temps.

Réponse :

Cette phrase complexe énonce une proposition subordonnée circonstancielle de condition introduite par « si », suivie d'une principale au futur (« cet autre monde ne fera qu'entrer en lumière »), conformément à la concordance des temps après une condition exprimée au présent. « Si » est une conjonction de subordination qui introduit la condition.

La proposition introduite par « quand » est une subordonnée circonstancielle de temps pour exprimer la simultanéité.

FABLES, LIVRES VII ET XI

Jean de La Fontaine

Fables, livres VII à XI Jean de La Fontaine

I Réflexions sur « Imagination et pensée au XVIIe siècle »

Le terme « imagination » vient du latin *imago* qui présente une racine commune avec *imitari* qui signifie « imiter ». Il désigne donc étymologiquement « l'imitation par les images ». Plus largement, l'imagination est une activité de l'esprit qui permet de construire des représentations. Ces représentations peuvent convoquer des êtres ou des objets absents mais réels. Elles peuvent aussi construire un monde imaginaire. Dans une perspective littéraire, le terme renvoie également à l'idée d'invention, au processus de création d'un auteur, à sa capacité produire ou reproduire des images et à les combiner.

Le terme « pensée » vient du latin *pendere* qui signifie « peser » ou *pensare* qui signifie « juger ». Sa définition recouvre plusieurs acceptions : il désigne toute action de l'esprit comme le doute, la compréhension, le jugement, la connaissance élaborée. La pensée se distingue donc de l'action.

Le parcours se borne au XVIIe siècle, époque qui voit se développer une réflexion sur la nature humaine. Les auteurs classiques, dont La Fontaine fait partie, mettent donc la littérature au service de la réflexion. Pour ce faire, ils s'inspirent des auteurs antiques, notamment Platon ou Aristote qui se défiaient de l'imagination – qui peut être trompeuse et mensongère – et entendaient la réguler par l'imitation (la *mimesis*). Les auteurs classiques envisagent donc nécessairement l'imagination en lien avec la raison pour donner une portée morale à leurs œuvres et leur assigner donc une double fonction, « **plaire et instruire** », afin de mener l'homme sur la voie de la sagesse.

L'intitulé du parcours invite à se poser diverses **questions** :

- Quelle réflexion d'ordre social, moral ou philosophique une œuvre littéraire, produit de l'imagination d'un auteur, peut-elle proposer ?
- La fiction est-elle un support efficace de l'argumentation ?
- La pensée rationnelle est-elle compatible avec la construction d'un monde imaginaire ?
- Sur quels aspects de la réalité l'auteur fait-il reposer son imagination ?
- L'imitation favorise-t-elle ou entrave-t-elle la création ?

Présentation d'une œuvre s'inscrivant dans le parcours

L'ouvrage *Maximes* de François de La Rochefoucauld, publié en 1664, peut s'inscrire dans le parcours « Imagination et pensée au XVIIe siècle » :

- Dans son ouvrage, La Rochefoucauld réunit des maximes, des sentences et des proverbes. Il utilise des formes courtes qui renferment des pensées piquantes et qui invitent à réfléchir.
- Chaque maxime est l'occasion de dénoncer un défaut de la société, de montrer la vanité des hommes et l'insignifiance de la condition humaine. Avec concision, La Rochefoucauld dépeint les travers de la société du XVIIe siècle, très codifiée. Il donne à voir la faiblesse de ses contemporains, qui cherchent au contraire à se montrer sous leur meilleur jour dans les cercles de la noblesse.
- La forme courte implique des formules concises et le recours à des figures de style très travaillées. La critique se révèle sous des ornements qui sont choisis, malgré tout, pour leur sobriété.
- Le lecteur doit être attentif à des raisonnements implicites, il doit pouvoir déduire des généralités des maximes et il doit user de sa raison et de son imagination pour comprendre quel défaut la satire dénonce.

II L'œuvre au programme

A L'auteur : Jean de La Fontaine (1621-1695)

Jean de La Fontaine naît et grandit à Château-Thierry où il mène une existence paisible. Il devient avocat puis succède à son père qui était maître des eaux et forêts.

Il est introduit à la cour de France par Fouquet, le surintendant des Finances, qui apprécie son œuvre et devient son mécène. Il y fait la connaissance des grands auteurs comme Racine, Molière et Mme de Sévigné. Quand Fouquet est arrêté par Louis XIV en 1661, il prend sa défense. La disgrâce du premier entraîne celle du second. Fouquet est accusé d'avoir dilapidé l'argent de l'État et il est condamné à la prison à perpétuité. Il avait amassé une immense fortune et fait construire un magnifique château à Vaux-le-Vicomte. Trop puissant et trop influent, Fouquet sert d'exemple car Louis XIV voulait réduire les prérogatives des aristocrates et détenir tous les pouvoirs. Louis XIV ne pardonne pas à La Fontaine sa loyauté indéfectible envers son protecteur : l'auteur doit s'éloigner un moment de la cour.

La Fontaine se consacre à l'écriture et publie d'abord un recueil de récits d'inspiration libertine intitulé *Contes et Nouvelles*. Cette publication lui vaut un succès immédiat en 1665 puis en 1674. Certains textes sont accusés d'être trop libertins et sont censurés.

La Fontaine s'intéresse ensuite au genre de la fable. Les deux publications de ses ouvrages en 1668 et 1693 sont également un immense succès. Il se place successivement sous la protection de la duchesse d'Orléans puis de Madame de la Sablière et enfin d'Hervart, conseiller au Parlement de Paris.

Revenu à Paris, La Fontaine profite d'une vie mondaine. Il fréquente tous les grands auteurs de son temps. Il est élu à l'Académie française en 1683. La fin de sa vie est marquée par une grande austérité religieuse. Il renie ses *Contes* et se retire de la vie mondaine. Il meurt en 1695.

B L'œuvre : *Fables*, livres VII à XI, 1678-1679

La fable est un genre littéraire ancien qui appartient d'abord à la tradition orale. Transmise de génération en génération, elle propose une morale, une leçon de sagesse, **son but est avant tout didactique**. Le poète grec Ésope (VIIe-VIe siècle avant J.-C.) et le poète latin Phèdre (Ier siècle avant J.-C. – Ier siècle après J.-C.) sont les deux principales sources d'inspiration de La Fontaine.

La fable est une **brève fiction** qui suit un schéma narratif. Elle a une **valeur probatoire** (elle apporte une preuve) et contient souvent une morale ou une adresse au lecteur. Elle met en scène des animaux, des objets, des allégories ou des êtres humains qui ont une **portée universelle et exemplaire**.

La Fontaine va donner ses lettres de noblesse à la fable :

- en la versifiant ;
- en jouant sur le rapport entre les événements racontés et la morale proposée ;
- en donnant aux sujets abordés une résonance contemporaine, **sociale ou politique** mais également **philosophique et personnelle**.

L'étude des *Fables* de La Fontaine passe par une **réflexion à la fois sur la forme** et **sur la portée du texte**. Selon son auteur, la fable relève de l'apologue : elle propose le récit d'une aventure assorti d'une morale explicite ou implicite qui l'illustre, qui l'éclaire, qui en propose le contrepoint. Le lecteur est ainsi amené à produire des représentations, à transposer les allégories de la fiction dans le monde des humains pour en comprendre les mécanismes et les travers.

Citation

« Les fables ne sont pas ce qu'elles semblent être ;
Le plus simple animal nous y tient lieu de maître.
Une morale nue apporte de l'ennui :
Le conte fait passer le précepte avec lui.
En ces sortes de feinte il faut instruire et plaire,
Et conter pour conter me semble peu d'affaire.

Jean de La Fontaine, « Le Pâtre et le Lion », *Fables*, 1668

Les livres VII à XI des *Fables* de La Fontaine renouvellent particulièrement le genre de la fable et s'éloignent du modèle d'Ésope.

Citation

> « Voici un second recueil de Fables que je présente au public. J'ai jugé à propos de donner à la plupart de celles-ci un air et un tour un peu différent de celui que j'ai donné aux premières, tant à cause de la différence des sujets, que pour remplir de plus de variété mon ouvrage. Les traits familiers que j'ai semés avec assez d'abondance dans les deux autres Parties convenaient bien mieux aux inventions d'Ésope, qu'à ces dernières, où j'en use plus sobrement, pour ne pas tomber en des répétitions : car le nombre de ces traits n'est pas infini. Il a donc fallu que j'aie cherché d'autres enrichissements, et étendu davantage les circonstances de ces récits, qui d'ailleurs me semblaient le demander de la sorte.
>
> Jean La Fontaine, Avertissement, *Fables*, 1678

Le second volume propose des fables **plus longues** que dans le premier. La Fontaine détaille davantage les circonstances de l'action et le portrait des personnages. Les animaux y côtoient des hommes et **leurs comportements sont plus humains**.

Ce renouvellement formel s'accompagne d'une évolution thématique : les récits s'inscrivent dans un contexte contemporain de l'auteur. L'ensemble des textes s'adresse donc de façon évidente aux adultes. Les personnages vivent désormais en société, ont un statut social, **développent des réflexions philosophiques ou religieuses**. Les textes présentent une vision critique de la société du XVIIe siècle où règnent l'injustice et l'hypocrisie. Le fabuliste invite le lecteur à la réflexion, à la tempérance et à la prudence.

C Analyses linéaires et question de grammaire sur trois textes-clés

1. « La Fille »

Cette fable se trouve dans le livre VII qui date de 1678.

Certaine Fille, un peu trop fière
Prétendait trouver un mari
Jeune, bien fait, et beau, d'agréable manière,
Point froid et point jaloux ; notez ces deux points-ci.
Cette Fille voulait aussi
Qu'il eût du bien, de la naissance,
De l'esprit, enfin tout ; mais qui peut tout avoir ?
Le destin se montra soigneux de la pourvoir[1] :
Il vint des partis d'importance.

La Belle les trouva trop chétifs de moitié :
Quoi moi ? quoi ces gens-là ? l'on radote, je pense.
À moi les proposer ! hélas ils font pitié.
Voyez un peu la belle espèce !
L'un n'avait en l'esprit nulle délicatesse ;
L'autre avait le nez fait de cette façon-là ;
C'était ceci, c'était cela,
C'était tout ; car les précieuses
Font dessus tout les dédaigneuses.
Après les bons partis les médiocres gens
Vinrent se mettre sur les rangs.
Elle de se moquer. Ah vraiment, je suis bonne
De leur ouvrir la porte : ils pensent que je suis
Fort en peine de ma personne.
Grâce à Dieu je passe les nuits
Sans chagrin, quoique en solitude.
La Belle se sut gré de tous ces sentiments.
L'âge la fit déchoir ; adieu tous les amants[2].
Un an se passe et deux avec inquiétude.
Le chagrin vient ensuite : elle sent chaque jour
Déloger quelques Ris, quelques Jeux, puis l'Amour ;
Puis ses traits choquer et déplaire ;
Puis cent sortes de fards. Ses soins ne purent faire
Qu'elle échappât au Temps, cet insigne larron :
Les ruines d'une maison
Se peuvent réparer : que n'est cet avantage
Pour les ruines du visage !
Sa préciosité changea lors de langage.
Son miroir lui disait : Prenez vite un mari.
Je ne sais quel désir le lui disait aussi ;
Le désir peut loger chez une précieuse.
Celle-ci fit un choix qu'on n'aurait jamais cru,
Se trouvant à la fin tout aise et tout heureuse
De rencontrer un malotru[3].

1. Pourvoir : l'établir par le mariage.
2. Amants : hommes qui ont déclaré leurs sentiments amoureux.
3. Malotru : homme mal bâti.

Légende de l'analyse linéaire

- Expression du dédain
- Portrait du mari idéal
- Conséquence de son attitude dédaigneuse
- Évocation de la vieillesse
- Expressions relatives à l'écoulement inexorable du temps

Mouvements du texte

- **Premier mouvement, présentation des circonstances, les prétentions de la fille** : de « Certaine Fille » à « tout avoir? ».
- **Deuxième mouvement, la fille repousse tous les prétendants** : de « Le destin » à « ces sentiments ».
- **Troisième mouvement, les ravages du temps et leurs conséquences** : de « L'âge la fit » à la fin.

L'essentiel à retenir du texte

- **Une satire de la préciosité :** La préciosité est un art de vivre et une esthétique qui s'épanouit entre 1650 et 1660 au sein de l'aristocratie parisienne. Le mouvement naît en réaction à la grossièreté des mœurs et au langage de l'époque. Il propose de restaurer l'élégance des propos et des tenues. Dans cette fable, La Fontaine en montre les excès en mettant en scène une femme capricieuse et trop exigeante dont il fait le portrait. Faute d'avoir su apprécier les qualités de ses prétendants, elle se retrouve seule avant de se marier au moins séduisant de tous.
- **La fable, un récit au ton plaisant :** La Fontaine voulait, grâce à ses fables, instruire et plaire. La tonalité d'ensemble de « La Fille » est plaisante. En effet, le fabuliste sollicite la complicité du lecteur et la caricature qu'il peint de la précieuse en fait un personnage plus ridicule qu'inquiétant. L'auteur ménage aussi un effet de chute propre à surprendre le lecteur : son personnage finit par gagner en sagesse et par adopter un comportement modeste tout à fait inattendu.
- **Une leçon de sagesse :** L'histoire de « La Fille » est exemplaire et a une valeur probatoire. Elle est l'occasion pour le fabuliste d'offrir une leçon philosophique au lecteur : le temps fait son œuvre donc l'homme doit profiter de sa jeunesse. Par ailleurs, il ne doit pas laisser sa vanité guider ses choix mais se satisfaire de son sort.

La question de grammaire

Passage :

« Certaine Fille, un peu trop fière
Prétendait trouver un mari
Jeune, bien fait, et beau, d'agréable manière,
Point froid et point jaloux ; notez ces deux points-ci. »

Question :

Les rapports entre les propositions se font-ils par juxtaposition, coordination, ou subordination ? Quel est l'effet recherché ?

Justifiez votre réponse.

Analyse de la question de grammaire :

La question porte sur :
- les relations au sein de la phrase complexe.

Réponse :

Les propositions « Certaine Fille [...] jaloux » et « notez [...]-ci » sont juxtaposées. Il est intéressant d'analyser la juxtaposition des adjectifs qualificatifs mélioratifs qui par l'effet de gradation avertissent d'une trop haute exigence dans la recherche des qualités et donc d'un projet voué à l'échec. La juxtaposition participe à la ridiculisation du personnage.

Le point-virgule met en relief l'absence du mot de liaison entre les deux niveaux de la narration. La première proposition relève de l'histoire racontée. La seconde est un commentaire du narrateur au sujet de son récit. D'ailleurs, il utilise l'impératif « notez ».

2. « Les Animaux malades de la peste »

Cette fable se trouve dans le livre VII qui date de 1678.

Un mal qui répand la terreur,
Mal que le Ciel en sa fureur
Inventa pour punir les crimes de la terre,
La Peste (puisqu'il faut l'appeler par son nom)
Capable d'enrichir en un jour l'Achéron[1],
Faisait aux animaux la guerre.
Ils ne mouraient pas tous, mais tous étaient frappés :
On n'en voyait point d'occupés
À chercher le soutien d'une mourante vie ;
Nul mets n'excitait leur envie ;
Ni Loups ni Renards n'épiaient
La douce et l'innocente proie.
Les Tourterelles se fuyaient :

Plus d'amour, partant[2] plus de joie.
Le Lion tint conseil, et dit : Mes chers amis,
Je crois que le Ciel a permis
Pour nos péchés cette infortune ;
Que le plus coupable de nous
Se sacrifie aux traits du céleste courroux,
Peut-être il obtiendra la guérison commune.
L'histoire nous apprend qu'en de tels accidents[3]
On fait de pareils dévouements :
Ne nous flattons donc point ; voyons sans indulgence
L'état de notre conscience.
Pour moi, satisfaisant mes appétits gloutons
J'ai dévoré force[4] moutons.
Que m'avaient-ils fait ? Nulle offense :
Même il m'est arrivé quelquefois de manger
Le Berger.
Je me dévouerai donc, s'il le faut ; mais je pense
Qu'il est bon que chacun s'accuse ainsi que moi :
Car on doit souhaiter selon toute justice
Que le plus coupable périsse.
– Sire, dit le Renard, vous êtes trop bon Roi ;
Vos scrupules font voir trop de délicatesse ;
Et bien, manger moutons, canaille, sotte espèce,
Est-ce un péché ? Non, non. Vous leur fîtes Seigneur
En les croquant beaucoup d'honneur.
Et quant au Berger l'on peut dire
Qu'il était digne de tous maux,
Étant de ces gens-là qui sur les animaux
Se font un chimérique empire.
Ainsi dit le Renard, et flatteurs d'applaudir.
On n'osa trop approfondir
Du Tigre, ni de l'Ours, ni des autres puissances,
Les moins pardonnables offenses.
Tous les gens querelleurs, jusqu'aux simples mâtins[5],
Au dire de chacun, étaient de petits saints.
L'Âne vint à son tour et dit : J'ai souvenance[6]
Qu'en un pré de Moines passant,
La faim, l'occasion, l'herbe tendre, et je pense

Quelque diable aussi me poussant,
Je tondis de ce pré la largeur de ma langue.
Je n'en avais nul droit, puisqu'il faut parler net.
À ces mots on cria haro[7] sur le baudet.
Un Loup quelque peu clerc prouva par sa harangue[8]
Qu'il fallait dévouer ce maudit animal,
Ce pelé, ce galeux, d'où venait tout leur mal.
Sa peccadille[9] fut jugée un cas pendable.
Manger l'herbe d'autrui ! quel crime abominable !
Rien que la mort n'était capable
D'expier son forfait : on le lui fit bien voir.
Selon que vous serez puissant ou misérable,
Les jugements de cour vous rendront blanc ou noir.

1. Achéron : fleuve des enfers.
2. Partant : par conséquent.
3. Accident : ce qui est imprévisible.
4. Force : de nombreux.
5. Mâtins : gros chiens de garde.
6. J'ai souvenance : je me souviens.
7. Haro : interjection qui exprime l'indignation et dénonce quelqu'un.
8. Harangue : discours.
9. Peccadille : faute sans gravité.

Légende de l'analyse linéaire

- ▶ Tonalité tragique
- ▶ Champ lexical de la faute
- ▶ Champ lexical de la justice
- ▶ Éloge du Lion par le Renard qui souligne sa grandeur d'âme
- ▶ Hyperboles, réquisitoire contre l'Âne
- ☐ Prédateurs

Mouvements du texte

- **Premier mouvement, présentation des circonstances, les animaux ont la peste :** de « Un mal » à « plus de joie ».
- **Deuxième mouvement, aveux successifs du Lion et de l'Âne :** de « Le Lion » à « parler net ».
- **Troisième mouvement, argument fallacieux qui condamne l'Âne :** de « À ces mots » à « bien voir. »
- **Quatrième mouvement, morale :** de « Selon » à la fin.

■ *L'essentiel à retenir du texte*

- **Une fable au ton tragique :** Un terrible fléau s'abat sur les animaux. Alors qu'ils entendent trouver un coupable qui doit être puni, chacun passe aux aveux. Après ceux du Lion vient le tour de l'Âne qui est finalement condamné pour un fait sans gravité. Le fabuliste met en scène un procès injuste qui condamne un innocent.
- **La stratégie argumentative à l'œuvre :** Le discours du Lion suit une progression logique. Après avoir exposé la situation, il confesse ses torts et les justifie. Puis, il invite les autres à en faire autant avant d'en tirer une conclusion. Il réaffirme son autorité en parlant au nom de la communauté. Il se réclame d'une certaine sagesse, semble vouloir rendre justice de façon équitable. La longueur de son discours et son éloquence sont remarquables. L'éloge du Lion par le Renard contribue à le dédouaner de ses fautes. Le Loup va prononcer un réquisitoire sans appel contre l'Âne. Ses propos le condamnent sans argument logique et valable.
- **Une dénonciation des injustices sociales :** Le pouvoir des puissants est ici présenté comme irréductible. Le discours du Lion minimise son crime (avoir mangé un berger) et celui du Renard lui apporte du crédit. Ses arguments pour défendre le Lion sont fallacieux. Tous les animaux en présence sont des prédateurs et tous se rangent derrière le Lion et le Renard. L'Âne avoue à son tour qu'il a mangé de l'herbe. Alors que son tort est sans commune mesure, il provoque l'indignation des courtisans qui le rendent coupable du fléau. Cette fable illustre l'idée que « la raison du plus fort est toujours la meilleure ». La justice ne condamne pas le criminel mais rend ses jugements en fonction du rang social.

La question de grammaire

Passage :

« Est-ce un péché ? Non, non. »

Question :

Analysez la question posée par le Renard et sa réponse. Quels effets la répétition de « non » cherche-t-elle à produire ?

Analyse de la question de grammaire :

La question porte sur :
- l'interrogation : syntaxe, sémantique et pragmatique ;
- l'expression de la négation.

Réponse :

Renard pose une question avec la formule habituelle « est-ce » et le point d'interrogation final. C'est une interrogation au discours direct et totale puisque la réponse ne peut être que « oui » ou « non ». La question est courte et semble donc évidente. La répétition de l'adverbe « non » influence la réponse à donner à la question. Renard fait les réponses aux questions et paraît vis-à-vis du Roi un sujet bien flatteur.

3. « Les Obsèques de la Lionne »

Cette fable se trouve dans le livre VII qui date de 1678.

La femme du Lion mourut :
Aussitôt chacun accourut
Pour s'acquitter envers le Prince
De certains compliments de consolation,
Qui sont surcroît d'affliction.
Il fit avertir sa Province[1]
Que les obsèques se feraient
Un tel jour, en tel lieu ; ses Prévôts[2] y seraient
Pour régler la cérémonie,
Et pour placer la compagnie.
Jugez si chacun s'y trouva.
Le Prince aux cris s'abandonna,
Et tout son antre en résonna.
Les Lions n'ont point d'autre temple.
On entendit à son exemple
Rugir en leurs patois Messieurs les Courtisans.
Je définis la cour un pays où les gens
Tristes, gais, prêts à tout, à tout indifférents,
Sont ce qu'il plaît au Prince, ou s'ils ne peuvent l'être,
Tâchent au moins de le paraître,
Peuple caméléon, peuple singe du maître ;
On dirait qu'un esprit anime mille corps ;
C'est bien là que les gens sont de simples ressorts.
Pour revenir à notre affaire
Le Cerf ne pleura point, comment eût-il pu faire ?
Cette mort le vengeait ; la Reine avait jadis
Étranglé sa femme et son fils.
Bref il ne pleura point. Un flatteur l'alla dire,
Et soutint qu'il l'avait vu rire.
La colère du Roi, comme dit Salomon,
Est terrible, et surtout celle du Roi Lion :
Mais ce Cerf n'avait pas accoutumé[3] de lire.
Le Monarque lui dit : Chétif hôte des bois
Tu ris, tu ne suis pas[4] ces gémissantes voix.
Nous n'appliquerons point sur tes membres profanes
Nos sacrés ongles ; venez Loups,

Vengez la Reine, immolez tous
Ce traître à ses augustes mânes.
Le Cerf reprit alors : Sire, le temps de pleurs
Est passé ; la douleur est ici superflue.
Votre digne moitié couchée entre des fleurs,
Tout près d'ici m'est apparue ;
Et je l'ai d'abord reconnue.
Ami, m'a-t-elle dit, garde que ce convoi,
Quand je vais chez les Dieux, ne t'oblige à des larmes.
Aux Champs Élysiens j'ai goûté mille charmes,
Conversant avec ceux qui sont saints comme moi.
Laisse agir quelque temps le désespoir du Roi.
J'y prends plaisir. À peine on eut ouï la chose,
Qu'on se mit à crier Miracle, apothéose !
Le Cerf eut un présent, bien loin d'être puni.
Amusez les Rois par des songes,
Flattez-les, payez-les d'agréables mensonges,
Quelque indignation dont leur cœur soit rempli,
Ils goberont l'appât, vous serez leur ami.

1. Sa Province : son État.
2. Prévôts : grands officiers.
3. N'avait pas accoutumé : n'avait pas l'habitude.
4. Ne pas suivre : ne pas imiter.

Légende de l'analyse linéaire

- Expression ostentatoire de la souffrance
- Portrait négatif des courtisans
- Expression de la tyrannie du roi
- Parataxe, absence de lien logique
- Prosopopée de la défunte reine
- Impératifs

Mouvements du texte

- **Premier mouvement, présentation des circonstances, la mort de la Lionne :** de « La femme » à « la cérémonie, ».
- **Deuxième mouvement, l'affliction des courtisans :** de « Et pour » à « les Courtisans ».
- **Troisième mouvement, la définition de la cour par le fabuliste :** de « Je définis » à « simples ressorts ».
- **Quatrième mouvement, le Cerf justifie son attitude :** de « Pour revenir » à « loin d'être puni ».
- **Cinquième mouvement, morale :** de « Amusez » à la fin.

L'essentiel à retenir du texte

- **Une satire virulente :** À la mort de la Lionne, le Lion exprime sa douleur de façon très ostentatoire tout comme les courtisans qui calquent leurs attitudes sur la sienne. Le Lion, en monarque absolu, se comporte par ailleurs de façon tyrannique. Il prononce une sentence arbitraire fondée sur des rumeurs et condamne le Cerf sans procès.
- **Une réflexion sur le pouvoir de la parole :** Alors que le Lion condamne le Cerf à une mort certaine, ce dernier prononce un plaidoyer *pro domo* (c'est-à-dire pour défendre ses propres intérêts). Il s'appuie sur l'argument selon lequel la reine lui est apparue et lui a donné l'ordre de ne pas pleurer. Son raisonnement convainc les courtisans qui crient au miracle. Le Lion lui aussi se range à cette version des faits.
- **La société de cour vue par le fabuliste :** Le narrateur-fabuliste intervient, ce qui est très rare, à deux reprises dans la fable. Il intervient d'abord après l'exposition des faits pour dresser un portrait très négatif des courtisans. Il les décrit comme des comédiens hypocrites et opportunistes, prêts à tout pour plaire au roi. À la fin de la fable, le fabuliste intervient de nouveau avec ironie et donne des conseils au lecteur : le roi est orgueilleux et, pour lui plaire, il faut lui dire ce qu'il veut entendre. C'est le seul moyen de survivre dans l'univers impitoyable de la cour.

La question de grammaire

Passage :

« Quelque indignation dont leur cœur soit rempli,
Ils goberont l'appât, vous serez leur ami. »

Question :

Expliquez la construction de cette phrase complexe. Quel rapport avec la proposition principale cherche à exprimer l'emploi de « quelque + subjonctif » dans la conjonctive ?

Analyse de la question de grammaire :

La question porte sur :

- les subordonnées conjonctives utilisées en fonction de compléments circonstanciels.

Réponse :

La phrase complexe se compose d'une proposition subordonnée conjonctive circonstancielle de concession, introduite par la formule « quelque… dont ». « Quelque » est un déterminant indéfini qui introduit le nom « indignation ». Le pronom relatif « dont » introduit la relative au subjonctif « dont leur cœur soit rempli ». La concession est le fait de rattacher deux faits contradictoires qui n'ont pas empêché l'action de se dérouler. La principale est au futur et a valeur de généralité dans la formulation de la morale qui incite à la flatterie, la meilleure des ruses pour duper ses adversaires : « Ils goberont l'appât, vous serez leur ami ».

LETTRES PERSANES

Montesquieu

Lettres persanes
Montesquieu

I Réflexions sur « Le regard éloigné »

« Le regard éloigné » est un **regard à distance, suffisamment détaché pour être objectif**. En effet, porter sur quelque chose ou quelqu'un un « regard éloigné » permet de le mettre à distance pour l'observer avec neutralité et objectivité, sans affect et sans *a priori*.

Cette expression renvoie au **titre d'un ouvrage publié en 1983 par Claude Lévi-Strauss**, célèbre ethnologue, anthropologue, philosophe et académicien, connu notamment pour avoir observé et étudié les mœurs de diverses ethnies, en particulier en Amazonie. Lévi-Strauss a montré la nécessité de diriger son regard vers des cultures étrangères éloignées pour se décentrer de ses propres critères culturels. Cela permet de porter sur sa propre culture un regard suffisamment distancié pour la juger objectivement.

L'intitulé du parcours invite à se poser diverses **questions** :

- Que m'apporte le « regard éloigné » de l'autre, de l'étranger ?
- Quel regard l'autre porte-t-il sur moi, sur ma culture, ma société ?
- Le « regard éloigné » est-il toujours un regard critique ?
- Peut-on avoir sur soi un « regard éloigné » ?

La littérature offre diverses occasions de porter ce « regard éloigné » :

- L'observation de mœurs étrangères, notamment dans les récits de voyage et les essais, permet de regarder les autres cultures avec recul et de **relativiser ses jugements et critères de valeurs**.
- La fiction permet d'imaginer le regard porté par des étrangers sur la culture européenne afin de l'observer avec un regard neuf, naïf et plus à même de percevoir les aberrations, les injustices, les paradoxes. Nombreux sont **les auteurs qui ont recours au regard de l'autre pour critiquer indirectement la société**.

■ **Exemple**

Montaigne critique les colons européens à travers le regard des Indiens d'Amérique dans ses *Essais*, chapitre « Des cannibales ».

■ Exemple

Dans *Micromégas*, Voltaire adopte le point de vue d'un géant venu d'une autre planète pour critiquer les humains.

■ **Présentation d'une œuvre s'inscrivant dans le parcours**

L'ouvrage *Micromégas* de Voltaire, publié en 1664, peut s'inscrire dans le parcours « Le regard éloigné » :

- Dans cette nouvelle, Voltaire imagine des voyageurs de l'espace, des géants, qui arrivent sur Terre. Ils découvrent la forme microscopique de vie que représente l'humanité. Ici, le regard éloigné se traduit dans le récit en termes de distance.
- Toutefois, cette distance est la métaphore de la relativité des opinions, entre des personnes qui vivent des réalités différentes.
- Lorsque la communication est rendue possible entre les humains et les géants, les humains, malgré leur petitesse, affirment que l'Univers a été créé autour d'eux et pour leur usage. Cela provoque l'hilarité des géants. Voltaire se sert du point de vue des voyageurs de l'espace pour faire la critique des doctrines religieuses et pseudo-scientifiques anthropocentristes (centrées sur l'homme).
- Voltaire utilise la narration pour argumenter sa conception philosophique de la condition humaine.

II L'œuvre au programme

A L'auteur : Montesquieu (1689-1755)

Charles-Louis de Secondat, dit Montesquieu, est issu d'une riche famille de la noblesse de robe. Il étudie le droit pour devenir magistrat et devient **conseiller au parlement de Bordeaux**. En 1721, il publie son premier roman, *Lettres persanes*, qui le rend célèbre. Il est **élu à l'Académie** en 1728. Il voyage en Europe de 1728 à 1731 et séjourne en Angleterre où il étudie la monarchie constitutionnelle récemment instituée. Il en tire l'**essai politique, économique et philosophique *De l'esprit des lois***, publié en 1748. L'ouvrage rencontre un très grand succès dans toute l'Europe mais est interdit par l'Église en raison des idées anticléricales qui y sont développées. Dès lors, Montesquieu se fait de nombreux ennemis, mais il est aussi révéré par les écrivains des Lumières qui voient en lui un maître à penser. Il est sollicité par Diderot pour rédiger un article de l'*Encyclopédie* sur le goût, mais meurt avant d'avoir pu l'achever.

B L'œuvre : Lettres persanes (1721)

Première œuvre littéraire de Montesquieu, publiée anonymement à Amsterdam pour éviter la censure, les *Lettres persanes* sont un **roman épistolaire** composé de 161 lettres écrites par des Persans. Dans l'introduction de l'œuvre, l'auteur prétend avoir été logé avec des Persans séjournant en France, qui lui auraient communiqué les lettres échangées avec leurs amis restés à Smyrne, en Perse. Ainsi l'auteur aurait recopié ces lettres pour les offrir au public. Le subterfuge, s'il ne trompe personne, confère au roman un goût d'authenticité qui plaît aux lecteurs de l'époque.

L'œuvre s'inscrit dans **la mode orientale du XVIIIe siècle**. Celle-ci s'est particulièrement développée après la publication en 1704 de la première traduction des contes des *Mille et Une Nuits* par Antoine Galland, qui a rencontré un très grand succès. Les nombreux voyages en Orient, les échanges commerciaux, les rencontres diplomatiques ont également contribué à cette mode, que Montesquieu exploite en mettant en scène des Persans.

En donnant la parole à des étrangers venus en France, Montesquieu invite le lecteur à adopter un « **regard éloigné** » sur la société française. Les Persans s'étonnent, tantôt amusés, tantôt scandalisés, en observant les mœurs françaises, le fonctionnement politique, le rôle de la religion. Ainsi l'auteur peut développer une **critique implicite et souvent ironique** de la société, de la monarchie absolue, de l'Église, en utilisant un détour romanesque suffisamment efficace pour ne pas craindre la censure.

C Analyses linéaires et question de grammaire sur trois textes-clés

1. Lettre 24

RICA À IBBEN.

À Smyrne.

Nous sommes à Paris depuis un mois, et nous avons toujours été dans un mouvement continuel. Il faut bien des affaires avant qu'on soit logé, qu'on ait trouvé les gens à qui on est adressé, et qu'on se soit pourvu des choses nécessaires, qui manquent toutes à la fois.

Paris est aussi grand qu'Ispahan : les maisons y sont si hautes, qu'on jurerait qu'elles ne sont habitées que par des astrologues[1]. Tu juges bien qu'une ville bâtie en l'air, qui a six ou sept maisons les unes sur les autres, est extrêmement peuplée ; et que, quand tout le monde est descendu dans la rue, il s'y fait un bel embarras.

Tu ne le croirais pas peut-être ; depuis un mois que je suis ici, je n'y ai encore vu marcher personne. Il n'y a point de gens au monde qui tirent mieux partie de leur machine[2] que les Français : ils courent ; ils volent : les voitures lentes d'Asie, le pas réglé de nos chameaux, les feraient tomber en syncope. Pour moi, qui ne suis point fait à ce train[3], et qui vais souvent à pied sans changer d'allure, j'enrage quelquefois comme un chrétien[4] : car encore passe qu'on m'éclabousse depuis les pieds jusqu'à la tête ; mais je ne puis pardonner les coups de coude, que je reçois régulièrement et périodiquement : un homme, qui vient après moi et qui me passe[5], me fait faire un demi-tour ; et un autre, qui me croise de l'autre côté, me remet soudain où le premier m'avait pris ; et je n'ai pas fait cent pas, que je suis plus brisé que si j'avais fait dix lieues. Ne crois pas que je puisse, quant à présent, te parler à fond des mœurs et des coutumes européennes : je n'en ai moi-même qu'une légère idée, et je n'ai eu à peine que le temps de m'étonner. [...]

1. L'astrologue a besoin d'un point d'observation élevé pour étudier le mouvement des astres.
2. Machine : corps.
3. À ce train : à cette allure.
4. Variante plaisante de l'expression « j'enrage comme un païen ».
5. Me passe : me dépasse.

Légende de l'analyse linéaire

- ▶ Caractéristiques de la forme épistolaire
- ▶ Critique
- ▶ Expression de l'étonnement
- ▶ Agitation de la vie parisienne
- ▶ Exagérations
- ▶ Comique

Mouvements du texte

- **Premier mouvement, tableau de Paris :** de « Nous sommes » à « embarras ».
- **Second mouvement, critique de Paris et des Parisiens :** de « Tu ne le croirais » à la fin.

L'essentiel à retenir du texte

- **La forme épistolaire :** Le texte se présente comme une lettre. On y trouve :
  - la mention du destinateur et du destinataire ainsi que du lieu d'expédition en en-tête ;
  - l'implication du locuteur et du destinataire au sein de la lettre ;
  - l'évocation des circonstances de rédaction de la lettre.

  Le ton est ainsi assez badin et léger, donnant l'illusion d'une conversation avec un ami intime auquel le personnage fait part de ses observations et confie ses déboires.

– **Le « regard éloigné » du Persan :** Le Persan partage avec son ami son étonnement sur les mœurs des Parisiens. En étranger peu habitué à ce mode de vie, il observe avec stupéfaction, effarement, amusement parfois le train de la vie parisienne. Les exagérations rendent compte de ce regard naïf et font sourire le lecteur, de même que les anecdotes comiques ou les expressions détournées.
– **La critique :** Le regard de l'étranger permet surtout une critique du mode de vie des Parisiens. L'agitation permanente et la surpopulation s'accompagnent d'un manque de civilité et d'une brutalité dont souffre le Persan habitué à un rythme de vie lent et paisible.

La question de grammaire

Passage :

« Pour moi, qui ne suis point fait à ce train, et qui vais souvent à pied sans changer d'allure, j'enrage quelquefois comme un chrétien : car encore passe qu'on m'éclabousse depuis les pieds jusqu'à la tête ; mais je ne puis pardonner les coups de coude, que je reçois régulièrement et périodiquement : un homme, qui vient après moi et qui me passe, me fait faire un demi-tour ; et un autre, qui me croise de l'autre côté, me remet soudain où le premier m'avait pris ; et je n'ai pas fait cent pas, que je suis plus brisé que si j'avais fait dix lieues. »

Question :

Analyser la composition de cette phrase complexe. Comment sont établis les rapports entre les propositions ? (juxtaposition, coordination, subordination)

Quel est l'effet produit ?

Quelles sont les propositions subordonnées relatives ? Quelle est leur fonction ?

Analyse de la question de grammaire :

La question porte sur :
– les relations au sein de la phrase complexe ;
– la syntaxe des propositions subordonnées relatives.

Réponse :

Cette longue phrase complexe accumule les juxtapositions (:), les coordinations (« qui vient après moi et qui me passe ») et les subordonnées. Cette accumulation mime le désordre de la circulation.

Les propositions subordonnées relatives complètent les noms auxquels elles sont rattachées :
– « (moi), qui ne suis point fait à ce train » ;
– « (moi), et qui vais souvent à pied sans changer d'allure » ;
– « (les coups de coude), que je reçois régulièrement et périodiquement » ;
– « (un homme), qui vient après moi » ;
– « (un homme) et qui me passe » ;
– « (un autre), qui me croise de l'autre côté ».

Chacune présente le narrateur, la ville de Paris et les Parisiens en mouvement perpétuel et en confrontation. Cette longue phrase est de registre satirique, sous le regard observateur d'un personnage-narrateur venu d'Orient et qui vit dans cette excitation un vrai choc culturel.

2. Lettre XXX

RICA AU MÊME.

À Smyrne.

Les habitants de Paris sont d'une curiosité qui va jusqu'à l'extravagance. Lorsque j'arrivai, je fus regardé comme si j'avais été envoyé du ciel : vieillards, hommes, femmes, enfants, tous voulaient me voir. Si je sortais, tout le monde se mettait aux fenêtres ; si j'étais aux Tuileries, je voyais aussitôt un cercle se former autour de moi ; les femmes mêmes faisaient un arc-en-ciel nuancé de mille couleurs, qui m'entourait ; si j'étais aux spectacles, je voyais aussitôt cent lorgnettes[1] dressées contre ma figure ; enfin, jamais homme n'a tant été vu que moi. Je souriais quelquefois d'entendre des gens qui n'étaient presque jamais sortis de leur chambre, qui disaient entre eux : « Il faut avouer qu'il a l'air bien persan. » Chose admirable ! je trouvais de mes portraits partout ; je me voyais multiplié dans toutes les boutiques, sur toutes les cheminées, tant on craignait de ne m'avoir pas assez vu.

Tant d'honneurs ne laissent pas[2] d'être à charge[3] : je ne me croyais pas un homme si curieux et si rare ; et, quoique j'aie très bonne opinion de moi, je ne me serais jamais imaginé que je dusse troubler le repos d'une grande ville, où je n'étais point connu. Cela me fit résoudre à quitter l'habit persan, et à en endosser un à l'européenne, pour voir s'il resterait encore, dans ma physionomie, quelque chose d'admirable. Cet essai me fit connaître ce que je valais réellement. Libre de tous les ornements étrangers, je me vis apprécié au plus juste. J'eus sujet de me plaindre de mon tailleur, qui m'avait fait perdre, en un instant, l'attention et l'estime publique ; car j'entrai tout à coup dans un néant affreux. Je demeurais quelquefois une heure dans une compagnie[4], sans qu'on m'eût regardé, et qu'on m'eût mis en occasion d'ouvrir la bouche. Mais, si quelqu'un, par hasard, apprenait à la compagnie que j'étais persan, j'entendais aussitôt autour de moi un bourdonnement : « Ah ! ah ! monsieur est persan ? C'est une chose bien extraordinaire ! Comment peut-on être persan ? »

De Paris, le 6 de la lune de Chalval[5] 1712.

1. Lorgnettes : petites jumelles.
2. Ne laissent pas : ne manquent pas.
3. Être à charge : être embarrassant.
4. Compagnie : groupe de personnes.
5. Mois du calendrier lunaire musulman.

Légende de l'analyse linéaire

- ☐ Verbes « regarder » et « voir »
- ▶ Le Persan, objet de curiosité
- ▶ Importance de l'apparence extérieure
- ▶ Un jugement fondé sur les apparences
- ▶ Utilisation du discours direct

Mouvements du texte

- **Premier mouvement, curiosité des Parisiens** : de « Les habitants » à « assez vu ».
- **Second mouvement, être/paraître** : de « Tant d'honneurs » à la fin.

L'essentiel à retenir du texte

- **Le « regard éloigné » des Parisiens sur le Persan :** Dans cette lettre, le Persan est l'objet de tous les regards, et ce en toutes circonstances. Il s'étonne et s'amuse ironiquement de cette curiosité excessive pour sa personne.
- **L'importance de l'apparence :** Les Parisiens observent avec curiosité et intérêt le Persan précisément parce qu'il est étranger. On devine que son accoutrement suscite l'étonnement et la fascination des Parisiens, au point de vouloir posséder son portrait. L'expérience du changement d'habit fait connaître au Persan que seule son apparence extérieure lui valait l'intérêt des Parisiens : une fois habillé comme eux, il n'intéresse plus personne. Est ainsi mise en valeur la superficialité des Parisiens, qui jugent sur le paraître uniquement.
- **La réversibilité du « regard éloigné » :** Ce sont les Parisiens qui deviennent l'objet du regard éloigné du Persan, celui-ci analysant leurs comportements et leurs réactions avec distance et ironie. Les exagérations, en particulier dans le 1er paragraphe, les propos cités au discours direct, les remarques ironiques (« Chose admirable ! ») rendent compte de la prise de distance amusée du personnage et de la critique implicite de l'auteur. En témoigne notamment la dernière phrase de la lettre, devenue très célèbre, qui traduit l'égocentrisme et le snobisme des Parisiens.

La question de grammaire

Passage :

« [...] j'entendais aussitôt autour de moi un bourdonnement :

« Ah ! ah ! monsieur est persan ? C'est une chose bien extraordinaire ! Comment peut-on être persan ? » »

Question :

Transformez ce discours direct en discours indirect. Quel est le registre de langue des interrogations? Quels sont les outils nécessaires pour la transformation des interrogations directes en interrogations indirectes? Quel est le ton de ces interrogations et comment doit-on les comprendre?

Analyse de la question de grammaire :

La question porte sur :
- l'interrogation : syntaxe, sémantique et pragmatique.

Réponse :

Le registre des questions est de style oral : l'onomatopée, l'absence d'inversion sujet/verbe, le vocabulaire peu recherché et la répartition des mêmes mots. Cela illustre l'étonnement envers l'étranger. Le ton est ici ironique dans la bouche du Persan qui critique ce comportement après un vrai coup de théâtre prémédité (par le changement de costume) qui révèle la pauvreté culturelle et la superficialité de ses juges qui ne s'en tiennent qu'au paraître.

Si on transforme ce discours direct en discours indirect, on obtient : J'entendais aussitôt autour de moi un bourdonnement : l'on s'étonnait que je fusse (que je sois) Persan, que c'était une chose bien extraordinaire et on se demandait comment on pouvait être Persan.

Pour transformer le discours direct en discours indirect, il faut introduire des verbes de parole, construire des propositions subordonnées complétives et interrogatives et appliquer la concordance des temps, en l'occurrence au passé. L'imparfait évoque la simultanéité. Il faut supprimer l'inversion sujet/verbe et la ponctuation interrogative.

3. Lettre 37

USBEK À IBBEN.

À Smyrne.

Le roi de France est vieux[1]. Nous n'avons point d'exemple, dans nos histoires, d'un monarque qui ait si longtemps régné. On dit qu'il possède à un très haut degré le talent de se faire obéir : il gouverne avec le même génie[2] sa famille, sa cour, son État. On lui a souvent entendu dire que, de tous les gouvernements du monde, celui des Turcs, ou celui de notre auguste[3] sultan, lui plairait le mieux, tant il fait cas[4] de la politique orientale!

J'ai étudié son caractère, et j'y ai trouvé des contradictions qu'il m'est impossible de résoudre : par exemple, il a un ministre qui n'a que dix-huit ans, et une maîtresse qui en a quatre-vingts[5]; il aime sa religion, et il ne peut souffrir ceux qui disent qu'il la faut observer à la rigueur; quoiqu'il fuie le tumulte des villes, et qu'il se communique[6] peu, il n'est occupé, depuis le matin jusqu'au soir, qu'à faire parler de lui; il aime les trophées et les victoires, mais il craint autant de voir un bon général à la tête de ses troupes, qu'il aurait sujet de le craindre à la tête d'une armée ennemie. Il n'est, je crois, jamais arrivé qu'à lui, d'être, en même temps, comblé de plus de richesses qu'un prince n'en saurait espérer, et accablé d'une pauvreté qu'un particulier ne pourrait soutenir[7]. Il aime à gratifier[8] ceux qui le servent ; mais il paie aussi libéralement les assiduités[9], ou plutôt l'oisiveté[10] de ses courtisans, que les campagnes[11] laborieuses de ses capitaines : souvent il préfère un homme qui le déshabille[12], ou qui lui donne la serviette lorsqu'il se met à table, à un autre qui lui prend des villes ou lui gagne des batailles. Il ne croit pas que la grandeur souveraine doive être gênée[13] dans la distribution des grâces, et, sans examiner si celui qu'il comble de biens est homme de mérite, il croit que son choix va le rendre tel : aussi lui a-t-on vu donner une petite pension à un homme qui avait fui deux lieues, et un beau gouvernement à un autre qui en avait fui quatre.

Il est magnifique, surtout dans ses bâtiments : il y a plus de statues dans les jardins de son palais que de citoyens dans une grande ville. Sa garde est aussi forte que celle du prince devant qui les trônes se renversent ; ses armées sont aussi nombreuses, ses ressources aussi grandes, et ses finances aussi inépuisables.

De Paris, le 7 de la lune de Maharram[14] 1713.

1. Louis XIV a 75 ans.
2. Génie : talent.
3. Auguste : majestueux, vénérable.
4. Faire cas : accorder de l'importance.
5. Allusion à Madame de Maintenon, qui a 78 ans.
6. Se communiquer : faire des déclarations publiques.
7. Allusion à la pauvreté de la France à la fin du règne de Louis XIV.
8. Gratifier : récompenser.
9. Assiduités : empressements, prévenances.
10. Oisiveté : inaction.
11. Campagnes : campagnes militaires.
12. Allusion au protocole de l'habillage du roi au lever.
13. Gênée : embarrassée.
14. Mois du calendrier lunaire musulman.

■ *Légende de l'analyse linéaire*

- ☐ Connecteurs à valeur d'opposition
- ▶ Regard éloigné
- ▶ Faux éloge ironique
- ▶ Séries d'antithèses

■ *Mouvements du texte*

- **Premier mouvement, portrait du roi :** de « Le roi de France » à « orientale ! ».
- **Deuxième mouvement, observation des contradictions du roi :** de « J'ai étudié » à « quatre ».
- **Troisième mouvement, faux éloge :** de « il est magnifique » à la fin.

■ *L'essentiel à retenir du texte*

- **Le « regard éloigné » d'un étranger sur le roi de France :** Montesquieu tire parti dans ce texte du regard éloigné de l'étranger pour décrire le roi de France avec distance. La naïveté et la spontanéité du Persan sont révélateurs de l'éloignement de son regard : il s'étonne de l'âge du roi, ignore les usages et le protocole, relève des incohérences.
- **L'observation des contradictions :** Le Persan note « des contradictions ». Dans le texte, elles prennent la forme de nombreuses antithèses. Celles-ci rendent compte d'incohérences dans la manière de gouverner du roi, du moins pour un regard étranger. Ainsi sont mises en valeur des aberrations : la jeunesse (donc l'incompétence supposée) des ministres, la distribution peu rationnelle des gratifications, la pauvreté du peuple eu égard à la richesse du roi, etc. Le regard du Persan permet à Montesquieu de critiquer implicitement et ironiquement le monarque, par le détour de la fiction.
- **Un faux éloge :** Le portrait du roi se présente comme un éloge, comportant de nombreux termes mélioratifs. Toutefois, de nombreux procédés signalent l'ironie et laissent percevoir derrière cet éloge apparent un blâme implicite. Se dessine ainsi implicitement le portrait d'un roi tyrannique.

La question de grammaire

Passage :

« Il n'est, je crois, jamais arrivé qu'à lui, d'être, en même temps, comblé de plus de richesses qu'un prince n'en saurait espérer, et accablé d'une pauvreté qu'un particulier ne pourrait soutenir. »

Question :

Étudiez l'expression de la négation dans cette phrase. Combien de tournures négatives relevez-vous ? En quoi sont-elles ironiques ?

Analyse de la question de grammaire :

La question porte sur :
- l'expression de la négation.

Réponse :

On relève trois négations. Elles sont exprimées par l'emploi d'adverbes de négation :
- « n'… jamais » : ici la négation indique une exception extraordinaire « qu'à lui » ;
- « N'… /ne » : dans les deux propositions, la négation est exprimée avec un seul élément, le « ne » explétif.

La négation sert à renforcer le contraste entre la richesse et la pauvreté, ce qui rend le personnage plus atypique et donc plus ridicule.

PARTIE III

LES MOUVEMENTS LITTÉRAIRES

SOMMAIRE

L'humanisme (1480-1580)

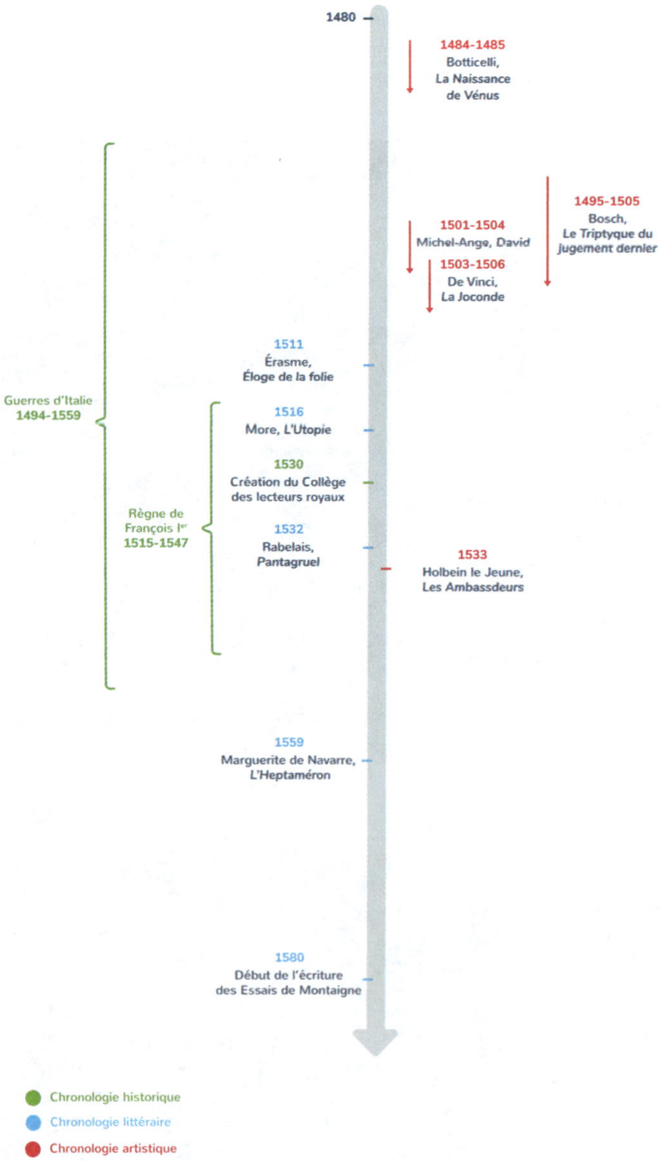

I Le contexte historique et les origines de l'humanisme

Les guerres d'Italie (1494-1559) mettent les Français au contact d'un pays qui vient de connaître un siècle de Renaissance. L'Italie a renoué avec la culture antique (latine et grecque), sa civilisation est considérée comme cultivée et raffinée. L'influence italienne est grande en littérature, en peinture et en architecture. Ainsi, Léonard de Vinci et le Titien sont reçus à la cour du roi François Ier à Chambord.

La Renaissance française s'intéresse aux textes des auteurs grecs et latins de l'Antiquité (Homère, Platon, Virgile, etc.). Elle prolonge leur art pour permettre à l'homme de mieux comprendre le monde qui l'entoure. L'étude des textes antiques conduit à de nouvelles conceptions politiques, morales et religieuses. François Ier crée un Collège des lecteurs royaux (actuel Collège de France) en 1530 où l'on enseigne le latin, le grec et l'hébreu.

Le développement des techniques et les progrès scientifiques influencent largement les penseurs :

- **Invention de l'imprimerie en 1453** par Gutenberg : diffusion des idées et des œuvres littéraires.
- **Progrès des techniques de navigation** permettant les grands voyages de découverte.
- **Progrès de la médecine :** meilleure connaissance de l'anatomie ; pratique de la dissection ; développement de la chirurgie.
- **Progrès de l'astronomie :** travaux de Copernic imposant le concept de l'héliocentrisme.

Les querelles religieuses qui déchirent l'Europe compromettent le développement de l'humanisme. La faculté catholique de la Sorbonne combat toutes les idées nouvelles tandis que les protestants condamnent les œuvres de Rabelais et d'Érasme.

II Les principes majeurs de l'humanisme

L'homme au centre du monde	L'humaniste considère l'homme comme un être perfectible, doué de raison, capable de trouver sa juste place dans un monde en pleine mutation.
Le savoir et la raison	L'humaniste est curieux de tout (sciences naturelles, droit, histoire, littérature, etc.). Ses connaissances lui permettent d'exercer son esprit critique. Ce savoir qui tend à être encyclopédique fonde un véritable art de vivre : l'humaniste est un lecteur rigoureux et passionné.
L'importance de l'éducation	L'humaniste combat l'ignorance. En développant ses qualités intellectuelles et morales, l'homme peut connaître le bonheur d'une existence libre. Il cherche donc à être clair et compréhensible : des dictionnaires, des répertoires, des index se multiplient pour permettre à chaque lecteur de lire efficacement. Il propose également une nouvelle pédagogie moins répétitive que celle qui était pratiquée jusqu'alors.
Une réflexion politique	L'humaniste condamne toute forme de fanatisme. Il dénonce l'autoritarisme des souverains et l'usage judiciaire de la torture. Il proscrit également les guerres de conquête et invite les princes à la sagesse afin de maintenir les peuples dans la paix. Leurs interrogations sur le fonctionnement de la société les poussent à imaginer un modèle idéal et utopique.
Une nouvelle pensée religieuse	L'humaniste invite à vivre la foi chrétienne de façon plus personnelle. Il est souvent proche de l'évangélisme : se moquant des superstitions, du culte abusif des saints, des rites sans signification, il veut accéder au texte de l'Évangile et célébrer personnellement le Créateur de l'Univers.

III Œuvres littéraires et auteurs essentiels

- Érasme : *Éloge de la folie*, 1511 (essai) ;
- Thomas More : *L'Utopie*, 1516 (essai) ;
- François Rabelais : *Pantagruel*, 1532 (roman), *Gargantua*, 1534 (roman) ;
- Michel de Montaigne : *Essais*, 1580-1595 (essai) ;
- Marguerite de Navarre : *L'Heptaméron*, 1559 (roman).

IV Histoire des arts

La Renaissance est une époque révolutionnaire dans le domaine des idées et l'art est le support de leur expression. Elle trouve sa source en Italie qui reste, durant toute cette période, un foyer central et un modèle pour tous les artistes européens. Sculpteurs, peintres, architectes rivalisent de talent pour transmettre leurs savoirs et leur savoir-faire. Ils ont l'occasion de voyager et d'enrichir leurs techniques au contact des artistes étrangers qu'ils rencontrent. Ils manifestent une curiosité permanente pour tous les domaines de la connaissance.

Inspirés par les auteurs et les sujets antiques, les artistes accordent une place centrale à l'homme au détriment de la figure divine qui jusqu'alors était prédominante; ils s'émancipent de la décoration religieuse. Le désir de style devient également une préoccupation majeure. Bien que les sujets restent idéalisés, les œuvres tendent vers davantage de réalisme : les artistes s'intéressent au dessin, manifestent la volonté de donner de la profondeur et du volume à leurs sujets. La perspective fait son apparition et suit des techniques précises.

■ *Œuvres d'art-clés*

- Fra Filippo Lippi : *Vierge à l'enfant*, 1465 (peinture) ;
- Sandro Botticelli : *La Naissance de Vénus*, 1484 ; *Le Printemps;* 1478-1482 (peinture) ;
- Jérôme Bosch : *Le Triptyque du Jugement dernier*, 1495-1505 (peinture) ;
- Michel-Ange : *David*, 1501-1504 (sculpture) ;
- Léonard de Vinci : *La Joconde*, 1503-1506 (peinture) ; *La Cène*, 1495-1498 (peinture) ;
- Hans Holbein le Jeune : *Les Ambassadeurs*, 1533 (peinture).

La Pléiade (1550-1600)

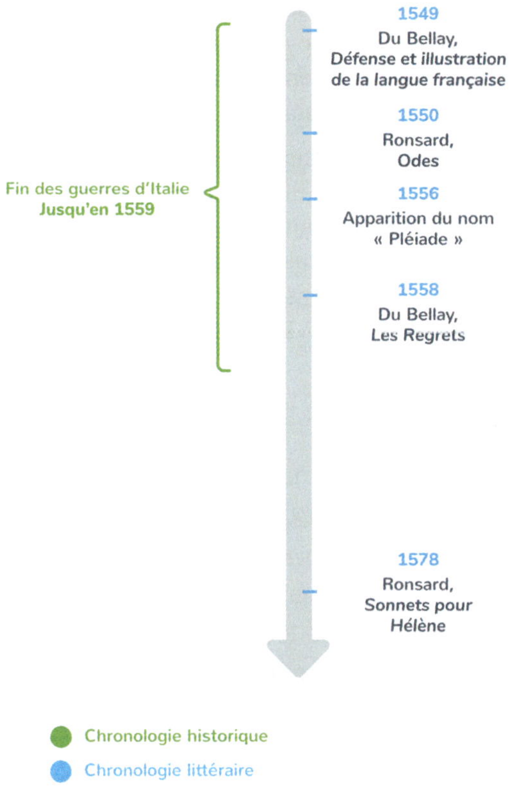

I Le contexte historique et les origines de la Pléiade

Le mouvement de la Pléiade s'inscrit dans le même contexte historique que celui de l'humanisme. Pour concurrencer l'art italien, François Ier protège et soutient de nombreux artistes français. Il les envoie parfaire leurs techniques à la cour de Rome et invite d'éminents artistes italiens à la cour de France.

Afin d'unifier le royaume, François Ier impose l'utilisation de la langue française pour tous les actes administratifs par l'ordonnance de Villers-Cotterêts en 1539. Dans les faits, toutefois, la langue française subit la concurrence des langues régionales et des langues étrangères comme l'espagnol et l'italien.

Au XVIe siècle, la France connaît une véritable effervescence poétique :

– À partir de 1530, à Lyon, un foyer poétique se développe.
– À Paris, c'est autour d'un professeur charismatique, Dorat, au collège de Coqueret, que prend forme le mouvement de la Pléiade.

Remarque

Le mouvement de la Pléiade est exclusivement littéraire et essentiellement poétique.

On date la naissance de ce mouvement en 1549 avec la parution de *Défense et illustration de la langue française* de Du Bellay. Dès 1553, Ronsard désigne parmi ses compagnons six poètes, mais ce n'est qu'en 1556 qu'il parle de Pléiade. Ce nom est une allusion à la légende des sept filles d'Atlas : dans la mythologie grecque, les filles d'Atlas, « les pléiades », furent métamorphosées en étoiles. La Pléiade est d'abord une grande aventure de l'esprit qui contribue à faire du français une langue littéraire.

II Les principes majeurs de la Pléiade

La mission du poète	Le courant de la Pléiade a contribué à élaborer les principes fondateurs de la poésie classique. Le poète n'est plus un amuseur, un rimailleur, c'est un porte-parole des dieux dont il reçoit son inspiration. Le souci majeur de ce mouvement est de faire reculer l'ignorance par la diffusion de la culture antique.
La défense et l'enrichissement de la langue française	Pour les poètes de la Pléiade, la langue française mérite d'être défendue car elle est appauvrie par la tutelle du latin. Il faut donc l'utiliser dans les œuvres nouvelles et l'enrichir en clarifiant les principes d'écriture, par l'invention de néologismes et par dérivation du grec ou du latin. Du Bellay explique ces principes dans *Défense et illustration de la langue française*, un texte théorique qui devient le manifeste du mouvement.
Un nouvel art poétique	La poésie nouvelle doit pouvoir rivaliser avec celle de l'Antiquité. Pour cela, il faut renoncer à la facilité et effectuer un travail minutieux, exploiter de nouvelles ressources. Les auteurs préconisent l'imitation des textes anciens et s'en inspirent pour élaborer des écrits personnels. Ils renouvellent les formes poétiques et rejettent les genres médiévaux (rondeau, ballade) auxquels ils préfèrent les genres antiques (ode, hymne, épopée) et le sonnet.

III Œuvres littéraires et auteurs essentiels

– Pierre de Ronsard : *Odes*, 1550 ; *Sonnets pour Hélène*, 1578 (recueils poétiques) ;
– Joachim Du Bellay : *Défense et illustration de la langue française*, 1549 (texte théorique) ; *Les Regrets*, 1558 (recueil poétique).

Le baroque (1580-1650)

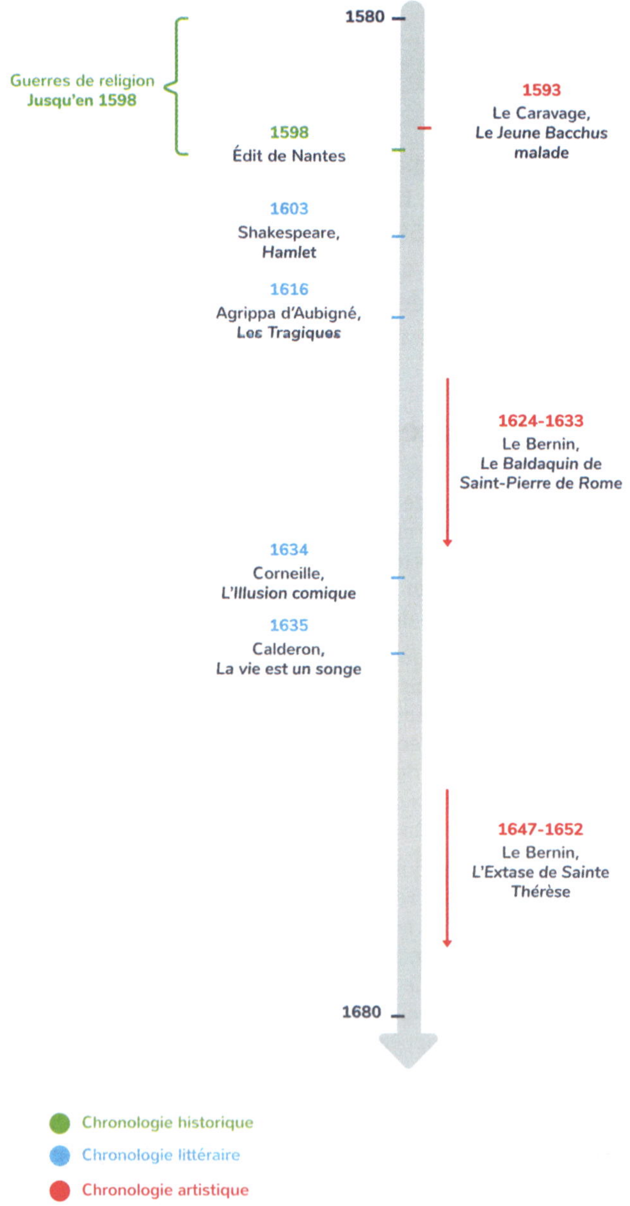

I Le contexte historique et les origines du baroque

Si le mouvement humaniste a célébré l'équilibre et la raison, le mouvement baroque, qui apparaît à la fin du XVIe siècle, va refléter une vision du monde bien plus inquiétante. En effet, les tensions politiques qui agitent la France après la mort de François Ier et les guerres de religion (1562-1598) qui ensanglantent la France et l'Europe marquent profondément les esprits. Avec la signature de l'édit de Nantes (1598), le roi Henri IV met fin aux conflits en accordant aux protestants le droit de célébrer librement leur culte.

Alors que le protestantisme se développe en Europe, l'Église catholique entend affirmer sa supériorité et reconquérir les fidèles. Elle encourage donc les artistes à magnifier les lieux de cultes par des ornementations monumentales et spectaculaires.

Mouvement européen, le terme baroque s'applique aux domaines littéraire, pictural, musical et architectural. Il emprunte son nom au portugais *barroco* qui désigne une perle irrégulière. Par cette métaphore, les artistes traduisent leur goût pour l'ornementation ou l'insolite.

II Les principes majeurs du baroque

L'instabilité du monde	Par la présence des thèmes de l'eau, du feu, du miroir et de la lumière, les artistes baroques peignent un monde en perpétuel mouvement. Les frontières entre la réalité et le rêve s'estompent. Les illusions et les métamorphoses rappellent aux hommes, ébranlés dans leurs certitudes, qu'il n'existe plus rien de fiable ou de saisissable dans l'Univers. Les artistes baroques considèrent que l'homme est inconstant, que le monde est un théâtre où chacun avance masqué et joue un rôle. Ils invitent le public à se méfier des apparences notamment par les procédés du trompe-l'œil ou du théâtre dans le théâtre.
La violence et la mort	Les artistes baroques rendent compte du caractère éphémère et fragile de la vie par les motifs réalistes du sang qui coule, du cadavre, du squelette, et par l'expression de la souffrance. Ce goût du macabre invite à une réflexion sur la vanité humaine. Puisque tout est voué à disparaître, certains auteurs comme Bossuet pensent que le salut de l'homme ne peut qu'être divin.
Le désordre et la démesure	L'art baroque prône la libération de l'imagination et des émotions. L'esthétique du spectaculaire est largement partagée par les auteurs qui accordent une place significative à la figure fantastique du monstre. Cet art s'affranchit également des règles et refuse toute codification, notamment au théâtre.

III Œuvres littéraires et auteurs essentiels

- William Shakespeare : *Hamlet*, 1603 (théâtre-tragédie) ;
- Théodore Agrippa d'Aubigné : *Les Tragiques*, 1616 (recueil de poèmes) ;
- Pedro Calderón de la Barca : *La vie est un songe*, 1635 (théâtre-tragédie) ;
- Pierre Corneille : *Médée*, 1635 (théâtre-tragédie) ; *L'Illusion comique*, 1634 (théâtre-comédie) ;
- Cyrano de Bergerac : *Histoire comique des états et empires de la Lune*, 1657 (roman fantastique).

IV Histoire des arts

Prenant le contre-pied de la sobriété protestante, l'esthétique baroque italienne est marquée par la profusion et l'exubérance. Les artistes italiens restent une source d'inspiration et un modèle pour un grand nombre d'artistes européens. Les artistes français font exception et sont plus enclins à adopter une esthétique classique.

L'esthétique baroque s'intéresse essentiellement aux thèmes de la mort, de la souffrance et de la fragilité de la vie. Elle joue sur les contrastes d'ombres et de lumières grâce à des éclairages changeants. Elle représente les corps des personnages en mouvement. Leurs visages reflètent leurs états d'âme et la démesure de leur passion. Cette façon de représenter l'homme témoigne d'une inquiétude par rapport au divin.

Remarque

En musique, la période baroque est plus tardive qu'en littérature et en peinture.

Œuvres d'art-clés

- Le Caravage : *Le Jeune Bacchus malade*, 1593 (peinture) ;
- Le Bernin : Le Baldaquin de Saint-Pierre de Rome, 1624-1633 (architecture) ;
- Le Bernin : *L'Extase de Sainte Thérèse*, 1647-1652 (sculpture) ;
- Jean-Baptiste Lully : *Marche pour la cérémonie des Turcs*, 1670 (musique) ;
- Henry Purcell : *Didon et Énée*, 1689 (musique).

Le classicisme (1640-1700)

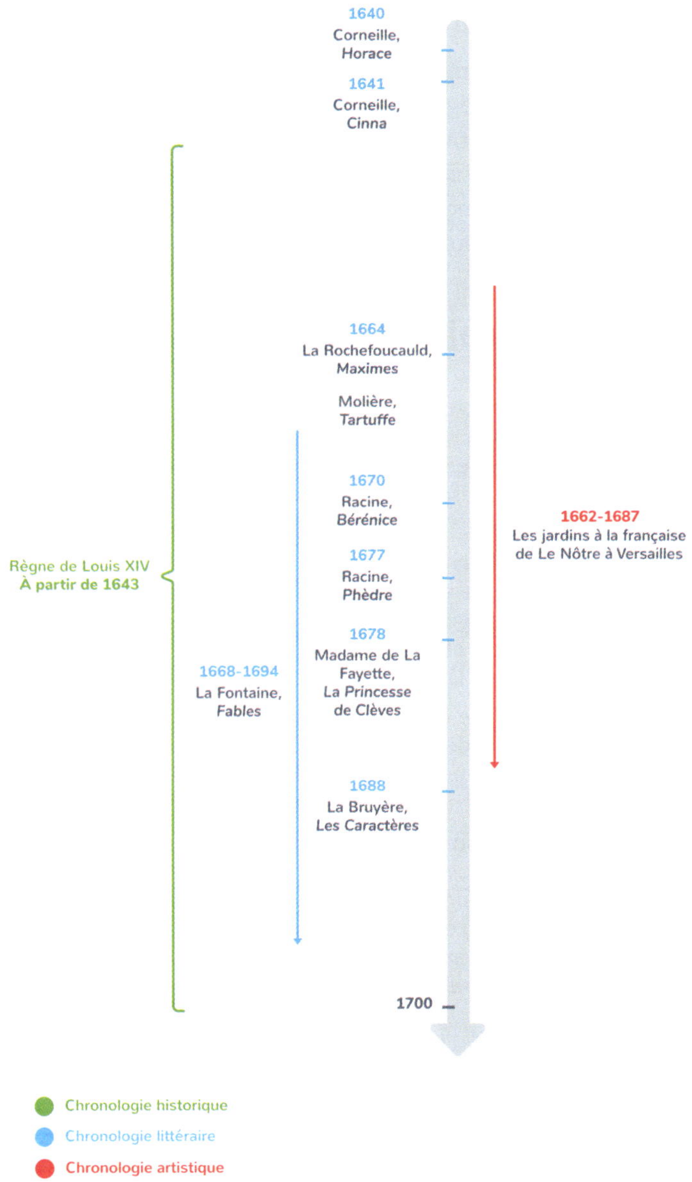

I Le contexte historique et les origines du classicisme

Le classicisme se développe dans la seconde moitié du XVIIe siècle et correspond au règne de Louis XIV (1643-1715). Après la mort de Mazarin, le roi exerce seul les responsabilités du pouvoir : la monarchie devient absolue. Pour renforcer son autorité, il réduit les avantages des aristocrates afin de mieux les contrôler. Pour éviter des révoltes comme celle de la Fronde, il déplace la cour loin de Paris, à Versailles, en 1682. Les courtisans célèbrent le culte de la personne royale et se disputent ses faveurs.

L'autocratie de Louis XIV s'accompagne d'un goût artistique sûr : le monarque protège les artistes qui glorifient son règne. Ils reçoivent une pension du roi ou de grands seigneurs, mais leurs œuvres sont soumises à la censure. Le roi finance de grands spectacles, entreprend la construction grandiose du château de Versailles et unifie le royaume autour de la langue française. Ainsi, les plus grands artistes vont contribuer à une politique de prestige qui assure le rayonnement de la France dans toute l'Europe.

II Les principes majeurs du classicisme

« Plaire et instruire » (*placere et docere*)	L'art doit d'abord émouvoir pour plaire au public et le divertir. En emportant son adhésion, les auteurs classiques peuvent l'instruire efficacement et donner à leurs œuvres une portée morale. Ils s'intéressent à la nature humaine, en peignent les vices et les passions pour mener l'homme sur la voie de la sagesse.
Le respect de l'ordre et des règles	Les écrivains classiques s'inspirent des œuvres antiques considérées comme des modèles de perfection. Ils privilégient la sobriété et le bon goût, recourent à une langue claire et élégante, à un style concis et raffiné. Ils respectent une codification rigoureuse qui assure la vraisemblance et la bienséance de rigueur.
L'idéal de l'honnête homme	Afin de corriger les travers des hommes, les auteurs érigent un modèle : l'idéal de l'honnête homme. Il doit faire preuve de tempérance et s'affranchir de l'emprise des passions. Aimable en société, cultivé et éloquent, il sait agir avec mesure et générosité.
Phénomène de cour et phénomène littéraire	Les courtisans ont remplacé les héros des romans du siècle précédent. La nouvelle société de cour multiplie intrigues, jalousies, mensonges et hypocrisie : on ne peut y vivre que masqué, à la merci d'ennemis sournois. L'être humain se détourne de la vertu par un égoïsme inhérent à sa nature que fustigent les dramaturges, les moralistes et les fabulistes.

III Œuvres littéraires et auteurs essentiels

- Pierre Corneille : *Horace*, 1640 (théâtre – tragédie) ; *Cinna*, 1641 (théâtre – tragédie) ;
- François de La Rochefoucauld : *Maximes*, 1664 ;
- Jean de La Fontaine : *Fables*, 1668-1694 ;
- Molière : *Tartuffe*, 1664 (théâtre – comédie), *Le Misanthrope*, 1666 (théâtre – comédie) ;
- Jean Racine : *Bérénice*, 1670 (théâtre – tragédie) ; *Phèdre*, 1677 (théâtre – tragédie) ;
- Madame de La Fayette : *La Princesse de Clèves*, 1678 (roman) ;
- Jean de La Bruyère : *Les Caractères*, 1688.

IV Histoire des arts

L'art classique est intimement lié au règne de Louis XIV. Le souverain influence les artistes et leur impose son autorité. Les peintures, sculptures et monuments réalisés le sont à la gloire du Roi-Soleil tout comme les spectacles donnés à la cour de France. Cette esthétique classique s'épanouit partout en Europe à partir de 1750.

L'esthétique classique est celle de la raison, de l'ordre et de la sobriété. On l'oppose en cela à l'esthétique baroque. L'art classique privilégie des lignes droites, une composition claire et ordonnée afin que le sujet soit distinctement représenté. L'exaltation des valeurs morales est un sujet privilégié.

Remarque

On ne parle de musique classique qu'à partir de 1750. Au XVIIe siècle, la musique reste de style baroque.

■ *Œuvres d'art-clés*

- Nicolas Poussin : *L'Enlèvement des Sabines*, 1637-1638 (peinture) ;
- André Le Nôtre : Les jardins à la française du château de Versailles, 1662-1687 (architecture) ;
- Jacques-Louis David : *Le Serment des Horaces*, 1784 (peinture).

Les Lumières (1715-1789)

1715
Mort de Louis XIV

Régence du duc d'Orléans
1715-1723

1721
Montesquieu, *Lettres persanes*

1725
Marivaux, *L'Île des esclaves*

Règne de Louis XV
1725-1768

1738
Chardin, *La Pourvoyeuse*

1755
Rousseau, *Discours sur l'origine et les fondements de l'inégalité parmi les hommes*

1759
Voltaire, *Candide*

1664
Voltaire, *Dictionnaire philosophique*

1768
Début du règne de Louis XVI

1775
Fragonard, *Le Billet doux*

1777
Fragonard, *Le Verrou*

1784
Beaumarchais, *Le Mariage de Figaro*

1785-1786
Mozart, *Les Noces de Figaro*

1789
Révolution française

- Chronologie historique
- Chronologie littéraire
- Chronologie artistique

I Le contexte historique et les origines des Lumières

Le mouvement des Lumières couvre une bonne partie du XVIIIe siècle, de la mort de Louis XIV en 1715 à la Révolution française en 1789. Le XVIIIe siècle connaît des bouleversements majeurs sur le plan politique, dans l'histoire des idées et des civilisations.

Sur le plan politique, la mort de Louis XIV place sur le trône le duc d'Orléans qui assure la régence pendant huit ans car Louis XV est trop jeune pour régner. Ces huit années sont marquées par une politique plus libérale et un relâchement des mœurs qui attire les plus vives critiques des intellectuels. En 1723, Louis XV monte sur le trône. Ses choix politiques et sociaux sont également très vite contestés. Louis XVI ne parvient pas à résoudre les difficultés économiques qui découlent des décisions de son prédécesseur. Par ailleurs, en protégeant les privilèges de la noblesse et du clergé, il attise la colère du tiers état qui revendique une société plus égalitaire. C'est dans ce contexte qu'éclate la Révolution française en 1789.

Guidés par les lumières de la raison, les penseurs du XVIIIe siècle examinent le monde qui les entoure de façon rationnelle et non plus religieuse. Ils exploitent toutes les ressources littéraires au service de leurs idées et de la diffusion du savoir. Ils se réunissent dans des salons pour partager leurs idées. Certains auteurs sont contraints à l'exil pour éviter la prison, leurs ouvrages sont jugés trop critiques et polémiques. Plusieurs textes sont alors publiés anonymement ou uniquement à l'étranger.

De nombreuses découvertes scientifiques et techniques favorisent l'idée de progrès. Les voyages permettent de découvrir de nouvelles civilisations et invitent à considérer le monde, le fonctionnement des sociétés et les mœurs des populations sous un nouveau jour.

II Les principes majeurs des Lumières

A Les grands combats des Lumières

- **Les auteurs combattent toute forme d'injustice.** Ils refusent le modèle monarchique de droit divin qu'ils aspirent à remplacer par un gouvernement éclairé de nature constitutionnelle comme en Angleterre. Ils remettent en question les privilèges aristocratiques et réclament l'abolition de l'esclavage.
- **Les auteurs combattent l'obscurantisme, le fanatisme et les superstitions.** Ils dénoncent tous les faux savoirs et toutes les intolérances, en particulier dans le domaine religieux. La conception d'un dieu omnipotent et rédempteur est remplacée par l'image déiste d'un créateur.

B Les fondements de la philosophie des Lumières

La raison	Les penseurs des Lumières s'appuient sur la raison.
L'expérience	Les auteurs procèdent avec prudence et rigueur. Ils s'appuient sur l'observation et l'expérimentation en soumettant l'Univers à un examen critique.
La nature	Les penseurs des Lumières veulent décrire l'Univers, comprendre les comportements humains sans recourir à la religion. Ils cherchent à percer les mystères de la nature autour d'eux.
Le bonheur	Les auteurs donnent un sens laïque au bonheur, on peut le rapprocher de « plaisir ». Ils aspirent collectivement à ce que tous les hommes vivent mieux. Pour eux, c'est un des fondements de la dignité humaine.

C Le triomphe de la littérature d'idées

Les auteurs des Lumières veulent vulgariser les connaissances : ils pensent que le progrès et l'éducation permettront d'établir une société où l'homme vivra plus heureux et plus libre.

C'est le but de l'*Encyclopédie*, œuvre qui réunit scientifiques, philosophes, économistes et techniciens.

Citation

> Le but d'une encyclopédie est de rassembler les connaissances éparses sur la surface de la terre, d'en exposer le système général aux hommes avec qui nous vivons […].
>
> Denis Diderot, article « Encyclopédie », *Encyclopédie*, 1751-1772

L'*Encyclopédie* est aussi une œuvre de combat politique et idéologique : la bourgeoisie se bat au nom de la science et de la raison contre un pouvoir lié à l'Église catholique.

Les auteurs exploitent des genres au goût du public pour diffuser leurs idées :
- le théâtre offre une tribune idéale ;
- le conte philosophique est inventé par Voltaire ;
- la polyphonie du roman épistolaire permet une réflexion nuancée.

III Œuvres littéraires et auteurs essentiels

- Montesquieu : *Lettres persanes*, 1721 (roman épistolaire) ;
- Marivaux : *L'Île des esclaves*, 1725 (théâtre-comédie) ;

- Jean-Jacques Rousseau : *Discours sur l'origine et les fondements de l'inégalité parmi les hommes*, 1755 (essai) ;
- Voltaire : *Candide ou l'optimisme*, 1759 (conte philosophique) ; *Dictionnaire philosophique*, 1764 ;
- Beaumarchais : *Le Mariage de Figaro*, 1784 (théâtre-comédie).

IV Histoire des arts

À la mort de Louis XIV, l'art s'affranchit de l'autocratie du monarque et de l'esthétique classique au profit d'un style et de sujet plus frivoles, à l'image des mœurs sous la régence de Philippe d'Orléans. Le style rocaille, puis rococo, est caractérisé par :

- la ligne courbe et serpentine ;
- la présence fréquente d'animaux comme le dragon ou le dauphin ;
- une ornementation ostentatoire faite de végétaux et de coquillages.

Le XVIIIe siècle est également marqué par la naissance de la critique d'art et de l'analyse des œuvres artistiques. Les critiques s'intéressent à l'expression des sensations engendrées par une œuvre d'art et aux techniques artistiques.

Remarque

Denis Diderot est le premier à s'inscrire dans une démarche de critique artistique.

Les artistes peuvent désormais exposer leurs œuvres dans des salons où se pressent les intellectuels et les collectionneurs.

Le marché de l'art fait son apparition. Des collectionneurs permettent aux artistes de vivre de leur art sans être assujettis à l'autorité du roi ou à celle de l'Église. De nouveaux sujets apparaissent alors :

- les motifs galants voire libertins ;
- le thème de l'Arcadie ;
- les paysages exotiques.

Contrairement aux époques précédentes, les peintres représentent toutes les classes de la société : l'aristocratie, la bourgeoisie mais aussi le peuple.

■ *Œuvres d'art-clés*

- Chardin : *La Pourvoyeuse*, 1738 (peinture) ;
- Fragonard : *Le Billet doux*, 1775 ; *Le Verrou*, 1777 (peinture) ;
- Wolfgang Amadeus Mozart : *Les Noces de Figaro*, 1785-1786 ; *Petite musique de nuit*, 1787 (musique).

Le romantisme (1800-1850)

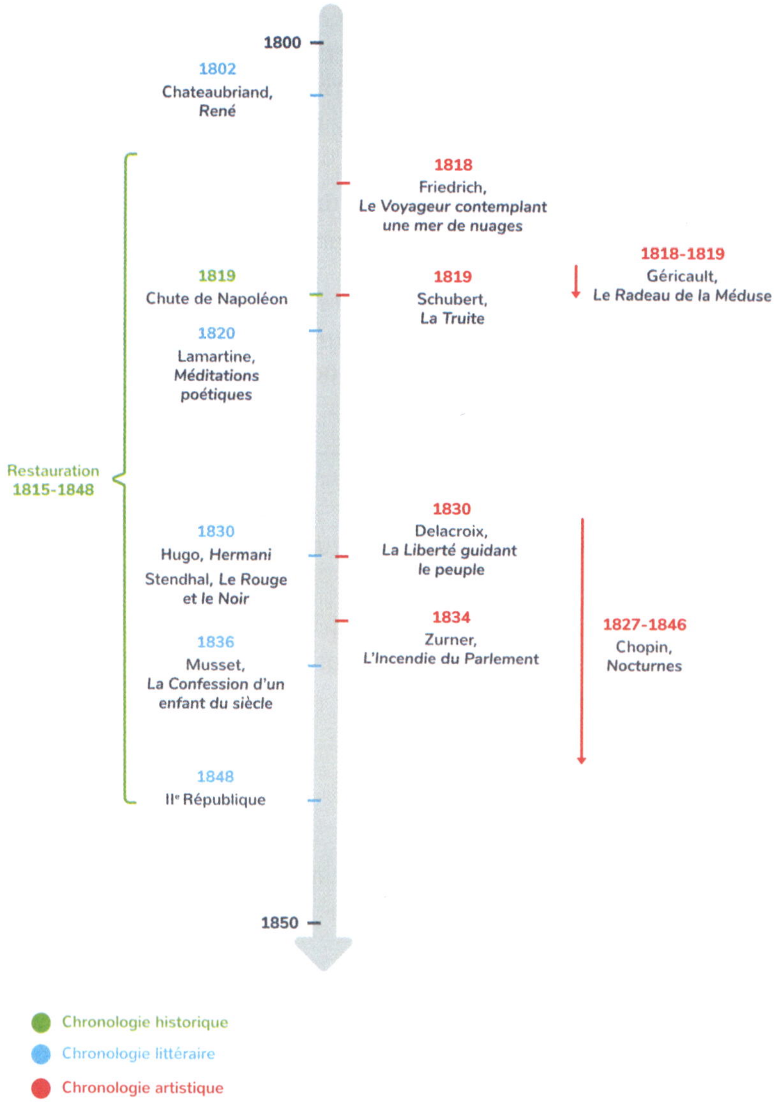

I Le contexte historique et les origines du romantisme

Le mouvement romantique trouve sa source dans les littératures du Nord, ouvertes à la liberté, à la sensibilité, et moins imprégnées du classicisme que la littérature française. Le romantisme domine les arts pendant toute la première moitié du XIXe siècle.

Ce siècle voit l'avènement difficile de la démocratie : à la chute de Napoléon en 1815, la monarchie constitutionnelle de Louis XVIII se met en place. Charles X qui lui succède accorde quelques droits démocratiques. En 1830, une révolution populaire porte Louis-Philippe au pouvoir. En 1848, une autre révolution instaure la IIe République mais en 1851, Louis-Napoléon Bonaparte s'empare du pouvoir et impose par la force le Second Empire.

Cette instabilité politique entraîne un profond malaise que les artistes romantiques nomment « le mal du siècle », « le vague des passions » ou encore « le spleen ». Ils ont le sentiment d'être nés trop tôt ou trop tard et d'appartenir à une génération maudite. Après le règne de la raison au XVIIIe siècle, c'est celui du cœur, de la sensibilité et de l'imagination qui va dominer la première partie du XIXe siècle.

II Les principes majeurs du romantisme

L'affirmation du « moi » et l'expression du lyrisme	La crise des valeurs entraîne un repli de l'individu sur lui-même et le conduit à l'expression lyrique de ses sentiments personnels. Les auteurs romantiques créent un héros à leur image. Souvent solitaire, marginal ou révolté, il se caractérise par sa sensibilité et son tempérament exalté. Son introspection révèle son désenchantement mais aussi ses rêves et ses ambitions. Les genres autobiographique et poétique sont le support privilégié des épanchements lyriques du héros romantique.
Le refuge dans la nature	Le héros romantique cherche à fuir la médiocrité du quotidien. La nature sauvage, les régions lointaines et exotiques, les époques anciennes lui offrent un refuge, un cadre propice à sa rêverie, un miroir de ses états d'âme. Parce qu'il défend des valeurs esthétiques et spirituelles, il fuit loin de la société bourgeoise et matérialiste.

L'engagement social et la révolte politique	Les auteurs romantiques s'impliquent parfois dans la vie politique de leur époque : Chateaubriand est ministre ; Hugo et Lamartine sont plusieurs fois députés. Ils trouvent dans l'engagement une manière d'exprimer leurs attentes et de mettre en application leurs idéaux sociaux et politiques. En rupture avec les idéologies du passé, ils réclament plus de liberté et plus de justice. Ils s'insurgent contre la misère, les inégalités sociales, le travail des enfants et la peine de mort.
La remise en question des règles formelles et des thématiques classiques	Revendiquant leur liberté créatrice, les auteurs romantiques s'affranchissent des genres existants. Ils sont en quête de nouveaux modèles comme Shakespeare qui inspire à Hugo la forme théâtrale du drame romantique. Les images du Moyen Âge ou celles venues d'Orient sont une source d'inspiration poétique et romanesque pour de nombreux auteurs.

III Œuvres littéraires et auteurs essentiels

- François-René de Chateaubriand : *René*, 1802 (roman) ;
- Alphonse de Lamartine : *Méditations poétiques*, 1820 (recueil poétique) ;
- Victor Hugo : *Hernani*, 1830 (théâtre – drame romantique) ; *Les Châtiments*, 1852 (recueil poétique) ; *Les Misérables*, 1862 (roman) ;
- Stendhal : *Le Rouge et le Noir*, 1830 (roman) ;
- Alfred de Musset : *La Confession d'un enfant du siècle*, 1836 (roman).

IV Histoire des arts

Le romantisme est un mouvement littéraire et musical avant de devenir un mouvement pictural.

Si le début du XIXe siècle est marqué par une certaine instabilité politique, c'est une période de calme relatif car il n'y a pas de guerres en Europe et pas d'épidémies. Les sujets historiques plaisent donc moins au public. En musique comme en peinture, l'amour, la passion, la rêverie et les états d'âme sont au cœur des questionnements. Ce goût pour l'introspection aboutit à mettre l'individu au centre de l'œuvre d'art. En peinture, une grande place est également accordée aux paysages grandioses parfois empreints d'une atmosphère mystérieuse voire surnaturelle.

Cette évolution du sujet artistique va de pair avec une évolution des techniques utilisées. En musique, les formes privilégiées sont la symphonie, le lied, le concerto et l'opéra romantique. En peinture, la prouesse de la perspective et le réalisme académique intéressent moins les peintres qui s'attachent davantage aux nuances de couleurs, à la représentation du mouvement. L'œuvre d'art tend à exprimer les émotions de l'artiste, sa vision personnelle du monde, plutôt qu'à répondre à une commande.

Œuvres d'art-clés

- Franz Schubert : *La Truite*, 1819 (musique) ;
- Caspar David Friedrich : *Le Voyageur contemplant une mer de nuages*, 1818 (peinture) ;
- Théodore Géricault : *Le Radeau de la Méduse*, 1818-1819 (peinture) ;
- Frédéric Chopin : *Nocturnes*, 1827-1846 (musique) ;
- Eugène Delacroix : *La Liberté guidant le peuple*, 1830 (peinture) ;
- Turner : *L'Incendie du parlement*, 1834 (peinture).

Le réalisme (1830-1880)

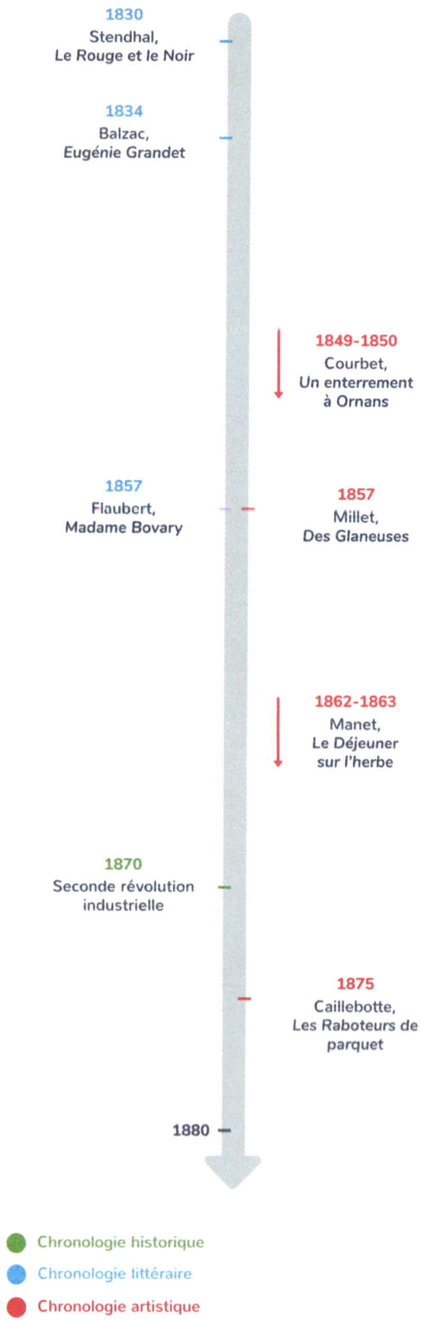

I Le contexte historique et les origines du réalisme

Le mouvement réaliste se développe dans la deuxième moitié du XIXe siècle en réaction à l'idéalisme de certains auteurs romantiques. Les auteurs réalistes les accusent de fuir la réalité. Ils veulent au contraire représenter le réel sans l'embellir et l'analyser pour rendre compte des mécanismes sociaux, économiques et politiques de leur époque.

La révolution industrielle bouleverse la vie économique et la société française. Elle assure le succès de la bourgeoisie et accroît la misère du prolétariat. La littérature se fait le reflet de ces brutales mutations : elle s'intéresse aux nouveaux domaines de la vie moderne et en montre aussi les effets pervers.

II Les principes majeurs du réalisme

Les historiens du temps présent	Les auteurs réalistes se fixent comme ambition d'être les témoins fidèles de leur temps. Pour ce faire, ils peignent la vie quotidienne dans ce qu'elle a parfois de plus banal voire de plus laid. Ils s'inspirent de l'histoire récente ou de faits divers pour façonner des intrigues contemporaines.
Une peinture fidèle de la réalité	Les auteurs romantiques ont pour ambition d'étudier les comportements humains. Ils s'intéressent donc à tous les milieux sociaux : ils peignent les classes moyennes et populaires, les bourgeois, les aristocrates mais aussi les paysans, les domestiques, les artisans. Ils s'attachent à représenter leurs personnages de la façon la plus réaliste possible en leur donnant une identité précise, un métier, des caractéristiques physiques, morales et psychologiques. Ils racontent leur parcours, souvent ordinaire, dans une société où ils peinent à atteindre leurs objectifs.
Le souci de l'objectivité	Le terme « réalisme » vient du latin *res* qui signifie « la chose ». Cette étymologie indique que ce mouvement se veut objectif et s'attache à peindre la nature sans idéalisation. Les auteurs mettent les méthodes journalistiques et scientifiques au service de leur création et préparent souvent leurs romans grâce à de vastes enquêtes. Selon Flaubert, afin de rester le plus objectif possible, le romancier ne doit pas laisser transparaître ses sentiments personnels ni intervenir dans la narration.

III Œuvres littéraires et auteurs essentiels

- Stendhal : *Le Rouge et le Noir*, 1830 (roman) ;
- Honoré Balzac : *Eugénie Grandet*, 1834 (roman) ; *Le Père Goriot*, 1835 (roman) ;
- Gustave Flaubert : *Madame Bovary*, 1857 (roman) ; *L'Éducation sentimentale*, 1869 (roman).

IV Histoire des arts

L'esthétique picturale qui va dominer la seconde moitié du XIXe siècle se détourne des sujets historiques au profit de sujets contemporains. Dès 1830, les artistes ont le désir de représenter la vie quotidienne, de questionner l'évolution de la société, de créer un art moderne. Édouard Manet en résume le principe : « Il faut être de son temps et faire ce qu'on voit [...]. » Ils s'éloignent de la représentation des états d'âme romantiques pour peindre l'homme comme un être humain. La recherche de la sincérité prime sur la perfection de la forme. Le souci du détail explique le choix de très grands formats et la précision du trait qui sont caractéristiques de la peinture réaliste.

Les artistes décrètent que tout événement, être ou objet est digne d'être un sujet pictural : paysans ou citadins, bourgeois ou prolétaires, intérieurs pauvres ou aisés. Les tableaux réalistes proposent une image non idéalisée. Ce parti pris heurte le goût du public et de certains critiques qui considèrent ces œuvres trop vulgaires.

■ *Œuvres d'art-clés*

- Gustave Courbet : *Un enterrement à Ornans*, 1849-1850 (peinture) ;
- Jean-François Millet : *Des Glaneuses*, 1857 (peinture) ;
- Édouard Manet : *Le Déjeuner sur l'herbe*, 1862-1863 (peinture) ;
- Gustave Caillebotte : *Les Raboteurs de parquet*, 1875 (peinture).

Le naturalisme (1870-1900)

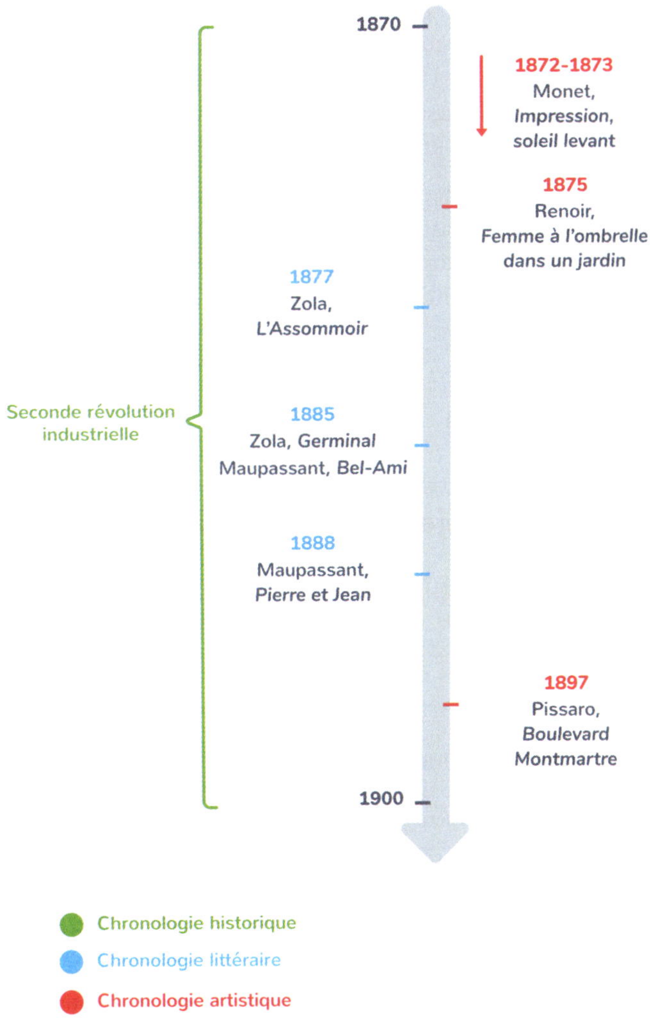

I Le contexte historique et les origines du naturalisme

Le naturalisme se développe dans la seconde moitié du XIXe siècle, après 1870. Ce mouvement s'inscrit dans la continuité du réalisme dont il reprend un certain nombre de principes.

Le contexte social et économique de l'époque influence les auteurs naturalistes : la révolution industrielle favorise l'urbanisation et les villes de plus en plus grandes deviennent de grands centres économiques et financiers où se pressent industriels et banquiers. Le capitalisme se développe tout comme le prolétariat. Les auteurs naturalistes s'intéressent à la classe bourgeoise mais surtout à la classe ouvrière, à ses conditions de vie indigentes et aux souffrances qu'elle endure.

Les progrès scientifiques influencent également les auteurs naturalistes qui étudient les travaux de Darwin sur l'évolution des espèces et la sélection naturelle. Ils étudient également ceux de Claude Bernard, fondateur de la médecine expérimentale et de la médecine moderne. Ils s'inspirent de son processus en trois étapes :

- l'observation ;
- l'expérimentation ;
- la confirmation/l'infirmation.

II Les principes majeurs du naturalisme

Le mouvement naturaliste se structure et se développe autour d'Émile Zola et suit deux principes majeurs :

L'observation des faits	Les romanciers naturalistes se considèrent comme des observateurs et des expérimentateurs. Ils rapprochent leur démarche de celle du biologiste, travaillent à partir d'une abondante documentation et d'enquêtes approfondies. Puis, partant d'une situation, ils observent l'évolution des personnages pour en tirer des conclusions. L'objectif est de comprendre leur comportement dans un milieu particulier pour en tirer une loi générale.
L'interaction de l'homme et du milieu	Les auteurs naturalistes observent les faits sociaux comme des phénomènes cliniques obéissant à des lois de lutte et de sélection. Selon eux, l'hérédité et le milieu social jouent un rôle essentiel dans la trajectoire d'un individu. La théorie du déterminisme leur fait envisager l'homme comme le produit de son milieu. Pour les besoins de sa démonstration, Zola imagine une famille, les Rougon-Macquart, dont chaque membre incarne une pathologie.

III Œuvres littéraires et auteurs essentiels

- Les frères Goncourt : *Germinie Lacerteux*, 1865 (roman) ;
- Émile Zola : *L'Assommoir*, 1877 (roman), *Germinal*, 1885 (roman) ;
- Guy de Maupassant : *Bel-Ami*, 1885 (roman); *Pierre et Jean*, 1888 (roman).

IV Histoire des arts

Dès 1866, Zola s'intéresse à la peinture de Manet et c'est à partir de l'œuvre du peintre qu'il conçoit les principes du naturalisme : l'art s'intéresse à la réalité immédiate, au monde qui l'entoure. Le romancier soutient ainsi les débuts des peintres impressionnistes.

C'est entre 1860 et 1890 que naît ce nouveau courant pictural qui prend le nom d'« impressionnisme » en 1874. Il est considéré aujourd'hui comme le mouvement le plus populaire de l'histoire de la peinture. Les peintres sont unis autour d'une nouvelle manière de peindre. Ils délaissent les techniques académiques qu'ils jugent trop strictes pour s'intéresser à la représentation d'impressions prises sur le vif. Afin de les traduire, de nombreux artistes peignent d'après nature, hors de leurs ateliers. Ils privilégient les effets de lumière, utilisent des couleurs chatoyantes, des coups de pinceau vifs ou au contraire un peu flous. Les personnages sont esquissés, leurs silhouettes s'estompent.

Les impressionnistes veulent représenter le monde contemporain comme un monde vivant. Ils puisent leurs sources d'inspiration dans les paysages naturels ou urbains, des scènes de la vie moderne ou familiale. La ville devient un sujet central qui permet de rendre compte de l'évolution de la société.

Ces sujets et cette manière de peindre choquent l'Académie des beaux-arts qui refuse d'exposer ces œuvres dans ses salons. Elle n'accorde de place qu'aux tableaux représentant des sujets historiques ou religieux, dont le trait est net et précis.

■ *Œuvres d'art-clés*

- Claude Monet : *Impression, soleil levant*, 1872-1873 (peinture); *La Gare Saint-Lazare*, 1877 (peinture) ;
- Auguste Renoir : *Femme à l'ombrelle dans un jardin*, 1875 (peinture) ;
- Camille Pissarro : *Boulevard Montmartre*, 1897 (peinture).

Le Parnasse (1830-1900)

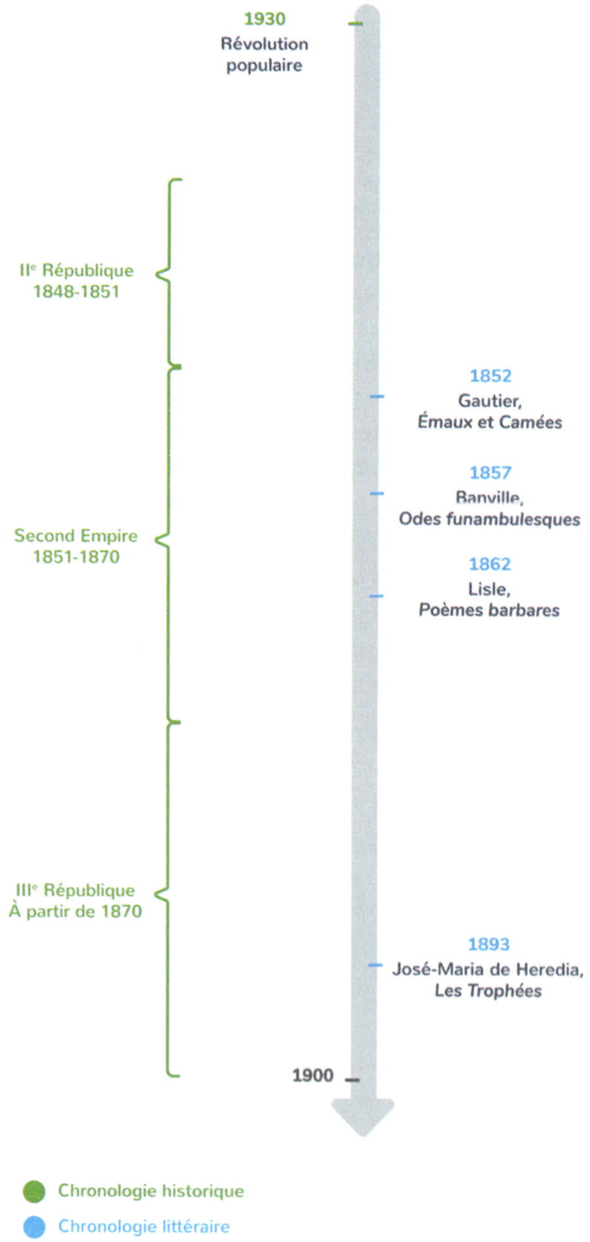

I Le contexte historique et les origines du Parnasse

Le XIXe siècle voit l'avènement difficile de la démocratie : après la chute de Napoléon en 1815, la monarchie constitutionnelle de Louis XVIII se met en place. Charles X, qui lui succède, accorde quelques droits démocratiques. En 1830, une révolution populaire porte Louis-Philippe au pouvoir. En 1848, une autre révolution instaure la IIe République. Mais en 1851, Louis-Napoléon Bonaparte s'empare du pouvoir et impose par la force le Second Empire.

Cette instabilité politique entraîne une réaction de rejet et un profond désintérêt chez les poètes parnassiens qui se réfugient dans l'art. Le Parnasse est un mouvement poétique qui naît au cours de la deuxième moitié du XIXe siècle. Le nom de ce mouvement vient du mont Parnasse en Grèce, considéré comme un lieu sacré par les poètes parce qu'il accueillait Apollon et ses neuf Muses. Les poètes du Parnasse éprouvent une profonde aversion pour les valeurs bourgeoises matérialistes et mercantiles qu'ils jugent vulgaires et prônent « l'art pour l'art ».

II Les principes majeurs du Parnasse

L'opposition au romantisme	Contrairement aux auteurs romantiques, les parnassiens considèrent que l'art ne doit pas être le support d'une contestation sociale ou politique. Ils jugent ridicules les épanchements mélancoliques et les confidences autobiographiques. Théophile Gautier écrit qu'« Il n'y a de vraiment beau que ce qui ne peut servir à rien ; tout ce qui est utile est laid [...]. » (*Mademoiselle de Maupin*, 1835). Il fonde ainsi le principe d'un mouvement qui s'intéresse à « l'art pour l'art ».
Un idéal de beauté et de perfection formelle	Selon les auteurs parnassiens, l'art est réservé à une élite intellectuelle, seule à même de comprendre le sens de leurs poèmes. Ils accordent à l'esthétique une place fondamentale. Ils cultivent donc un lyrisme impersonnel, s'attachent à la richesse du vers et de la rime et exploitent les formes anciennes du Moyen Âge et celle du sonnet.
Un intérêt accru pour les mythes et les légendes	Les poètes parnassiens puisent leur inspiration dans les mythes antiques et exotiques, dans l'histoire des civilisations anciennes ou encore dans les paysages lointains. Ces sujets sont propices à une méditation philosophique. Ils louent la beauté à travers des figures mythiques comme les déesses de l'Antiquité ou les héroïnes célèbres comme celles de Shakespeare.

III Œuvres littéraires et auteurs essentiels

- Théophile Gautier : *Émaux et Camées*, 1852 (recueil poétique) ;
- Théodore de Banville : *Odes funambulesques*, 1857 (recueil poétique) ;
- Leconte de Lisle : *Poèmes barbares*, 1862 (recueil poétique) ;
- José-Maria de Heredia : *Les Trophées*, 1893 (recueil poétique) ;

Le surréalisme (1924-1960)

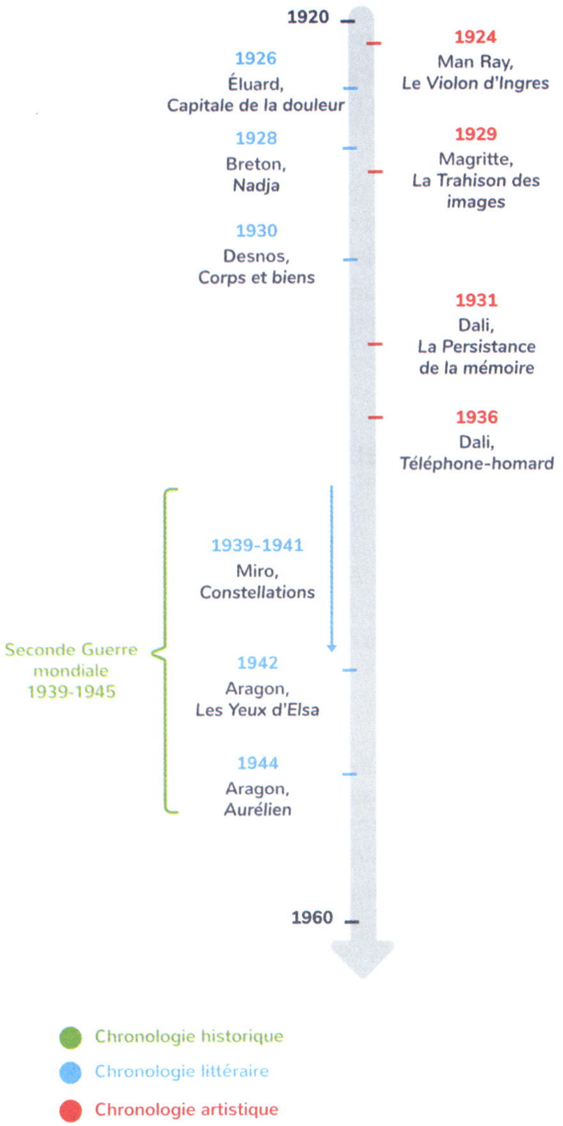

I Le contexte historique et les origines du surréalisme

De 1914 à 1918, la France et l'Allemagne s'opposent dans un conflit où sont entraînés la plupart des pays d'Europe. La guerre de tranchées fait des millions de morts. Les horreurs de ce conflit mondial suscitent un sentiment de dégoût et de révolte qui s'exprime par le rejet des idées et de l'art du XIXe siècle. Les intellectuels questionnent les valeurs et la suprématie de la civilisation occidentale.

Le groupe surréaliste se constitue en 1924. Les trois fondateurs historiques sont Breton, Aragon et Soupault qui ont tous vécu l'expérience de la guerre. Ils sont influencés par les travaux de Freud qui découvre l'inconscient et le rôle du rêve dans le psychisme humain.

Ce sont les divergences politiques qui vont désunir le groupe à l'aube de la Seconde Guerre mondiale. L'esthétique surréaliste perdure néanmoins jusqu'en 1966, à la mort d'André Breton. Les surréalistes contestent l'ordre social, allient la révolte à l'humour mais aussi à la provocation et à la violence. La plupart des auteurs adhèrent au parti communiste avant de s'en détacher et de s'engager dans la Résistance dans les années 1940.

II Les principes majeurs du surréalisme

Citation

> « Faites-vous apporter de quoi écrire. Placez-vous dans l'état le plus passif ou réceptif que vous pourrez. Écrivez vite sans sujet préconçu, assez vite pour ne pas être tenté de vous relire. [...] continuez autant qu'il vous plaira.
>
> André Breton, *Manifeste du surréalisme*, 1924

L'étude de l'inconscient, du rêve, de la folie	Les auteurs surréalistes veulent s'affranchir de la logique de la pensée et remonter aux sources secrètes de la création. Ils s'intéressent à la psychanalyse qui explore l'inconscient. Le rêve stimule l'imagination et leur ouvre des voies inédites.
Le renouvellement du lyrisme et l'importance de l'amour	Pour les auteurs surréalistes, la femme est un objet de désir, une source de bonheur, une muse qui offre à l'homme un refuge contre les atrocités du monde moderne.
De nouvelles formes de création	Pour les auteurs surréalistes, l'art est un instrument de libération et de révolte. Ils préconisent une création spontanée, hasardeuse et inconsciente. L'écriture automatique leur offre cette possibilité. De même, les jeux collectifs désarment la logique et favorisent les capacités poétiques (cadavres exquis, calligrammes, collages, etc.). Le poème en prose, le vers libre, le récit poétique et le roman sont leurs formes de prédilection.

III Œuvres littéraires et auteurs essentiels

- Paul Éluard : *Capitale de la douleur*, 1926 (recueil poétique) ;
- André Breton : *Nadja*, 1928 (recueil poétique) ;
- Robert Desnos : *Corps et bien*, 1930 (recueil poétique) ;
- Louis Aragon : *Les Yeux d'Elsa*, 1942 (recueil poétique) ;
- Louis Aragon : *Aurélien*, 1944 (roman).

IV Histoire des arts

Le surréalisme est le courant artistique le plus important du XXe siècle. Il regroupe poètes, romanciers, peintres, sculpteurs, photographes et cinéastes qui s'influencent mutuellement et parfois collaborent (roman-photo ; roman-collage ; poème-photo).

Pour les surréalistes, la création artistique est un moyen d'interroger les énigmes du monde et les secrets de la nature humaine. Le peintre René Magritte affirme que « toute chose ne saurait exister sans son mystère ». Les œuvres d'art tendent à exprimer le fonctionnement de la pensée.

L'art surréaliste rejette toutes les formes académiques pour laisser libre cours à l'imagination et à l'inconscient. Les artistes s'essayent à de nouvelles techniques : leurs œuvres sont souvent surprenantes, fantaisistes voire provocatrices. Certaines productions sont franchement inquiétantes et déstabilisantes. Elles rendent compte de la complexité de l'esprit, inspirent des questionnements métaphysiques.

Œuvres d'art-clés

- Man Ray : *Le Violon d'Ingres*, 1924 (photographie) ;
- Luis Buñuel : *Un chien andalou*, 1929 (cinéma) ;
- René Magritte : *La Trahison des images*, 1929 (peinture) ;
- Salvador Dali : *La Persistance de la mémoire*, 1931 (peinture) ;
- Joan Miro : *Constellations*, 1939-1941 (peinture) ;
- Salvador Dali : *Le Téléphone aphrodisiaque* ou *Le Téléphone homard*, 1936 (ready-made).

Le symbolisme (1880-1900)

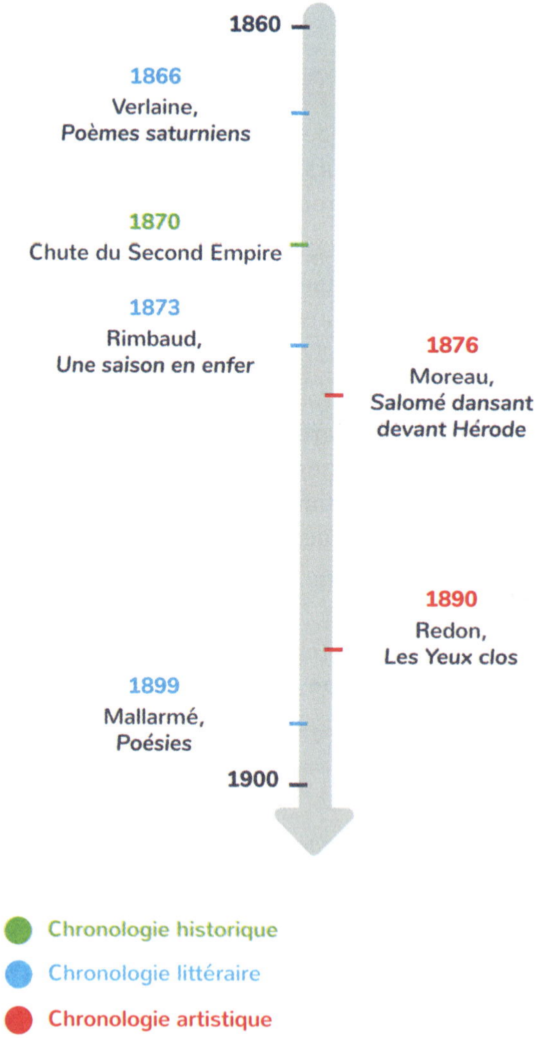

I Le contexte historique et les origines du symbolisme

Depuis la chute du Second Empire, survenue le 4 septembre 1870, le gouvernement français est démocratique. La IIIe République instaure des libertés fondamentales et favorisent l'émergence de nouveaux courants de pensée. Cette époque est également marquée par les progrès scientifiques et techniques qui préparent l'avènement d'un mode de vie moderne et du règne de la machine. Le positivisme, qui prône une approche scientifique, se développe.

Le symbolisme naît en réaction au positivisme. Les symbolistes s'opposent à une vision mécaniste de l'homme et de l'Univers. Ils rejettent le naturalisme et sa description objective de l'Univers. À l'expérience et à la raison, ils préfèrent la suggestion, l'irrationnel, la dérision. Ils ne sont pas non plus convaincus par les recherches formelles des Parnassiens.

II Les principes majeurs du symbolisme

Un esprit de contestation	Les auteurs symbolistes veulent s'affranchir de toute autorité, des valeurs bourgeoises et des contraintes formelles. Ils développent un pessimisme mélancolique. Ils utilisent des images morbides qui côtoient parfois l'ironie et la parodie.
Le pouvoir des mots et des images	Le mot « symbolisme » signifie ici « jeter ensemble ». Les auteurs souhaitent établir une analogie entre l'idée abstraite et l'image chargée de l'exprimer. L'évocation d'un paysage permet par exemple d'exprimer un état d'âme, d'amener le lecteur à la rêverie ou à la réflexion.
La théorie des correspondances	Pour les symbolistes, le monde ne se limite pas à une apparence concrète et rationnelle. Il est un mystère à déchiffrer par les correspondances ou synesthésies (lien entre les différents sens : le toucher, la vue, l'odorat, l'ouïe et le goût). Le poète symboliste est une sorte de mage qui saisit ce que les autres hommes ne voient pas.
De la liberté de la forme à l'hermétique du sens	Les poètes symbolistes jouent sur le rythme et la musicalité du vers, ils emploient des termes rares. Ils cherchent à créer des impressions plus que du sens, notamment par l'harmonie musicale. Verlaine privilégie le vers impair, Rimbaud, la forme du poème en prose, Mallarmé, le vers libre. Le langage des symbolistes devient peu à peu obscur et énigmatique.

III Œuvres littéraires et auteurs essentiels

- Paul Verlaine : *Poèmes saturniens*, 1866 ; *Jadis et naguère*, 1884 (recueils de poèmes) ;
- Arthur Rimbaud : *Une saison en enfer*, 1873 ; *Illuminations*, 1886-1895 (recueils de poèmes) ;
- Joris-Karl Huysmans, *À Rebours*, 1884 (roman) ;
- Stéphane Mallarmé : *Poésies*, 1899 (recueil de poèmes) ;
- Maurice Maeterlinck : *Pelléas et Mélisande*, 1893 (théâtre).

IV Histoire des arts

Le symbolisme littéraire est à l'origine d'un mouvement pictural à la fin du XIXe siècle. Le symbolisme pictural s'intéresse à l'imagination de son créateur et à celle du spectateur. Ce n'est plus le regard qui prime. L'œuvre poétique et critique de Baudelaire (précurseur du symbolisme) les influence considérablement.

Les sujets de prédilection des artistes symbolistes sont mythologiques, bibliques ou légendaires. L'univers qu'ils représentent est souvent onirique, étrange voire fantastique. Il s'agit de représenter un monde intérieur subjectif et non une réalité, de montrer ce qui se cache derrière les apparences. La femme est un de leur sujet central : fascinante, changeante et mystérieuse, elle peut devenir dangereuse.

Les peintres symbolistes rejettent les techniques académiques et cultivent un certain goût pour la provocation. En quête d'harmonie esthétique, on trouve une certaine sensualité dans leurs œuvres : les formes sont floues et les tons feutrés, les traits sont estompés.

■ *Œuvres d'art-clés*

- Gustave Moreau : *Salomé dansant devant Hérode*, 1876 (peinture) ;
- Odilon Redon : *Les Yeux clos*, 1890 (peinture).

L'absurde (1940-1960)

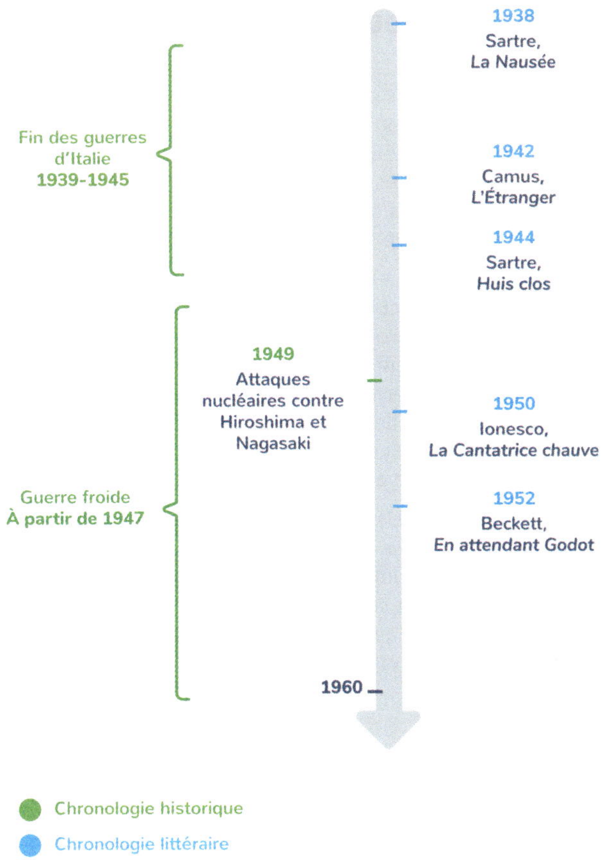

I Le contexte historique et les origines de l'absurde

Après la Seconde Guerre mondiale, les intellectuels remettent en cause les philosophies idéalistes et s'interrogent sur leur propre rôle. Les héritiers de l'humanisme et des Lumières qui pensaient que le XXe siècle serait celui de la civilisation constatent qu'il est celui de la barbarie dans sa forme la plus insoutenable. Cette prise de conscience se traduit par des œuvres de révolte et par la naissance de philosophies de la condition humaine.

Le monde moderne, avec ses progrès techniques et scientifiques, son économie croissante mais instable, ses divergences idéologiques, apparaît comme un univers menaçant où la paix semble bien fragile. La guerre froide (1945-1989) et l'invention de l'arme nucléaire accentuent ce climat d'inquiétude.

II Les principes majeurs de l'absurde

L'absurdité de l'existence	Pour les auteurs de l'absurde, l'existence est dépourvue de sens et l'homme est condamné à répéter incessamment les mêmes gestes, à accomplir les mêmes actions. Pour montrer concrètement l'absurdité de l'existence, les auteurs proposent des intrigues qui manquent de cohérence, des situations qui parfois n'évoluent pas. Ils inventent des personnages impuissants dont les propos et les comportements sont illogiques.
Les formes littéraires de l'absurde	Pour rendre compte de l'état de conscience de leurs personnages et du dégoût qu'ils éprouvent face à cette existence dépourvue de sens, les auteurs exploitent les ressources du roman comme la technique de la focalisation interne ou du monologue intérieur. Le théâtre leur offre aussi l'occasion de remettre en question la logique même du langage et de représenter symboliquement l'errance désespérée des hommes et leur incapacité à communiquer.
De l'absurdité à la révolte ou à la dérision	Une angoisse existentielle s'empare de l'homme quand il ne se décide pas à agir mais se laisse porter par le cours des choses sans donner de sens à sa vie. Pour certains auteurs, comme Sartre ou Camus, l'action et l'engagement sont donc essentiels si l'homme veut dépasser cette angoisse. Pour d'autres, comme Ionesco ou Beckett, la seule échappatoire reste l'humour ou la dérision.

III Œuvres littéraires et auteurs essentiels

- Jean-Paul Sartre : *La Nausée*, 1938 (roman) ;
- Albert Camus : *L'Étranger*, 1942 (roman) ;
- Jean-Paul Sartre : *Huis clos*, 1944 (pièce de théâtre) ;
- Eugène Ionesco : *La Cantatrice chauve*, 1950 (pièce de théâtre) ;
- Samuel Beckett : *En attendant Godot*, 1952 (pièce de théâtre).

Le nouveau roman (1950-1980)

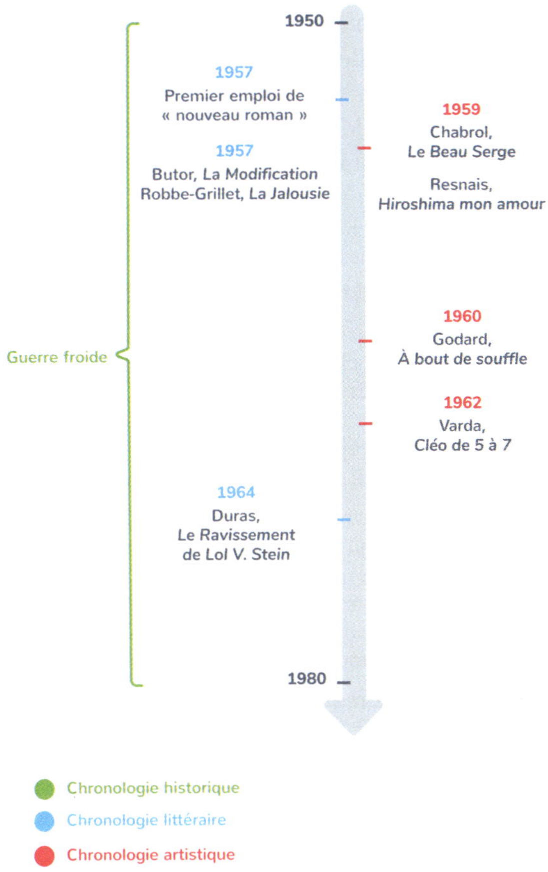

I Le contexte historique et les origines du nouveau roman

Avec la fin de la Seconde Guerre mondiale, la France entre dans une nouvelle phase de civilisation dont on retrouve les échos dans la vie culturelle. Il faut rebâtir le pays, redonner de l'importance à l'art et à la création. Il faut aussi dépasser le Mal, le génocide, la monstruosité du nazisme.

L'écrivain ne peut plus se tenir en marge de la vie sociale et politique, ce que démontre le mouvement philosophique existentialiste. Les intellectuels ont le désir de se démarquer des intérêts économiques et sociaux des années 1950 (augmentation de la production industrielle, course à la consommation, urbanisation, montée de l'individualisme, etc.). Face à ces changements radicaux, un courant de contestation, une littérature du refus se développent.

On attribue traditionnellement la première mention de l'expression « nouveau roman » au critique du *Monde* Émile Henriot. Il l'emploie en 1957 dans un article consacré au roman *La Jalousie* de Robbe-Grillet. Dès 1953, de jeunes écrivains, Robbe-Grillet, Butor, Sarraute, Simon ou Duras, défendent simultanément une même conception de l'écriture romanesque. Dès leurs débuts, ces auteurs se retrouvent au sein d'une maison d'édition : les Éditions de Minuit. L'ensemble du mouvement est consacré par l'attribution du prix Goncourt à Duras en 1984 et du prix Nobel de littérature à Claude Simon en 1985.

II Les principes majeurs du nouveau roman

La fin de l'intrigue	Le roman n'est plus « l'écriture d'une aventure mais l'aventure d'une écriture » (Jean Ricardou). L'histoire racontée par le livre devient accessoire. Elle ne respecte plus un déroulement chronologique et ordonné mais repose sur des jeux temporels, sur une impression de décousu. Le récit est froid et neutre, il n'a plus un rôle moral ou politique.
L'effacement du personnage au profit des objets	Les romanciers remettent en cause la notion de héros traditionnel et préfèrent donner une image floue de leurs personnages. Le lecteur les identifie mal, ils n'ont pas de qualité ou de caractéristique particulière. Cette dissolution du personnage est associée à une prolifération d'objets qui imposent leur présence menaçante dans un univers déshumanisé. Ainsi, ils sont souvent décrits de façon extrêmement méticuleuse.
Une énonciation problématique	Les romanciers brouillent les marques de l'énonciation et de la focalisation. Les pronoms sujets utilisés sont nombreux, changeants, indéterminés. Les phrases sont polyphoniques. Le point de vue narratif adopté peut être changeant ou être celui d'un personnage mêlant le temps présent et le temps du souvenir.

III Œuvres littéraires et auteurs essentiels

- Nathalie Sarraute : *Tropismes*, 1939 (recueil de récits) ;
- Michel Butor : *La Modification*, 1957 (roman) ;
- Alain Robbe-Grillet : *La Jalousie*, 1957 (roman) ;
- Marguerite Duras : *Le Ravissement de Lol V. Stein*, 1964 (roman) ;
- Marguerite Duras : *L'Amant*, 1984 (roman).

IV Histoire des arts

Comme les auteurs du nouveau roman ont réinventé le genre romanesque, les jeunes cinéastes de la nouvelle vague (souvent critiques aux *Cahiers du cinéma*) révolutionnent le cinéma français dans les années 1960. Ils adoptent des techniques de tournage et d'écriture novatrices. Romanciers et réalisateurs vont parfois collaborer le temps d'un film ou de l'adaptation d'un roman. Ils ont en commun de vouloir renouveler les formes et les processus de création existants.

La nouvelle vague revendique l'idée que le cinéaste est un artiste, un auteur et non un technicien ou un artisan. Elle s'affranchit des règles d'écriture et des formes traditionnelles :

- Les histoires sont simples.
- Les héros ordinaires sont joués par des acteurs inconnus.
- Les dialogues sont rudimentaires et parfois improvisés.

■ *Œuvres d'art-clés*

- Claude Chabrol : *Le Beau Serge*, 1959 (film) ;
- Alain Resnais : *Hiroshima mon amour*, 1959 (film adapté du roman de Duras) ;
- Jean-Luc Godard : *À bout de souffle*, 1960 (film) ;
- Agnès Varda : *Cléo de 5 à 7*, 1962 (film).